Michael Gärtner

Das
Axion-Experiment

Bibliographische Information der Deutschen Nationalbibliothek:
Die Deutsche Nationalbibliothek verzeichnet diese Publikation
in der Deutschen Nationalbibliographie; detaillierte bibliographische Daten sind im Internet über
http//dnb.dnb.de abrufbar.

© 2023 Michael Gärtner
Herstellung und Verlag: BoD – Books on Demand, Norderstedt
ISBN: 978-3-738-60486-3

»**Axion** *das, -s/Axi'onen,* zur Lösung von grundsätzl. Spiegelungsvarianzproblemen der starken Wechselwirkung postuliertes Elementarteilchen.«
Brockhaus Enzyklopädie, 18. Aufl. 1987

»Das **Axion** ist ein hypothetisches Elementarteilchen ohne elektrische Ladung und mit Spin Null, das eine Lösung des Problems wäre, dass theoretische Überlegungen zwar eine Verletzung der CP-Symmetrie in der Quantenchromodynamik (QCD) forderten, diese aber nicht beobachtet wurde.«

(Wikipedia)

»Axionen haben die Eigenschaften, die sie haben müssen, um die kosmologische dunkle Materie zu bilden: Sie interagieren nur schwach miteinander und mit normaler Materie. Sie entstanden bei hohen Temperaturen und sonderten sich später von der Materie des übrigen kosmischen Feuerballs ab. Ihr Nachglühen, der Axion-Hintergrund, müsste im gesamten Universum zu sehen sein.«

(Frank Wilczek. Fundamentals. Die zehn Prinzipen der modernen Physik, Beck Darmstadt 2021, 202.)

Prolog

Der 19. September des Jahres 2017 veränderte nahezu alles in meinem Leben. Um es naturwissenschaftlich auszudrücken: Am frühen Vormittag dieses Montags wurde an unserem Institut für experimentelle Physik in München aus einem allseits beliebten Stück belebter Natur durch stumpfe Gewalteinwirkung ein betrauertes Stück unbelebter Natur. Es dauerte eine Weile, bis man der Vorgeschichte dieses Ereignisses auf die Spur kam. Diese Wochen veränderten mein Leben einschneidend.

Mit jenem Tag hielt ein neues Denken Einzug im Institut und versuchte sich einen Platz neben der experimentellen Physik zu erobern. Es hatte zur Folge, dass wir, die beteiligten Physikerinnen und Physiker, zu ungeahnten Fragen und Antworten geführt wurden. Das Ereignis unterlag wie alle – abgesehen vielleicht von jenem vor über dreizehn Milliarden Jahren, das wir Urknall oder in der Weltsprache der Naturwissenschaften Big Bang nennen – dem Prinzip der Kausalität, deren genauen Verlauf zu rekonstruieren es neben physikalischer nun auch kriminologischer Kenntnisse bedurfte.

An jenem Morgen trank ich eine Tasse Kaffee mit dem Pförtner unseres Instituts. Das tat ich jeden Tag. Als meinen Beitrag zum gemeinsamen allmorgendlichen Genuss hatte ich ein Pfund fair gehandeltes Kaffeepulver mitgebracht. Ich fachsimpelte mit Herrn Huber über das System der Auspuffklappen des Wagens von Frau Dr. Langlotz, einer der Abteilungsleiterinnen. Meine andere Kollegin vermutete ich in den Räumen für die Versuchs-

aufbauten im Untergeschoss. Charlotte Kurasek orientierte sich mit ihren Arbeitszeiten an den Schulstunden ihrer Tochter und war immer früh da. Ich vermutete jedoch falsch und war nicht auf das vorbereitet, was mich erwartete.

Ich verabschiedete mich von Alois Huber, versprach ihm, am nächsten Tag den Bildband mit den grandiosen Fotos des Hubbleteleskops mitzubringen, ging die zwei Stockwerke in den Bürotrakt meines Teams hinauf, schloss mein Zimmer auf und setzte mich an den Schreibtisch. Ein Druck auf die Taste am PC und der Computer begann hochzufahren. Wie immer dauerte es zu lange. Das lag an den Sicherheitseinrichtungen der Server, die mehrfache Redundanzen verlangten, bevor sie einen einzelnen PC freigaben. In der Zeit schaute ich mich um.

Die Zimmer unserer Etage waren durch Glasfenster voneinander abgetrennt und sind es auch heute noch, wenn ich recht informiert bin. Inzwischen haben wir ein neues Institutsgebäude erhalten und das alte wird anderweitig genutzt. Man konnte in die Büros der anderen sehen. Mir fiel auf, dass die Tür zum Raum von Charlotte Kurasek offen war und ihre Aktentasche auf dem Schreibtisch stand. Das war ungewöhnlich. Dr. Kurasek stellte die Tasche immer sofort neben den Tisch, wenn sie sich setzte, um ihren Rechner hochzufahren. Die Aktentasche auf der Schreibtischplatte, das hatte ich noch nie gesehen. Ungewöhnlich, aber zunächst nicht von Bedeutung. Es gehört jedoch zu meinem Job, den Dingen auf den Grund zu gehen. Dieser Wunsch ist ein dominierender Teil meiner Persönlichkeit. Außerdem dauerte es zu lange, bis mein Computer startklar war, und ich mit der Ar-

beit beginnen konnte. Also stand ich auf, ging auf den Flur und zu Charlotte Kuraseks Zimmer, zog die Tür ein Stückchen weiter auf und schaute hinein. Ich sah sie erst, als ich neben den Schreibtisch trat.

Sie lag auf dem Boden, Arme und Beine seltsam angewinkelt, der Rock hochgeschoben, der Pullover zerrissen, die schönen langen Haare in einer Lache dunklen Bluts, die Augen geschlossen.

Ich hatte das Gefühl, dass der Boden unter mir vibrierte. Meine Beine trugen mich nicht mehr. Das hatte ich noch nie an mir beobachtet. Ich glitt auf den Besucherstuhl und starrte auf die Tote. Eigentümliche Gedanken überfielen mich. Sie war auch jetzt noch, verkrümmt und blutig, schön. Ich bekam Angst, wurde ganz starr. War es die Gegenwart des Todes, die mich lähmte? Da war ein Schuldgefühl, nicht da gewesen zu sein, als sie Hilfe brauchte. Ich empfand eine eigentümlich intime Nähe zu der Frau, die ich bewunderte. Gefühle, die ich bisher nicht gekannt hatte, verkrampften meinen Körper.

Vielleicht lebte sie noch. Ich zwang mich, die notwendigen Schritte auf sie zuzugehen, beugte mich hinab und legte zwei Finger an den Hals. Nichts, kein Puls, nur wächserne Kälte.

Was ich in den nächsten fünfzehn Minuten tat, erinnere ich nicht mehr, kann es aber rekonstruieren. Ich stand auf, ging in mein Zimmer, rief Herrn Huber an, dass er die Polizei benachrichtige, lief hinauf zum Vorzimmer von Professor Miller und bat Frau Sorglos, den Chef zu informieren.

Anschließend begab ich mich zurück zu den Büros meines Teams. Keiner war da. Bald, so vermutete ich, würde es hier von Polizisten und Technikern zur Untersuchung des Tatorts wimmeln. Ich nahm mir einen Stuhl und setzte mich vor die Tür zu Charlottes Zimmer. Niemand sollte hinein. Ich hatte das Gefühl, ich müsste sie beschützen. Ich wusste, dass es zu spät war. Trotzdem – ich musste aufpassen. Niemand sollte dieses Zimmer betreten. Was war passiert? Ich verstand nichts.

Vielleicht sollte ich mich zunächst einmal vorstellen. Mein Name ist Sebastian Rasch. Ich bin inzwischen 33 Jahre alt und – wie wir alle – nicht als Fertigprodukt auf diese Welt gekommen, quasi mit vorgeprägten, unabänderlichen Eigenschaften und Fähigkeiten, vergleichbar einem Haushaltsroboter.

Ich stamme aus einer kleinen Stadt in Niederbayern, wie es sie viele gibt, liebenswert, lebenswert mit freundlichen Menschen, die notwendigen Veränderungen und Erneuerungen gegenüber keineswegs so verschlossen sind, wie es dem Volksstamm der Bajuwaren bis heute gerne nachgesagt wird. Dies ist vermutlich deshalb so, weil nur die wenigsten der Menschen unserer Stadt in der Landwirtschaft tätig und damit durch die überlebensnotwendige Verbundenheit zur Scholle und dem, wie es schon in früheren Zeiten gewesen war, geprägt sind. Bei diesem Ort nahe dem Inn kommt hinzu, dass er ganz jung ist, nach dem Krieg gegründet, um den vielen Landsleuten aus dem Osten Europas, die flüchteten oder vertrieben wurden, eine Heimstatt zu geben. Sie waren im Westen Deutschlands keineswegs immer nur willkommen und auch nicht im Südosten des Westens. Die Verwaltung hatte damals versucht, sie so unterzubringen, dass die Berührungen mit den Alteingesessenen möglichst selten und vor allem kontrollierbar blieben. Man ließ sie eine eigene Stadt zwischen den im Wald gelegenen Bunkern einer ehemaligen Munitionsfabrik bauen.

Mein Vater war Techniker in einem Betrieb für Gummiprodukte am Ort, meine Mutter Krankenschwester im Kreiskrankenhaus einige Kilometer entfernt. Ich wuchs zusammen mit meiner zwei Jahre älteren Schwester auf, die es mir zu meinem Vorteil ersparte, mich wegen jeder Kleinigkeit mit den Eltern auseinandersetzen zu müssen, denn das hatte sie bereits erledigt. Als mir diese Vorleistung meiner Schwester – so um das zehnte Lebensjahr herum – bewusst wurde, begann ich neben der schon früh vorhandenen geschwisterlichen Liebe eine ausdrückliche Dankbarkeit ihr gegenüber zu entwickeln. Sie verschonte mich vor manchen häuslichen Konflikten, was meiner angeborenen Mentalität entgegenkam, derzufolge ich die Welt und die Menschen zunächst gerne intensiv betrachte, bevor ich mich mit ihnen auseinandersetze. Betrachten und Verstehen waren von Kindheit an meine bevorzugten Daseinsformen.

Nun möchte ich mich jedoch nicht als einen weisen Alten im Kindesalter präsentieren, wie es für die Heiligenviten der Antike typisch ist. Abgesehen von dieser ausgeprägten Grundtendenz zum Betrachten und Verstehen war ich ein ganz normales Kind, war hungrig und müde, schrie aus für meine Eltern nicht immer verständlichen Gründen, baute gerne Türme aus Bauklötzen, riss sie wieder ein und zwickte an mutigen Tagen meine Schwester am Arm.

Mit drei Jahren kam ich in den Kindergarten, betrachtete mir das Treiben dort eine Weile, verteilte meine Sympathien und machte ab dem dritten Tag mit. Ich spielte mit den anderen Kindern, mit den einen lieber als mit den anderen, zog mich zurück, wenn es laut wurde, untersuchte im Sommer die Kieselsteine der Beeteinfassung und sortierte sie nach Größe und Farbe.

In der Schule tat ich mich schwer mit der Rechtschreibung und einer leserlichen Handschrift. Ich sah es nicht ein, dass man Wörter und Sätze schreiben sollte. Wörter und Sätze könne man sprechen, erklärte ich meiner verblüfften Lehrerin im zweiten Schuljahr, aber alles wirklich Wichtige ließe sich in Zahlen und Zeichen ausdrücken. In der vierten Klasse schwärmte ich für meine neue Lehrerin und fand den Geschichtslehrer in der siebten ausgesprochen doof. Mädchen erschienen mir manchmal als wundersame Wesen von einem anderen Stern, nicht selten jedoch als dumme Gänse, die mich nicht ernst nahmen. Ich verstand im Laufe der Zeit, dass ich einigen von ihnen vertrauen konnte, anderen nicht, und entwickelte eine Vorliebe für die mit langen schwarzen Haaren. Auch lernte ich das Glück kennen, das sich einstellte, wenn ich ein interessantes Buch in einem Zug durchlas. Ich mochte fantasiereiche Erzählungen, bevorzugte mit zunehmendem Alter die Realität und begann ab dem fünfzehnten Geburtstag naturwissenschaftliche Sachbücher zu konsumieren. In der Schule interessierte ich mich für alles, was mit Mathematik und der unbelebten Natur zu tun hatte. Eine Zeit lang auch für das Fach Religion, das mir die vielen Fragen, die ich an das Leben hatte, zwar nicht beantwortete, sie jedoch zumindest ansprach. Mein Interesse an den Fragen des Religionsunterrichts geriet zunehmend in Konflikt mit der Faszination für die Naturwissenschaften. Der Gott der Religionen war mit den Mitteln der Physik nicht zu erkennen und schien sich hinter den Urknall zurückgezogen zu haben.

Insgesamt betrachte ich meine Kindheit und Jugend im Rückblick als angenehm. Ich blieb von manchen Irrwegen verschont, wohl auch deshalb, weil es in meinem Leben etwas gab, für das ich mich brennend interessierte, und ich mich mit meinen anderen Fragen aufgehoben fühlte. So kann man sagen, dass ich Glück hatte, denn lange nicht allen blieb es erspart, ihr Herz an die falschen Dinge oder Menschen zu hängen und etwas sehr Vorläufigem eine endgültige Bedeutung zu geben. Ich musste nicht wie andere wegen einer Unsicherheit bezüglich dessen, was die Welt im Innersten zusammenhält und was das Leben trägt, durch viele Sackgassen wandern oder den Hunger nach Sinn durch Konsum stillen.

Zu einer Vorstellung gehört auch das, was andere für einen als bezeichnend empfinden. Für mich scheint es folgende kleine Geschichte zu sein, die bisher bei jedem Treffen unseres Abiturjahrgangs immer irgendeiner zum Besten gab. Ich finde an meinem darin geschilderten Verhalten nichts Besonderes, aber die anderen meinen, auf so eine Idee könne nur ich kommen. Es war in der zwölften Jahrgangsstufe. Ich hatte den Führerschein gemacht und von den Ersparnissen aus den Ferienjobs einen VW Golf der zweiten Serie gekauft – in der Meinung, was zwanzig Jahre gehalten habe, halte auch zwei weitere Jahre. Eigentlich musste er nur noch zwei Wochen halten, denn ich wollte damit nach Paris fahren und sehen, wie sich die Erde dreht. Das sagte ich allen, die mich fragten, was ich denn in Paris wolle. Was ich damit meinte, schien niemand zu verstehen und ich erklärte es auch nicht. Ich fragte einen Freund aus Kindergartentagen, ob er mitkommen wolle, auf der Fahrt könnten wir im Zelt schlafen, in Paris im Auto am Stadtrand oder auf einem Campingplatz. Auch ihm wollte ich nicht verraten, was ich damit meinte, dass ich sehen wolle, wie die Erde sich dreht. Ich sagte einfach, Paris sei immer eine Reise wert. So fuhren wir zu zweit in den Herbstferien in die Hauptstadt Frankreichs. Meine Eltern hatten Bedenken, wussten aber auch, dass sich Achtzehnjährige nicht von etwas abhalten ließen, das sie sich in den Kopf gesetzt hatten.

Es war eine tolle Fahrt über Straßburg, Metz und die Champagne. Die Mitbringsel aus diesem Landstrich waren nach der Rückkehr geeignet, den Unmut der Eltern zu stillen. In Paris verliefen die Tage in einem gewissen Gleichlauf. Ich begab mich morgens ins Pantheon, mein Freund durchstreifte Parks und Museen. Am Abend setzten wir uns an die Seine, aßen Crêpes, Döner oder Pizza, tranken den billigen Wein der Pays d'Oc und besprachen, was wir erlebt hatten. Am Tag vor der Abfahrt holte mein Freund mich abends von dem Ort ab, an dem ich die letzten fünf Tage verbracht hatte.

Er erzählte hinterher allen, die es hören oder auch nicht hören wollten, wie er mich dort antraf: »Sebastian ruhte, auf ein Gestell ähnlich einem Jägerstuhl gestützt, an der Absperrung des Foucaultschen Pendels und starrte auf den Mosaikboden, der sich langsam unter dem Pendel verschob. Der Boden bewegte sich mit der Erde – und mit ihm alle Besucher dieser monströsen klassizistischen Halle. Das riesige Pendel verharrte an seinem Ort im Weltall und die Skala auf den Fliesen machte die Drehung der Erde unter dem Pendel deutlich. Als Sebastian mich sah, winkte er mich zu sich und sagte total fasziniert: »Schau, wie sie sich bewegt. Kannst du es sehen?

Man kann es spüren, wie wir uns mit der Erde unter dem Pendel wegdrehen.« Mein Freund erntete mit dieser Erzählung jedes Mal ein amüsiertes Lächeln.

Tatsächlich hatte ich die Tage unseres Parisaufenthaltes nahezu ununterbrochen in dieser Stellung verbracht – von der Öffnung der Ruhmeshalle am Vormittag bis zur Schließung – und mich immer wieder neu in die Drehung der Erde um sich selbst und ihre Bewegung im All hineingedacht. Es waren viele Stunden der Meditation über das Universum und den Ort der Erde darin, sowie über deren zweibeinige Bewohner, die dies alles erkunden konnten. An diesen Tagen war wohl der Entschluss vorbereitet worden, Physiker zu werden und das All zu erforschen.

Ich machte ein – bei aller Bescheidenheit – sehr gutes Abitur und zog im folgenden Wintersemester als Physikstudent an die Universität München. Nun konnte ich meine natürliche Neigung zum Betrachten und Verstehen vollends ausleben. In den Jahren des Studiums blieb ich von erschwerenden Umständen verschont, hatte genügend Geld, jedoch zum Glück nicht zu viel. Meine Eltern waren gesund und arbeiteten auf die Rente hin, die große Schwester trat ihre erste Stelle als Lehrerin an und machte mich bald zum Onkel. Was die Mädchen anging, hatte ich nicht viel Zeit und zeitweise auch nur ein geringes Interesse, aber es gelang mir, mein Anforderungsprofil mit den Jahren zu schärfen. Ich blieb nach einem kurzen Ausflug ins Rotblonde schließlich doch den schwarzen Haaren treu, schaute mich unter den Physikerinnen um und bei den Medizinerinnen, verliebte mich letztendlich ernstlich in eine Juristin, die den Staatsdienst anstrebte. Da sie, um dieses Ziel zu erreichen, viel lernen musste, verblieb mir genügend Zeit fürs Studieren, und ich schloss meine Promotion summa cum laude ab.

Eigentlich wollte ich zusammen mit meiner geliebten Juristin die elementaren menschlichen Aufgaben erledigen, von denen meine Eltern immer gesprochen hatten, also ein Haus bauen, einen Baum pflanzen und mindestens ein Kind aufziehen. Dies verhinderte jedoch ein Arzt, angehender Radiologe, der bereits über ein geregeltes Einkommen verfügte und von meiner examinierten Rechtskundigen als derjenige der beiden Männer in ihrem Leben angesehen wurde, der ihren zukünftigen Kindern bessere materielle Lebensbedingungen zu bieten versprach. Rein rational konnte ich ihre Entscheidung nachvollziehen und als klug und nachhaltig anerkennen. Ich wunderte mich, dass sie mir trotzdem nicht zu gefallen schien. So war ich plötzlich allein und konzentrierte mich ganz auf die Arbeit. Im Grunde war es mir ganz recht, mich nicht den sogenannten elementaren menschlichen Aufgaben, sondern vor allem der Wissenschaft widmen zu können.

Was die Physik anging, setzte ich mir zum Ziel, eine experimentelle Bestätigung der Existenz von Axionen zu erbringen. Das sind kleine Teilchen, deren Existenz die theoretischen Physiker schon lange vor meiner Geburt vorausgesagt hatten und die man seitdem fieberhaft nachzuweisen versuchte. Nichts schien mir schwieriger und deshalb als berufliches Ziel besser geeignet als dieses Unterfangen. So führte mein Weg mich mit einer gewissen inneren Konsequenz an das Max-Planck-Institut der Landeshauptstadt des Freistaates Bayern.

2

Ein Anfänger bleibt auch dann ein Anfänger, wenn er mit summa cum laude promoviert wurde, und der »Dr.« vor dem Namen verliert an Bedeutung, wenn alle anderen Kolleginnen und Kollegen denselben Namenszusatz tragen. Dessen war ich mir durchaus bewusst, als ich an einem Junimorgen des Jahres 2015, meinem ersten Arbeitstag, gegen acht Uhr den Eingangsbereich des Instituts betrat. Umso mehr überraschte mich die Begrüßung des Pförtners: »Ach, da ist ja unser neuer Herr Doktor!«

Einmal schon war ich zuvor in diesen Mauern gewesen. Da war ich gerade zwölf Jahre alt geworden. Mein Vater nahm mich zum Tag der offenen Tür mit, den das Institut alljährlich durchführte. Es wollte damit den Kontakt zur Bevölkerung halten und Gerüchten darüber vorbeugen, welche geheimnisvollen und gar gefährlichen Experimente unter den in verschiedenen Ebenen versetzen Dächern des Gebäudes stattfanden. Danach war ich immer wieder da – mit dem Fahrrad, mit der S-Bahn, im Vorbeifahren mit dem Auto – und hatte nahezu sehnsuchtsvoll die Fassade in den Blick genommen. Da wollte ich hinein, da wollte ich irgendwann einmal arbeiten.

Das damalige Institutsgebäude war ein massiges Bauwerk, nicht sonderlich hoch, nur vier oder fünf Stockwerke, von einer enormen Breite, deren Wucht durch die regelmäßige Untergliederung der Fassade noch verstärkt wurde. Ich wusste um die unterirdischen Stockwerke, die fast genauso umfangreich waren wie die oberirdischen. Dort standen die Versuchsaufbauten und wurden die Experimente durchgeführt. Untersuchungen, mit denen man die Vorstellung der Menschen vom Universum verändern und in neue Dimensionen emporheben konnte. Was hier geschah, das war meiner Meinung nach schlichtweg revolutionär im wahrsten Sinne des Wortes. Es stellte das Bild vom Universum auf den Kopf, wirbelte Ideen durcheinander, durchdrang Zeiträume und Entfernungen, die sich der menschlichen Vorstellungskraft entzogen, im Großen wie im Kleinen. Dieses Gebäude hatte für mich eine ähnliche Bedeutung wie die Kaaba für die Muslime, der Jerusalemer Tempelberg für die Juden und der Petersdom für die Katholiken. Wenn es eine Kategorie in meinem Denken gewesen wäre, so hätte ich diesen Ort *heilig* nennen können. An ihm konzentrierte sich alles, was für mich von Bedeutung war. Architektonisch war das Gebäude eher schlicht, von einer fast abstoßenden Monumentalität. Was darin geschah, verlieh ihm jedoch eine unvergleichliche Aura.

Alois Huber, den Mann am Empfang, sollte ich bald gut kennenlernen. Er wurde zu einem väterlichen Freund, den ich meines Erachtens gar nicht gesucht hatte. Seit fast vierzig Jahren arbeitete er in diesen Räumen, davon die ersten fünfunddreißig als Hausmeister. Als solcher war er für die alltagspraktischen Aspekte der Physik zuständig. Vier Jahre zuvor war er beim Auswechseln einer Leuchtstoffröhre von der Leiter gestürzt und hatte sich eine Verletzung am Knie zugezogen. Die wollte nicht wieder richtig ausheilen. Seitdem wurde er als Pförtner eingesetzt. In dieser Rolle fühlte er sich wohl.

In all den Jahren hatte er es sich nicht abgewöhnen können, die Doktoren als solche anzureden. Auch jeden der nicht wenigen Professoren, die durch ‚seine' Tür kamen, begrüßte er ausnahmslos mit ihrem akademischen Titel. Die Hochachtung der Fünfziger Jahre vor den Akademikern steckte ihm tief in den Knochen. Darauf angesprochen, meinte er nur, diese Menschen hätten dafür schwer gearbeitet, dann stände es ihnen auch zu. Die gelegentlich deutlich werdenden menschlichen Unzulänglichkeiten dieser hoch qualifizierten Akademiker konnten ihn nicht von seinem Verhalten abbringen. Diese Schwächen waren ihm keineswegs entgangen, denn er kannte alle gut, die im Haus arbeiteten und auch die regelmäßigen Gäste. So manches aufschlussreiche Gespräch hatte er geführt, wenn jemand beim Empfang stand, weil das Taxi noch nicht da war, oder ein erwarteter Besucher sich verspätete. Er hatte sich seine eigenen Gedanken gemacht über die Physik, die Menschen und das Leben. Gerne kam er am Morgen zur Arbeit und fuhr genauso gerne am Abend zurück ins nahe gelegene Garching. Dort wohnte er mit seiner Frau im geerbten Elternhaus, dessen Verkauf ihn zum Millionär machen würde, was ihm aber gar nicht in den Sinn kam.

»Sie sind früh dran«, sagte er an jenem Morgen meines ersten Tages im Institut, trat hinter seinem Empfangstresen hervor, nahm Haltung an und reichte mir die Hand. »Mein Name ist Huber, ich bin hier der Pförtner und soll Sie in Empfang nehmen. Der Herr Professor kommt erst gegen neun Uhr. Sie können solange da vorne Platz nehmen, wenn Sie möchten.«

Er deutete auf eine Sitzgruppe aus Edelstahl und Leder, der man das Alter des Institut und die Löcher im Institutshaushalt ansah.

»Gerne«, sagte ich, setzte mich und schaute mich um. Dies war mein erster, lang ersehnter Tag als Mitarbeiter im Institut.

Wir Physiker gelten im Allgemeinen als nüchterne Menschen. Das bietet sich auch an, wenn man sich mit Fragen beschäftigen will, die unser Vorstellungsvermögen übersteigen. Allzu leicht kann man da ins Spekulieren kommen. Das sollten wir den Sciencefiction Literaten überlassen. An diesem Tag jedoch durchfluteten mich die Glückshormone in einer Weise, dass es mir schwer fiel, die Selbstkontrolle zu behalten. Ich war noch nicht am Ziel meiner Träume, aber schon auf der Straße dort hin.

In dieser Halle, die mit ihrer Höhe an den Münchener Flughafen erinnerte, sich über alle Stockwerke nach oben zog und dort mit einem Glasdach endete, zeigte sich eine architektonische Neigung zum Gigantischen. Mir kam der Gedanke, dass man von hier aus in der Nacht die unzähligen Lichter des Universums sehen könnte, wenn nicht das Streulicht der Stadt den Blick verderben würde. Im Moment brannte die Sonne hindurch, die Verdunklung fuhr heraus und tauchte den Raum in ein angenehm blaues Licht. Bald würde die Klimaanlage zur Höchstleistung auflaufen müssen. Es war ein heißer Frühsommer.

Trotz aller Faszination für das Institut musste ich mir eingestehen, dass das Gebäude unübersehbar in die Jahre gekommen war. Etwas Farbe, die Ausbesserung der gesprungenen Bodenfliesen und der Austausch einzelner blind gewordener Fensterscheiben hätten dem Foyer gutgetan. Ich verstand sofort, warum ein Neubau in Angriff genommen worden war. Der Hochglanzprospekt lag neben dem Jahresbericht des Instituts vor mir auf dem niedrigen Couchtisch.

Tatsächlich war ich zu früh gekommen. In den ersten zehn Minuten meines Wartens betrat niemand die Eingangshalle. Lediglich die aus einem Mann und zwei Frauen bestehende Putzkolonne mühte sich von der einen zur anderen Seite, um dann in den breiten Gängen entlang der Außenfassade zu verschwinden. Jedoch stellte sich die Wartezeit als keineswegs vergeudet heraus.

Herr Huber kam zu mir. Der untersetzte Mann tat sich ein wenig schwer mit dem Gehen. »Möchten Sie vielleicht einen Kaffee? Ich hab da vorne eine kleine Maschine.« Mit einem verständnisvollen Blick fügte er hinzu: »Sie können sich auch gerne zu mir setzen, wenn Sie wollen.« Erstaunlich, dieser Mann, der eben noch so achtungsvoll distanziert gewesen war, zeigt nun seine fürsorgliche Seite.

Hätte Herr Huber eine knielange Lederhose – oder auch eine kurze – mit wollenen Strümpfen und Trachtenhosenträgern angehabt, er hätte nicht mehr dem Klischee eines Bayern entsprochen, als er es in dieser braunen Cordhose und dem groß karierten Hemd tat. Das lag an seinen kräftigen grauen Haaren und dem melierten Schnurrbart, seiner untersetzten Gestalt sowie dem unüberhörbaren Zungenschlag. Er erinnerte mich an meinen Onkel, mit dem ich in den Ferien durch die Voralpen gewandert war. Dann waren wir mit festen Schuhen versehen und einem ledernen Rucksack ausgestattet losgezogen. In dem Rucksack befanden sich der Kaffee für den Onkel, die Limonade für mich sowie die nahrhafte von der Tante zusammengestellte Brotzeit – und das Fernglas, mit dem wir die Berge betrachteten. Der Onkel war ein gemütlicher Mann, der beim Wandern allerdings einen guten Schritt hatte. Er leistete einen beträchtlichen Beitrag zu meinem Interesse am Universum. Als wir – da war ich gerade zwölf Jahre alt geworden – bei einer der Wanderungen auf einer Hütte übernachteten, hatten wir einen überwältigenden Blick auf den Nachthimmel und die Milchstraße. Der Onkel konnte einige meiner Fragen beantworten, aber es blieben so viele offen, dass ich fortan nicht mehr von diesem Thema loskam.

Ich bin nicht der Kaffeefreak, wie er manchmal unter Akademikern anzutreffen ist, die den Körper bei unserer zumeist sitzenden Tätigkeit durch irgendwelche chemischen Stimulanzien in Gang halten müssen. Das Wort »Kaffee« klang in meinen Ohren jedoch nach einer angenehmen Abkürzung der Wartezeit. So folgte ich Herrn Huber in die Pförtnerloge, setzte mich auf den angebotenen Stuhl, von dem aus ich einen guten Blick in das Entree hatte, und nahm die Tasse mit dem heißen Getränk entgegen.

»Sie sind also der neue wissenschaftliche Mitarbeiter. Dann müssen Sie ja ein kluger Kopf sein. Die nehmen hier nicht jeden.«

In diesem Moment wusste ich nicht, ob ich Herrn Huber aufdringlich und distanzlos oder einfach nur freundlich finden sollte. Das anerkennende Lächeln, mit dem er seine Worte unterstrich, ließ mich jedoch Freundlichkeit vermuten. Was sollte ich ihm antworten? Wer weiß, wem er meine Antwort weitergeben würde.

»Na ja, ich denke, die Arbeit hier ist ungeheuer wichtig, sehr interessant und wird mir Spaß machen.« Ich versuchte zu lächeln: »Aber ganz leicht wird es sicher nicht.« In einer Verlegenheitsgeste griff ich zu meiner Kaffeetasse.

Die Eingangstür wurde geöffnet und eine sorgfältig gestylte Frau in den mittleren Jahren trat ein, winkte Herrn Huber zu und ging zum Aufzug.

»Das ist die Sekretärin vom Chef, Frau Sorglos«, sagte der Pförtner.

»Origineller Name«, gab ich zurück.

»Der Name passt nicht so ganz. Sie macht sich vielleicht wenige Sorgen um sich, dafür umso mehr um andere. Sie kümmert sich um alles, was sonst keiner machen will. Also, ohne Frau Sorglos hätten manche hier ziemlich viele Sorgen.« Herr Huber schien mit einer praktischen Intelligenz ausgestattet zu sein.

»Das ist eine gute Eselsbrücke, um mir den Namen zu merken«, sagte ich freundlich. »Mit Namen habe ich es nämlich nicht so.«

»Wohl mehr mit den Elementarteilchen, was?«

»Deren Namen konnte ich mir bisher merken.« Ich versuchte humorvoll zu wirken.

Im Flur wurde es laut. Eine Gruppe junger Frauen und Männer, allesamt leger gekleidet, zwängte sich herein und verteilte sich unter unüberhörbaren Abschiedsrufen in offensichtlich guter Stimmung auf die verschiedenen Gänge.

»Da ist ein Bus angekommen. Sie werden sehen, in fünfzehn Minuten kommt wieder so eine Gruppe. Das sind dann die, die es riskieren, zu spät zu kommen, falls der Bus nicht pünktlich ist.«

»Sie kennen Ihre Leute aber gut«, sagte ich und nahm einen Schluck von dem Kaffee. Er schmeckte unerwartet aromatisch. Bestimmt eine alte bayerische Traditionsmarke.

»Ich kenne sie alle. Ob ich sie gut kenne, da bin ich mir nicht so sicher. Wie heißt es doch so schön: Man schaut den Menschen nur vor den Kopf.« Herr Huber nickte nachdenklich.

Zwei Handwerker in Blaumännern betraten die Halle und näherten sich mit unsicheren Blicken an die hohe Decke der Pförtnerloge. Herr Huber schaute auf das Schreiben, das sie vorlegten, erklärte ihnen den Weg, griff zum Telefon und meldete sie an. Er lehnte sich zufrieden ob der erledigten Aufgabe in seinem Schreibtischstuhl zurück.

Draußen vor der Tür, bei den reservierten Parkplätzen für die Leitenden, wurde es laut.

»Auftritt Langlotz!«, raunte Herr Huber mir zu. »Frau Dr. Sandy Langlotz. Vielleicht unsere nächste Chefin.« Er unterstrich diesen Satz mit einem hochachtungsvollen Gesichtsausdruck.

Vom Parkplatz her war ein gewaltiges Röhren zu hören, dann Ruhe, ein letzter Gasstoß, der die Scheiben des Entrees vibrieren ließ, ein gurgelndes Geräusch, Stille.

»Jetzt wissen alle, dass sie da ist. Dieser entsetzliche Klappenauspuff ihres Jaguars ist unüberhörbar und gefährdet mit seinen Schallwellen sämtliche Versuchsanordnungen im Haus, wenn Sie mich fragen. Aber keiner wagt etwas zu sagen, denn es ist Frau Dr. Sandy Langlotz.« Herr Huber hob einen Zeigefinger und lächelte vielsagend. »Sie macht diesen Krach nur, wenn sie sicher sein kann, dass der Chef noch nicht im Haus ist.«

Wohl darauf bedacht, nicht gesehen zu werden, lugte ich um die Ecke und war gespannt, wie sie wohl aussah, diese Frau Dr. Langlotz. Der Name sagte mir viel. Sie war eine der renommiertesten Experimentalphysikerinnen der Welt, hatte ein halbes Jahr auf der Raumstation ISS gearbeitet und zuvor in Moskau Physik studiert. Sie stammte aus Erfurt und hatte noch zu DDR-Zeiten in der Schule Russisch gelernt. Man erzählte sich, der Militärische Abschirmdienst habe sie ganz gezielt für das Institut angeworben, weil sie im Zuge ihrer Laufbahn Einblicke in russische Forschungen gehabt hatte. Man hoffte, davon zu profitieren. Diese Koryphäe war einer der Gründe, warum ich an diesem Institut arbeiten wollte.

Die Tür ging auf und ein freundliches »Guten Morgen, Herr Huber!« in dem angenehmen Tonfall einer Altstimme klang durch den Raum. »Guten Morgen, Frau Dr. Langlotz!«, antwortete Huber und deutete eine Verbeugung an.

Aufrechten Ganges durchschritt Dr. Langlotz – sie war damals eine Frau Mitte vierzig mit blondierten Haaren und einer Hochsteckfrisur – das Entree, ging mit einem deutlich vernehmbaren Klacken der Absätze zum Aufzug und verschwand darin.

Irgendwie hatte ich sie mir anders vorgestellt. Vielleicht etwas strenger, hagerer, asketischer, nicht so fraulich und natürlich. »Die wirkt auf den ersten Blick ganz nett«, sagte ich zu Herrn Huber.

»Das ist sie auch. Immer freundlich. Bei fachlichen Diskussionen soll sie allerdings unerbittlich sein.« Huber schaute mich wissend und warnend zugleich an. »Vielleicht meint sie es nicht so, aber sie hat schon manche mit ihrer Kritik entmutigt.« Er kräuselte die Stirn. »Also: Vorsicht!« Er war unerwartet offen. Wenn er mit allen über alle so redete, würde er sich bald ins soziale Aus katapultieren.

»Danke für die Warnung«, sagte ich. »Sonst noch irgendwelche Tipps?«

»Sie werden die schon noch alle kennenlernen. Ich denke, nach dem, was ich hier so mitbekomme, ist das Arbeitsklima in Ordnung.« Also ein versöhnlicher Schluss. Herr Huber schien doch kein Anhänger der üblen Nachrede zu sein.

Er nickte den nächsten Eintretenden zu. Vor der Tür sah ich nun einen jüngeren Mann, der sich in gebückter Haltung näherte.

»Jetzt kommt Ihr Kollege, der Dr. Albert Weinstein. Ein kluger Kopf.« Hubers Gesicht wurde ernst. »So ganz bin ich noch nicht aus ihm schlau geworden. Man sagt ihm nach, er würde dem Professor ständig nach dem Mund reden.«

»Ist in der Wissenschaft eigentlich nicht üblich.« Ich war skeptisch, ob diese Behauptung stimmte.

»Vielleicht hat er das von zu Hause. Sein Vater ist im Vorstand bei Daimler.«

»Ist der für die unglückliche Wahl des Vornamens verantwortlich?«

»Mag sein, vielleicht ist es auch die Mutter, die so ehrgeizig ist«, sagte Huber nachdenklich. »Auf jeden Fall tut der Kerl mir irgendwie leid.« Also, Huber sah in Doktoren der Physik nicht nur zu bewundernde Wesen einer höheren Ordnung, sondern auch Menschen in all ihrer gelegentlichen Kläglichkeit.

Albert Weinstein betrat gebückten Rückens die Lobby, als müsse er durch die niedrige Tür eines mittelalterlichen Gefängnisturms hindurch, richtete sich anschließend kaum merklich auf und ließ ein »Hallo, Herr Huber!« vernehmen. Huber grüßte zurück und Weinstein schlich zum Aufzug.

Ich lugte um die Ecke ins Foyer. Weinstein schien mir durchaus sympathisch zu sein. Er war das, was man als gut aussehend bezeichnet hätte: sehniger, muskulöser Körper, markantes Kinn, blaue Augen und volles Haar, das gescheitelt und an den Seiten kurz geschoren war. Seine gebeugte Körperhaltung stand allerdings in deutlichem Widerspruch zu seinem Aussehen. Vielleicht war er der gut aussehende Sohn eines gut aussehenden Vaters, ohne dessen Durchsetzungsfähigkeit geerbt zu haben? Albert war derjenige im Institut, mit dem ich und andere etwas unglaublich Ungehöriges erleben sollten.

Huber lehnte sich in seinem Drehstuhl zurück. Das Telefon klingelte, er nahm ab und verband den Anrufer. Dann wandte er sich wieder mir zu: »In spätestens zwei Minuten ist der Chef da. Er kommt nie später als neun Uhr.«

Nun wurde ich nervös. Es war an diesem Tag nicht die erste Begegnung mit Brian Miller, dem Direktor des Instituts. Beim Einstellungsgespräch hatte ich ihm bereits gegenüber gesessen. Nun sollte die Zusammenarbeit mit dem Mann beginnen, den ich schon seit Jahren verehrte. Ich hatte alles, wirklich alles, von ihm gelesen, und kannte die Stationen seiner Laufbahn auswendig: Miller stammte – auch wenn sein Name das nicht vermuten ließ – ebenfalls aus Bayern, hatte in Augsburg sein Physikstudium begonnen, war dann aber bald nach Lyon gewechselt, um dort zu promovieren. Nach ein paar Jahren in Berlin an der Humboldt-Universität folgten eine Zeit in Princeton und eine Professur in Heidelberg, bevor er zu einem der sieben Direktoren der Abteilungen der Max-Planck-Institute in München berufen wurde. Miller war noch keine vierzig Jahre alt, als man ihn mit dieser Aufgabe betraute. Nun durfte ich mit diesem Mann zusammenarbeiten. Dieser Tag war ein ganz besonderer in meinem Leben. Ich hatte ein erstes wichtiges Ziel erreicht: Ich durfte hier arbeiten. Jetzt galt es nur noch, das Axion nachzuweisen.

Eine Minute vor neun Uhr betrat Brian Miller sein Institut. Er winkte Herrn Huber zu, entdeckte mich und kam näher.

»Da sind Sie ja schon, Herr Rasch.« Miller reichte die Hand über den Empfangstresen. »Herzlich willkommen.« Er machte eine abwehrende Geste. »Bitte trinken Sie in Ruhe Ihren Kaffee aus und kommen Sie dann in fünfzehn Minuten in mein Büro! Herr Huber wird Ihnen den Weg zeigen. Dann stelle ich Ihnen auch Frau Dr. Kurasek vor, Ihre direkte Vorgesetzte. Aber«, er lächelte »die haben Sie ja schon beim Vorstellungsgespräch gesehen«, ging zum Aufzug und rief: »Also bis gleich.«

Das Ganze hatte keine zehn Sekunden gedauert. Ich kam nicht dazu zu antworten und muss einen ziemlich verblüfften Gesichtsausdruck gemacht haben.

Huber lächelte: »So ist er. Nur keine Zeit verlieren! In den fünfzehn Minuten, die er jetzt noch Zeit hat, telefoniert er mit dem Forschungsminister oder einem Kollegen in den USA und hat schon wieder einen Punkt auf seiner To-do-Liste abgearbeitet.«

Ich sollte Brian Miller als einen außergewöhnlichen Physiker, einen guten Chef und einen angenehmen Menschen kennenlernen.

Das war gut zwei Jahre vor dem Tag, der für eine spürbare Erschütterung des Instituts sorgte, an dem ich einen bisher nicht gekannten Schmerz empfand und in Ereignisse hineinzogen wurde, mit denen ich nie gerechnet hätte. Sie zwangen mich, es nicht beim Betrachten und Verstehen zu belassen und mein Physikergehirn auch anderen Aufgaben zu widmen.

3

Die morgendliche Tasse Kaffee im Hinterzimmer von Herrn Hubers Pförtnerloge hatte sich für mich im Laufe der Zeit zu einem Ritual entwickelt. Er hatte mich in gewisser Weise adoptiert und ich hatte es geschehen lassen, ohne genau zu wissen, warum. Vielleicht wegen der Ähnlichkeit mit meinem Onkel, vielleicht weil er für mich in der sachlich anspruchsvollen Atmosphäre des Instituts ein wenig bayerische Heimat bedeutete. Nur die wenigsten der Kolleginnen und Kollegen hatten dafür Verständnis. Huber stand in dem Ruf, ein freundlicher und hilfsbereiter Zeitgenosse zu sein, aber zu einem längeren Gespräch mit ihm hatte kaum jemand Lust. Die meisten fanden keinen rechten Zugang zu Hubers urbayerischer Art. Manche hatten auch einfach Probleme, seinen Dialekt zu verstehen. Zudem: Was sollte es schon bringen, sich mit einem Pförtner und ehemaligen Hausmeister zu unterhalten, der von der Grundlagenforschung im Institut doch so gar nichts begriff? Es gab Tage, da interessierte mich das, was Alois Huber mir erzählte, tatsächlich nur wenig. Dafür hörte er geduldig zu, wenn ich ihm von der Arbeit und den Diskussionen im Team berichtete, die er vermutlich wirklich nicht verstand. Obwohl – ich hatte zwar den Eindruck, dass Alois Huber nicht allen Gedanken zum Standard-Modell der Elementarteilchen mit seinen Quarks, Bosonen, Leptonen und Fermionen und den angedachten Erweiterungen folgen konnte. Wofür er jedoch eine ausgesprochene Sensibilität bewies, war all das, was in den Menschen und zwischen ihnen ablief. Alois Huber hatte eine gute Menschenkenntnis. Das lag, so versuchte ich mir das zu erklären, daran, dass er auf einem Dorf aufgewachsen war, wo man sich schlecht voreinander verstecken konnte. Da finden sich alle Tugenden und Laster, alles Gelingen und Verfehlen, was es in der großen weiten Welt gibt, im Kleinen. Wer die Menschen kennenlernen will, lebt besser auf dem Dorf als in der Stadt.

Möglicherweise hatte es auch mit seiner Außenseiterrolle als Hausmeister und Pförtner zu tun. Die zwang ihn in eine beobachtende Position und ermöglichte ihm, sich so seine Gedanken zu machen. Wie dem auch gewesen sein mag: Die Gespräche mit Alois Huber hatten mir in den vergangenen zwei Jahren geholfen, mich ins Arbeitsleben im Allgemeinen und ins Institut im Speziellen einzugewöhnen. Der Pförtner vermittelte mir das, was mir sonst in meinem von der Elementarphysik bestimmten Leben nicht begegnete. Ich vermisste es – ehrlich gesagt – auch nicht. Es half mir jedoch, im Rückblick betrachtet, in der wenigen Zeit, die ich außerhalb des Instituts verbrachte, zu bestehen.

Die zweite Person, die mir das Einarbeiten erleichterte, war Charlotte Kurasek, anfangs meine direkte Vorgesetzte. Sie war gut zehn Jahre älter als ich, galt als außergewöhnlich kreative Experimentalphysikerin und war von Brian Miller nach dessen Übernahme der Institutsleitung von einem Ingolstädter Automobilhersteller abgeworben worden. Dort forschte sie an der Entwicklung eines neuartigen Bremssystems, das die bereits guten Werte noch einmal um einhundert Prozent verbessern sollte. Diese Stellung hatte sie angenommen, weil sie nach Abschluss ihrer Promotion möglichst bald zu einer gut bezahlten Arbeit kommen wollte. Sie musste als ledige Mutter eine Tochter im Grundschulalter aufziehen und die notwendige Kinderbetreuung finanzieren. Im Bereich der Grundlagenforschung gab es zu der Zeit keine freie Stelle und so ging sie in die Industrie.

Ich bewunderte manches Mal diese toughe Frau, die nun, mit Ende dreißig, eine Tochter im besten Pubertätsalter hatte und zugleich hervorragende Arbeit leistete. Dass sie tatsächlich prädestiniert für die mögliche Nachfolge in der Institutsleitung gewesen war, wie eine Doktorandin einmal meinte, erschien mir jedoch keineswegs so eindeutig. Schließlich war da noch Dr. Langlotz und die war eine Physikerin von Weltruf. Charlotte Kurasek war mir hingegen außergewöhnlich sympathisch. Zudem hatte sie sich mit ihren langen brünetten Haaren und der schlanken Figur ein mädchenhaftes Aussehen bewahrt. Immer wieder erwischte ich mich dabei, in ihr mehr als nur eine vorgesetzte Kollegin zu sehen. Ihre stets freundliche, jedoch uneingeschränkte Sachlichkeit hielt mich allerdings davon ab, diese Fantasien über einen längeren Zeitraum weiter zu spinnen. In meinen Gedanken war sie jedoch, wie mir später bewusst wurde, stets präsent.

Sie selbst sah sich mir gegenüber wohl eher in einer mütterlichen Rolle. So empfand ich es jedenfalls. Als hätte sie es geahnt, dass ich gerade eine schwierige Zeit hatte, sprach sie mich nach einem halben Jahr gemeinsamer Arbeit an, ob wir uns nicht einmal am nächsten Tag für ein oder zwei Stunden in einem Biergarten zusammensetzen sollten, um die vergangene Zeit im Institut Revue passieren zu lassen. Nach den ersten sechs Monaten auf der Stelle war mir manches zur Routine geworden, was mich vorher unter Anspannung gesetzt hatte. Ich musste mich innerlich neu sortieren. Sie hörte zu, stellte ab und zu eine Frage, schien die Probleme, die mich beschäftigten, zu kennen. Charlotte war in meinen Augen eine besonders einfühlsame Person, bei aller Distanz mir zugewandt. So wenig sie von sich selbst erzählte, so wichtig schienen ihr die Menschen zu sein, mit denen sie zusammenarbeitete.

Und diese besondere und wunderbare Frau war nun tot. Völlig unerwartet brach an jenem Morgen die Welt für mich zusammen. Ich musste daran gehen, aus den Trümmern eine neue zu bauen.

Immer noch saß ich auf meinem Stuhl und hielt Wache in der Tür von Charlottes Büro. Es waren die letzten Minuten, die ich mit ihr alleine sein konnte, bevor es sich im Haus herumgesprochen hatte und die Polizei ihre Untersuchungen aufnahm. Später, immer wenn ich an diese Minuten zurückdachte, war ich über mich selbst verwundert, wie wenig es mich in diesem Moment interessierte, wer es getan haben konnte. Ich dachte an das, was ich verloren hatte, was für immer vorbei war, und erschauderte vor der Gegenwart der Gewalt, die diesen Körper verkrümmt und in diese große Blutlache gelegt hatte, deren Geruch ich wahrzunehmen begann.

Die Erinnerung an eine Diskussion im Team ungefähr zwei Wochen zuvor tauchte plötzlich in meinen Gedanken auf. Was sollte das jetzt? Eine Übersprunghandlung? Der verzweifelte Versuch meines Gehirns, sich abzulenken?

Charlotte hatte in erstaunlicher Weise Position bezogen.

»‚Das, was die Welt im Innersten zusammenhält‘ ist ein völlig unpassender Ausdruck für das, wonach wir suchen und womit wir uns beschäftigen.« Dr. Sandy Langlotz hatte ihre Meinung – wie immer – dezidiert und ohne ein Lächeln auf den Punkt gebracht. Ich konnte ihr nur zustimmen.

»Dieser Ausdruck ist weltanschaulich belastet«, fuhr sie fort. »Er stammt aus Goethes Faust und damit aus der Zeit der Romantik. Wir sind Wissenschaftler, die nicht nach Geistern oder Göttern suchen, sondern nach Fakten, nach empirisch nachweisbaren Fakten.« Albert Weinstein saß gebeugt neben ihr und nickte, und auch ich war der Meinung, dass sie völlig recht habe.

Es kam zu einer Grundsatzdiskussion im Team. Sie war nicht die erste, die ich miterlebte. Jedes Mal war es faszinierend. Manche Gedanken waren auch schon einmal ein wenig erschreckend. Meiner Meinung nach war es jedoch wichtig, nicht nur miteinander fest an einem Ziel orientiert zu arbeiten, sondern auch diese anderen Fragen anzuschneiden, die grundsätzlichen, die gelegentlich verwirrenden. Auch wenn ich da ursprünglich eine klare Meinung hatte.

Der Chef war für eine Woche in den USA. Er hätte eine solche Diskussion unterbunden. Soweit kannte ich ihn damals schon. Dazu war ihm die Arbeitszeit zu schade. Beim Sommerfest und bei der Weihnachtsfeier, wenn sowieso Small Talk angesagt war und jeder sich unbeliebt machte, der die Themen des Arbeitsalltags anschnitt, konnte man ihn mit etwas Glück in ein Gespräch um die philosophischen Grundsatzfragen der Physik verwickeln. Außerhalb dieser Zeiten gelang es selten. Immer wieder jedoch tauchte im Team das Bedürfnis auf, sich über solche Fragen auszutauschen. Es war keineswegs nur Charlotte Kurasek, die damit anfing. Es waren die Studierenden, die häufig mit diesen Fragen ankamen.

Das Team unseres Instituts setzte sich aus vier promovierten Wissenschaftlern, einer Reihe von Studierenden, die überwiegend an ihrer Dissertation arbeiteten, einigen Gastwissenschaftlern mit einer Festanstellung im Ausland, den Technikern und den beiden Sekretariatskräften zusammen. Waren alle da – das war jedoch selten der Fall – dann waren wir über fünfzig.

Wenn Frau Dr. Sandy Langlotz etwas sagte, das war mir aufgefallen, wagte vonseiten der Studierenden kaum jemand zu widersprechen. Selbst mit Zustimmung hielt man sich zurück. Denn es konnte sein, dass der Teil eines Satzes oder auch nur ein Wort in der zustimmenden Äußerung Dr. Langlotz zu einer scharfen Replik veranlasste. Ihr sorgfältig gestyltes Outfit mit der eleganten Kleidung und den scheinbar täglich wechselnden Schuhen verstärkte das Gefühl von Distanz. Diese auf den ersten Blick so sympathische, freundliche Frau konnte haarscharf und nahezu verletzend argumentieren. Für mich war das ein Zeichen ihrer überragenden Intelligenz und physikalischen Kompetenz. Außer dem Chef hatte nur Charlotte Kurasek das notwendige Selbstbewusstsein, um einen Einwand zu formulieren. Das öffnete gelegentlich anderen den Mund. So war es auch dieses Mal.

»Unser Institut wirbt damit«, sagte Charlotte ruhig und sachlich, »dass es der Frage nachgeht: ‚Warum gibt es uns?' Diese Formulierung, Sandy, wurde bewusst gewählt, denn ‚Warum' fragt in unserer Sprache nicht nur nach der Ursache, also nach dem Kausalzusammenhang, sondern auch nach dem Grund, also nach dem Sinnzusammenhang, nach der Intention einer Handlung und eines Ereignisses.« Sie lächelte. »Auch das wollen die Menschen wissen. Da geht es um mehr als Fakten und wir begeben uns auf ein Terrain außerhalb des Messbaren oder Berechenbaren. Das fällt unseren Physikergehirnen schwer. Wir hätten es gerne messbar und berechenbar. Ich befürchte jedoch, das geht nicht immer. Über solche Fragen nachzudenken ist in unseren Räumen also durchaus zulässig.«

»Allerdings fruchtlos«, schoss Dr. Langlotz dazwischen. »Wir werden bei diesen Fragen zu keinem allgemein anerkannten Konsens kommen.«

»Den es in den Naturwissenschaften sowieso nie gibt«, gab Charlotte zurück. »Wir arbeiten mit Hypothesen, derer wir uns bedienen, solange sie nicht falsifiziert sind. Selbst das allseits beliebte Standardmodell wird hinterfragt – auch und gerade von einigen unter uns.«

Dr. Langlotz nippte an ihrer Tasse. Ihr Gesichtsausdruck machte klar, dass sie sich zu schade war, darauf zu antworten. Das konnte ich verstehen. Andererseits machte die folgende Reaktion der anderen deutlich, dass Charlotte Kurasek mit ihrer Antwort durchaus Nachdenklichkeit erreicht hatte.

Einer der Doktoranden setzte an: »Aber ist es ratsam, sich auf ein Gebiet zu begeben, auf dem nicht mehr gemessen und berechnet werden kann? Wie sollen wir uns dann miteinander verständigen? Außerhalb der Empirie und der Mathematik gibt es doch nur noch Meinungen. Da halte ich es lieber mit dem Philosophen Wittgenstein: Worüber man nicht reden kann, darüber sollte man schweigen.«

»Dann musst du aber auch ein Leben wie Wittgenstein führen – irgendwo in der irischen Einöde, möglichst ohne Kontakt zu Menschen.« Die Doktorandin mit den kurz geschorenen blonden Haaren, deren Namen ich mir partout nicht merken konnte, knuffte ihn in die Seite.

»Wir sollten uns nichts vormachen«, mischte sich ein anderer ein, »im Leben geht es, so habe ich den Eindruck, oft um Fragen, bei denen man mit Messen und Berechnen nicht weiter kommt.«

»Stimmt«, meinte ein Student, der fast nie den Mund aufmachte, »ich finde, dann wird es erst richtig interessant.«

Dr. Langlotz, die auf ihrem Stuhl hin und her gerutscht war, platzte hinein: »Ich bitte Sie! ‚Im Leben‘ – was heißt das? Beim Friseur? Im Kino? In der Kirche?«

»In der Politik, in der Liebe, bei der Erziehung, Sandy«, sagte Charlotte Kurasek und sprang damit dem Doktoranden zur Seite. »Das sind nur drei Beispiele für ungeheuer wichtige Dinge im Leben, wo du mit Messen und Berechnen alleine nicht weit kommst.«

»Charly, bei aller Liebe – oder besser: bei aller Kollegialität – das kannst du doch so nicht stehen lassen.« Dr. Langlotz fuhr sich nervös durch die blonden Haare. »Muss ich mir Sorgen um die Qualität der Arbeit in unserem Institut machen? Da hast du gerade die Bereiche des Lebens genannt, die das größte Chaos-Potenzial haben. Wo, bitte, geht mehr schief als in der Politik, der Liebe und der Erziehung?« Sandy Langlotz hatte die Lacher auf ihrer Seite und auch Charlotte Kurasek musste lächeln.

»Da hast du völlig recht. Obwohl, wenn ich so an die Planung und Umsetzung unseres Neubaus denke?! Ganz zu schweigen vom BER.«

»Das wäre doch einmal eine Untersuchung wert«, sagte Dr. Weinstein. »Um welchen Prozentsatz ließe sich das Chaos-Potenzial in der Politik vermindern, wenn mehr gemessen und gerechnet würde?«

»Mit dem Untertitel«, ergänzte einer der Doktoranden, »‚Ein Beitrag der theoretischen Physik‘ zu den Fragen des alltäglichen Lebens. Nicht schlecht!«

»Denken wir das Ganze weiter ins Absurde«, ergänzte die Kollegin mit den kurz geschorenen blonden Haaren, »so könnte eine weitere Untersuchung lauten: Der Algorithmus der Liebe. Untertitel: Durch Berechnung zum Glück.«

»Das ist keineswegs absurd«, mischte sich ein Student ein. »Nach diesem Prinzip funktioniert die Software der Partneragenturen.«

»Ich halte es nicht für unmöglich«, musste ich nun doch einwenden, »aus einer Gruppe von Menschen durch softwaregestützte Vergleiche der Eigenschaften und Interessen diejenigen herauszufiltern, die miteinander harmonisieren könnten. Aber ob Berechnung noch weiterhilft, wenn es in der Beziehung kriselt, da habe ich meine Zweifel.«

Dr. Langlotz schien sich aus der Diskussion verabschiedet zu haben. Sie schaute in eine unergründliche Weite und spielte mit ihrem Kugelschreiber, indem sie ständig die Mine ein- und ausfahren ließ.

»Berechnung hilft oft nicht weiter«, sagte Dr. Kurasek und es klang wie ein Abschlussstatement. »Gerade in Beziehungen ist Verständnis viel wichtiger. In der Erziehung übrigens auch. Fehler machen gehört dazu, Scheitern auch. Es ist nicht alles planbar. Mit Verzeihen kommt man weiter als mit dem konsequenten Umsetzen eines einmal gefassten Lebensplans.« Sie schüttelte leicht ihren Kopf und lächelte. »Daneben erscheint mir die Physik manchmal leicht – und unwichtig.«

Nicht wenigen im Institut war Dr. Charlotte Kurasek – das hatte ich später immer wieder zu hören bekommen – wie ein Hort der Ganzheitlichkeit des Menschseins in einem System der Rationalität erschienen.

Nun hing ich auf dem Stuhl in der Tür von Charlottes Büro meinen Gedanken nach. Alois Huber kam den Gang entlang. Hinter ihm stürmte Frau Sorglos herein. Huber hielt sie stumm zurück, kam vorsichtig zu mir heran, legte seine Hand auf meine Schulter und sagte: »Komm, mein Junge, wir müssen jetzt die Polizei ihre Arbeit machen lassen.«

4

Die Arbeit im Institut hatte sich in den letzten Monaten vor Charlotte Kuraseks Tod rasant verändert und damit auch mein Alltag. Professor Miller hatte an einem in-
ternationalen Kongress zur Axion-Forschung teilgenom-
men und kam mit der Nachricht zurück, dass man sich
darauf geeinigt habe, dem Institut eines der Experimente,
die zum Nachweis dieses Elementarteilchens durchgeführt werden würden, zu übertragen. Diese Neuigkeit versetzte alle am Institut in eine Erregung, die man auch an
den tragenden Säulen des Foyers zu spüren meinte. Das
bedeutete einen weiteren deutlichen Prestigegewinn und
ließ auf Forschungsgelder und damit mehr Personal hoffen. Es würde dazu führen, dass wir mit den anderen über
die ganze Erde verteilten Forschungsgruppen in Konkurrenz traten. Konkurrenz bedeutete vor allem ein Wettlauf
darum, wer als erster belastbare experimentelle Nachweise erbringen konnte.

Bis dahin war das Axion nur ein theoretisch postuliertes Teilchen. Nun sollten wir ihm nachspüren können. Für
mich und die anderen am Institut bedeutete Konkurrenz
zudem, mit Kolleginnen und Kollegen rund um den Erd-
ball in Kontakt treten zu können, internationale Begeg-
nungen, internationaler Austausch. Es gab wenig zu verlieren, aber viel zu gewinnen. Das war für mich die Chance, an einem bedeutenden Durchbruch in der Forschung
beteiligt zu sein und intensiv an meinem wissenschaftlichen Lieblingsprojekt zu arbeiten. Die Erfüllung meines
Traumes rückte näher. In den ersten Nächten nach der

Mitteilung dieser frohen Botschaft konnte ich kaum schlafen.

Von einem geregelten Tagesablauf hatte man im Institut nie sprechen können. Dazu war die Arbeit zu vielfältig, oft über Wochen von nur einem Projekt bestimmt. Dann gab es wieder Phasen des Aufarbeitens und der Lektüre der wichtigsten Veröffentlichungen. Von uns vier promovierten Physikern waren die beiden etwas älteren Kolleginnen häufig auf Vorträgen und Kongressen außerhalb Münchens. Die Stallwache blieb in diesen Zeiten an Dr. Weinstein und mir hängen. Dann waren wir nahezu jeden Tag von morgens bis abends im Institut und die ersten Ansprechpartner für die Doktorandinnen, Doktoranden und anderen Mitarbeiter. Das waren herausfordernde Wochen, in denen wir wichtig waren oder uns zumindest fühlten.

Mein Verhältnis zu Albert Weinstein hatte sich nach ersten Anlaufschwierigkeiten auf ein gutes kollegiales Miteinander eingependelt. Wir waren die Youngster unter den Promovierten, hatten den Chef und die beiden erfahrenen Frauen über uns, die Doktorandinnen und Doktoranden unter uns. Albert und ich hatten uns für diese Zeiten, in denen wir die Verantwortung trugen, angewöhnt, zusammen zu Mittag zu essen und dabei die wichtigsten Neuigkeiten auszutauschen. Wenn wir alleine sein wollten, gingen wir dazu nicht in die Cafeteria des Instituts. Die umliegenden Restaurants wurden uns allerdings auf Dauer zu teuer. Für eine Pizza oder einen Döner auf einer Bank im Garten reichte es jedoch meistens.

Es hatte immer Zeiten gegeben, in denen wir uns gut verstanden. Eigentlich mochte ich Albert. Andererseits, er war mir manchmal zu steif, verkrampft wie ein armer Sünder vor dem Jüngsten Gericht, einfach zu ehrgeizig. Mit einem Vater, der Vorstandsmitglied eines großen Unternehmens war, hatte er es in seiner Jugend sicher nicht leicht gehabt. Geld war genug da, Standesdünkel vielleicht auch. Das konnte ein Kind das Leben und vor allem die Schule zu leicht nehmen lassen. Dann waren die Zeugnisse schlecht und der Vater forderte Leistung. Ohne Leistung würde der Sohn es nicht so weit bringen wie der Vater. Die Zuneigung und Anerkennung seines Vaters konnte er nur durch Leistung erringen. Am Ende kam ein gebrochener Charakter heraus. Von Donald Trump erzählte man sich auch so etwas.

Unter dieser Hypothese versuchte ich meinen Kollegen zu verstehen. Wie Trump war Albert nicht. Er erschien mir allerdings gelegentlich dennoch unverständlich. Albert ließ mich nicht richtig an sich heran. Wir hatten uns arrangiert, einen Weg gefunden, miteinander umzugehen. Dazu gehörte das gemeinsame Mittagessen. Da konnte gelegentlich so etwas wie eine gelöste Stimmung aufkommen.

So saßen wir an einem Frühsommertag auf einer Bank unweit des Instituts und versuchten zu vermeiden, dass uns die Soße aus dem Döner auf die Jeans tropfte.

»Auf Dauer kann das nicht gut gehen, dass der Chef die Projektleitung selbst in der Hand hält«, fing ich an. Ich plagte mich mit einem Salatblatt zwischen den Zähnen. »Dazu ist er zu selten da und muss sich um zu viel anderes kümmern.«

»Er wird schon wissen, warum er das so geregelt hat«, meinte Albert und biss zuversichtlich in sein Pita-Brot.

»Das denke ich auch. Er wollte nicht die Wahl zwischen Kurasek und Langlotz treffen.« Zu jenem Zeitpunkt favorisierte ich noch eindeutig Dr. Langlotz als Nachfolgerin. »Die beiden werden um seine Nachfolge konkurrieren und er möchte den unvermeidbaren Streit etwas hinausschieben.«

»Nächsten Monat ist das große Start-up Meeting mit den Kollegen aus der EU und den Staaten. Dann ist es einfach das Beste, wenn der Chef die Leitung hat,« bekräftigte Albert seine Position.

»Mitglieder der weltweiten Physiker-Familie zu einem Treffen bei uns hier in München. Das wird toll.« Ich geriet ins Schwärmen. »Vier Tage, nach denen mir der Kopf brummen wird, wir jedoch hoffentlich auch etwas klarer sehen.«

»Wir Physiker gegen den Rest der Welt.« Albert reckte die Faust in den Himmel. »Keiner versteht, was wir meinen, aber wir wollen ihr Geld. Viel Geld.« Wenn Albert Weinstein mit mir alleine war, fiel die sonst allgegenwärtige Verkrampftheit gelegentlich von ihm ab, und er konnte so etwas wie Humor entwickeln.

»Wir auf der Suche nach dem verlorenen Teilchen: dem Axion. Benannt nach einem Waschmittel, denn es soll unser trübes Standardmodell der Materie rein waschen.« Wir alberten herum wie zwei frisch gebackene Abiturienten.

»Wenn es dieses Teilchen gibt, dann befinden sich davon mehrere Millionen in einem Kubikzentimeter des Alls.«

»Auch in deiner Mundhöhle.«

»Und es tut nicht einmal weh.«

Wir mussten lachen. Wenn es uns gelang, uns und unsere Arbeit mit einem gewissen Abstand zu betrachten – und ein Döner in der Hand war dafür äußerst hilfreich –, dann wurde uns klar, wie sich die Modelle, die wir in der Teilchenphysik diskutierten, für die meisten Menschen um uns herum anhören mussten. Teilchen, die gar keine Teilchen waren, sondern Interaktionen von den Kosmos durchziehenden Feldern. Teilchen, die so unvorstellbar klein waren, wie das Weltall unvorstellbar groß war. Virtuelle Partikel, deren Existenz nur einen kaum messbar kurzen Zeitraum währte.

»Ja«, sagte ich, »so ein Physikergehirn wie unseres braucht immer ein Teilchen, um etwas zu verstehen. Wir akzeptieren einfach keine immateriellen Wechselwirkungen. Da sind wir konsequent.«

Albert schaute auf den Rest seines Döners. »Ich glaube, von dieser Materie hier habe ich genug.«

»Hast recht. Ich sollte die Masse meines Körpers auch nicht unnötig vermehren. Die Anziehungskraft eines Mannes gegenüber dem weiblichen Geschlecht nimmt nämlich entgegen allen physikalischen Gesetzen mit zunehmender Masse keineswegs zwangsläufig zu.«

»Denkst du an Frau Dr. Kurasek?«, fragte Albert und schaute verschwörerisch.

»Hey, wie kommst du darauf?«

»Na, ich möchte es einmal so ausdrücken: Die von ihrem Körper emittierten Photonen werden von deinen Augen in weit überdurchschnittlichem Maße wahrgenommen.«

»Du meinst, ich starre sie an?«

Albert lächelte süffisant und schwieg. Wie war er nur darauf gekommen? Hatte ich sie wirklich angestarrt? Ich war sauer auf ihn, sagte aber versöhnlich: »Okay, ich werde auch diese Hypothese überprüfen.«

Wir machten uns dann schweigend auf den Weg zurück ins Institut.

Die auf dieses Gespräch folgenden Tage waren intensiv mit Arbeit gefüllt. Unser Institut hatte es übernommen, ein Experiment zum Nachweis der Axionen im Labormaßstab zu entwickeln, jener unsichtbaren Teilchen, die ein kluger theoretischer Physiker vor einer Reihe von Jahren vorausgesagt hatte. Der geforderte Maßstab hatte Vor- und Nachteile für uns. Die Nachteile bestanden in der möglichen Größe. Labormaßstab meinte, dass die Versuchsanordnung in einen Raum mit durchschnittlicher Laborgröße passen musste. Angesichts der Tatsache, dass man für den Nachweis anderer Elementarteilchen Gefäße mit mehreren Kubikmetern Wasser, Helium oder anderer Elemente benötigt hatte – und die auch noch tief unter der Erdoberfläche installiert, um Störungen durch die kosmische Strahlung zu vermeiden –, oder kilometerlange unterirdische Tunnel, die die elektrische Energie ganzer Städte benötigten, war ein Experiment in Laborgröße allein vom Volumen her recht klein und eine unglaubliche Herausforderung. Der Vorteil bestand in den Kosten. Es würde nicht billig werden, aber keine Zigmillionen und erst recht keine Milliarden verschlingen. Außerdem könnte uns der Nachweis, wenn wir es denn klug und geschickt anstellten, in kürzerer Zeit gelingen als den anderen. Der Aufbau des Versuchs würde sicher nicht so lange dauern wie die Errichtung einer unterirdischen Anlage von den Ausmaßen eines Hochhauses.

Vielleicht muss ich noch folgendes erläutern: Die weltweite Physikerfamilie steht prinzipiell eng zusammen. Ihre Mitglieder befinden sich jedoch ebenso in einem ständigen Wettbewerb. Es ist wie in einer richtigen Familie auch: Man weiß, dass man zusammengehört – vor allem wenn es Angriffe von außen gibt –, aber man ist nicht immer einer Meinung und geht meist, jedoch keineswegs immer, freundlich miteinander um. Charlotte Kurasek hatte es einmal auf den Nenner gebracht: Jedes Mitglied kämpft mit den anderen um die Anerkennung der Eltern – und das waren in diesem Fall die Mitglieder des Nobelpreiskomitees.

Die Jagd nach den Axionen fand schon seit einigen Jahren statt. Deren Existenz war von Frank Wilczek in den Fünfzigerjahren postuliert worden, weil es Ungereimtheiten im Standardmodell der Elementarphysik gab. So war es in der Vergangenheit immer wieder gewesen: Irgendetwas stimmte nicht. Die theoretischen Physiker rechneten alles nach, wagten sich an neue Probleme, setzten hier eine Konstante ein und dort einen Term, damit die Gleichung passte, wo sie zuvor nicht aufging. Die Mathematik konnte sich bei der formelhaften Abbildung der physikalischen Wirklichkeit nicht irren. Das war unsere Grundüberzeugung. Es musste etwas Reales geben, was dem mathematischen Lückenbüßer entsprach. Für uns Physiker konnte das nur ein Teilchen sein, was auch immer ein Teilchen sein mochte. Auf jeden Fall musste es eine messbare Realität sein. Immaterielle Erklärungen sind in der Physik ausgeschlossen.

So wurde auch dieses Teilchen vermutet. Franz Wilczek nannte es 'Axion' nach einer seinerzeit populären Waschmittelsorte, denn mithilfe dieses Teilchens wollte man die Unreinheiten aus der Theorie waschen. Es sollte ein Teilchen mit besonderen Eigenschaften sein: Einer ganz geringen Masse und damit der Fähigkeit, feste Materie zu durchdringen; es sollte sich in Photonen verwandeln können und wieder zurück, also dem Licht ermöglichen, durch lichtundurchlässige Materie zu dringen. Es könnte zudem ein Teil der rätselhaften Dunklen Materie sein. Sie durchdringt das Weltall mit einer weitaus größeren Masse als die für uns sicht- und messbare Materie. So die Theorie.

Es ist eben die etwas ungerechte Verteilung der Arbeit in der Physik: Die einen setzen sich an den Schreibtisch und rechnen, die anderen müssen sich Experimente ausdenken, mit denen sie die Vorhersagen bestätigen. Nicht alles, was in der Mathematik möglich ist, lässt sich in der Wirklichkeit entdecken. Aber es ist schon erstaunlich, wie gut die Mathematik sich dazu eignet, die Realität abzubilden. Ich vermute, weil das Organ, dem sie entspringt, das menschliche Gehirn, selbst ein Teil dieser physikalischen Wirklichkeit ist. Ob das schon alles ist, was wirkt – und damit Wirklichkeit ist – oder nicht, das weiß niemand. Aber es ist das, was dem Gehirn zugänglich ist – und das wird uns noch lange beschäftigen.

Charlotte Kurasek erzählte immer mal wieder aus ihrer Schulzeit. Sie und andere in ihrer Klasse ließen gelegentlich im Mathematikunterricht ihrem Unwillen wegen der empfundenen Realitätsferne dieses Faches freien Lauf. Sie waren der Meinung, dass die Mathematiker es sich oft etwas zu leicht machten, wenn sie einfach die Voraussetzungen, mit denen sie arbeiteten, selbst festlegten. Wer – außer Diktatoren – konnte sich das sonst im Leben leisten? Überhaupt, so fanden sie, in dieser Frage stecke die Antwort darauf, warum die Mathematik bei vielen Schülerinnen und Schülern so unbeliebt war: Sie hatte einfach etwas Diktatorisches an sich.

Immerhin gelang es ihrem Mathematiklehrer hin und wieder, sich selbst und sein Fach auf den Arm zu nehmen. Er erzählte, wenn ihn der Kurs allzu verständnislos anschaute, den einen oder anderen Mathematikerwitz. Sein Lieblingswitz, den sie alle schon auswendig kannten, war folgender:

»Ein Ingenieur, ein Physiker und ein Mathematiker stehen auf einer Weide und haben die Aufgabe, mit ein paar Latten eine Schafherde einzuzäunen. Der Ingenieur macht sich eine Skizze, nimmt sich die Latten und fängt an. Kurz vor dem Ende reichen die Latten aber nicht mehr. Der Physiker rechnet und rechnet, eine halbe Stunde lang, nimmt sich schließlich auch die Latten und fängt an. Kurz vor dem Ende reichen sie aber wieder nicht. Der Mathematiker nimmt sich ein paar Latten, baut einen kleinen Zaun um sich herum…«

Der Lehrer kam immer nur bis zu dieser Stelle, dann fuhr der komplette Kurs wie aus einem Mund fort: »...und sagt: ‚Ich definiere: Ich befinde mich außerhalb des Zauns.'«

Er hatte sein Ziel erreicht, der Kurs war wach und entspannt, wenn auch im Laufe der Jahre immer weniger amüsiert.

Spätestens wenn es um die Berechnung des Verhält-
nisses von Radius und Umfang eines Kreises ging, schei-
terte Charlottes Meinung nach jedoch die Mathematik an
der Wirklichkeit. Man musste eine Zahl zur Hilfe nehmen, die die Mathematiker kurz ,π' nannten, deren genauen Betrag sie aber nicht angeben konnten.

Das Start-up Meeting war äußerst erfolgreich. Es wurden drei Gruppen gebildet, eine für die Entwicklung eines
Apparates zur Emission von Axionen, eine zur Konstruktion eines Detektors und eine dritte zur Separierung der
Axionen von anderen Teilchen. Dabei wurden zwei
grundsätzlich unterschiedliche Zugänge ins Auge gefasst,
die jeweils differenzierte Aufbauten des Experimentes bedeuteten. Weinstein und ich waren für die Emission, Dr.
Kurasek für den Detektor und Dr. Langlotz für den Sepa-
rierer zuständig. Es waren sehr anregende und fruchtbare
Tage, nicht nur für mich, sondern für alle im Team. Die
Begeisterung von Professor Miller riss uns mit. An manchen Tagen waren wir wie in einem steten Rausch. Der
Austausch mit den Gästen aus anderen Teilen der Welt
war für manche in unserem Institut wie die Explosion
neuer Universen in ihren Gehirnen. Es eröffneten sich
völlig ungewohnte Perspektiven, nicht nur auf die physikalischen Probleme, sondern auch auf die wunderbare
Komplexität der weltweiten Forscherfamilie. Es waren
beruflich vielleicht die schönsten Monate für mich, denke
ich jetzt im im Nachhinein. Es war eine Phase meiner Arbeit, in der es viele fachlich begeisternde Gespräche mit
Charlotte gab.

In diese Zeit gehörte auch Jessicas Aufenthalt am Institut. Frau Dr. Jessica Kim kam aus den Vereinigten Staaten, frisch promoviert vom Massachusetts Institute of Technology. Ihr Name war von Professor Miller mit einem Unterton gefallen, dass man davon ausgehen konnte, dass ihre Lehrer am MIT sie für ein angehendes Genie hielten. Sie war zwei Jahre jünger als ich und entsprach mit ihrem zarten Körperbau, den schmalen dunklen Augen und den langen glatten Haaren ganz dem Bild einer Asiatin, wie man sich das bei uns so machte. Auch bezüglich ihrer Intelligenz, Begabung und Disziplin bestätigte sie alle positiven Vorurteile. Sie arbeitete in der Gruppe von Albert Weinstein und mir.

Zunächst konnte niemand verstehen, warum Professor Miller uns, den beiden Youngstern seiner Postdoc-Mitarbeiter, diese Aufgabe zugeteilt hatte. Eine Apparatur zu entwickeln, die Axionen emittierte, war bisher noch nie gelungen. Man vermutete Millionen von diesen nachzuweisenden Teilchen in einem Kubikzentimeter Raum, jeweils nur für Sekundenbruchteile existent. Aber wie sie zu erschaffen und in Bewegung zu bringen wären, und das auch noch zielgerichtet, das wusste niemand. Dr. Kurasek und Dr. Langlotz nahmen an, wie Charlotte mir eines Tages bei einer Tasse Kaffee erzählte, dass der Chef sich dieses Arbeitsfeld im Grunde selbst vorbehalten hatte. Deshalb beauftragte er diejenigen mit der Leitung, die er am leichtesten in seinem Sinne beeinflussen oder anweisen konnte. Als besonders wertschätzend empfand ich diese Vermutung nicht, aber sie erwies sich als richtig. Professor Miller war nicht so unklug, die Leitung einer

Arbeitsgruppe zwei Personen gleichberechtigt zu überlassen. Da wären Reibungsverluste vorprogrammiert. Vielmehr verteilte er nach den ersten beiden Treffen die Zuständigkeiten und präsidierte dann alle zwei Wochen einer gemeinsamen Sitzung. Die sich zwischen Weinstein und mir entwickelnde Konkurrenz gab dem Projekt eine spürbare Dynamik. Professor Miller lenkte sie immer wieder geschickt in die richtigen Bahnen, das muss ich ihm zugestehen.

Dr. Kim arbeitete mit mir zusammen. Das empfand ich als Glück und Herausforderung zugleich. Glück, weil sie eine äußerst kompetente Physikerin war. Herausforderung, weil sie als Frau attraktiv und als Physikerin mir überlegen war. Eine für einen Mann schwierige Kombination, wurde mir bald klar. Denn als attraktive Frau wurde sie schnell zu einem Objekt der Begierde und hatte damit schon eine gewisse Macht über mich. Als fachlich überlegene Kollegin war sie die fleischgewordene Infragestellung meiner Kompetenz und damit meines Selbstbewusstseins. Ich kam mir manchmal wie ein Wolf mit eingekniffenem Schwanz vor, den die Leitwölfin zu ignorieren scheint und ihm auch noch die schönsten Bissen wegfrisst.

Jessica Kim war allerdings nicht nur eine intelligente, sondern eine für ihr Alter auch lebenskluge Frau, die um ihre Wirkung wusste. Sie versteckte ihre Schönheit nicht, was auch unmöglich gewesen wäre. Sie betonte sie jedoch ebenso wenig, kleidete und frisierte sich schlicht und trat wie eine Kameradin auf. Wenn sie Ideen hatte, die fachlich in eine andere Richtung gingen als meine, dann unterbreitete sie diese in aller Vorläufigkeit als Vorschläge oder spontane Einfälle. Sie ging nicht in Konkurrenz, wollte nicht besser sein als die anderen, auch wenn sie es war, und ermöglichte so eine gute Zusammenarbeit. Das steigerte meine unleugbare Bewunderung für sie.

Albert Weinstein jedoch wollte besser sein als ich. Das fiel nicht nur mir auf. Er wollte es nicht nur, er schien es geradezu zu müssen. Denn allmählich war es wohl an der Zeit, seinem Vater zu zeigen, was in ihm steckte. Dieses Projekt war die Chance dazu. Physiker gab es wie Sand am Meer. Das hatte sein Vater ihm gegenüber immer wieder betont. Es kam darauf an, nicht irgendein Physiker zu sein, sondern einer, dessen Name man kannte. Einer, an den man sich auch noch in hundert Jahren erinnern würde.

Im Rückblick bin ich ich zu der Ansicht gekommen, dass der Ehrgeiz wie ein Tumor in Alberts Gehirn gewesen sein musste. Lange Zeit wuchs er langsam in ihm, ohne dass er es bewusst wahrnahm. Dann begann die Wucherung des Ehrgeizes seine Persönlichkeit zu verändern und ihn jeglichen Glücksgefühls zu berauben. Die anerkennende Rückmeldung anderer wurde zu der einzigen Droge, mit der das ständige Gefühl der Unzulänglichkeit gedämpft werden konnte. Diese Droge heilte nicht, sie machte süchtig und verlangte nach immer höheren Dosierungen. Professor Miller konnte ihn gar nicht so viel loben, dass er nicht am nächsten Tag schon wieder dieses dumpfe Gefühl in sich spürte, nicht zu genügen. Wenn der Chef auch andere mit einer positiven Rückmeldung ermunterte, ließ die Wirkung der Droge schlagartig nach. Nicht ganz, aber doch ein wenig und im Laufe der Zeit immer mehr. Dann kam die Phase, in der es nicht mehr genügte, gut zu sein, sondern er musste vor allen Dingen besser sein als andere. Nur wenn er besser war, ließ der Schmerz nach – und bald war ihm jedes Mittel recht, um diese Droge zu erhalten.

5

Jessica Kim war morgens immer eine der Ersten, noch vor Dr. Kurasek. Das hatte ich von Alois Huber erfahren. Abends ging sie immer erst mit den Letzten. Man vermutete im Institut, dass ihr Privatleben dem einer Nonne oder Eremitin glich und sich auf gelegentliche Telefonate nach Hause beschränkte. Private Einladungen lehnte sie mit einem unwiderstehlichen Lächeln ab, sehr zum Leidwesen der Männerwelt, aber durchaus zum Vorteil für das Arbeitsklima und ihr persönliches Wohlbefinden. Sie ersparte sich eine Menge Unannehmlichkeiten mit aufdringlichen Verehrern, wenn sie die liebenswürdige Unnahbare gab.

So war ich nicht überrascht, dass Dr. Kim an einem Dienstagmorgen schon in ihrem Büro saß. Ich betrat für meine Verhältnisse ungewöhnlich früh den durch alte Leuchtstoffröhren matt erleuchteten Flur mit den Arbeitszimmern unseres Teams.

Kaum hatte ich mich hingesetzt, klopfte sie an die Tür meines Zimmers und trat ein. Ich sprang auf und reichte ihr die Hand.

»Hi, Jessica, was gibt es?«

»Ich glaube, wir sind mit unseren Vermutungen in eine Sackgasse geraten. So wie wir uns das vorstellen, wird es nicht funktionieren.« Sie legte ein Blatt mit Berechnungen hin. »Das sind die Gleichungen, von denen wir bisher ausgegangen sind. Wir waren alle überzeugt, dass sie so stimmen. Aber ich befürchte, das kann nicht richtig sein.«

Die Arbeit im Team um Weinstein und mich war knifflig und hart. Die Idee, eine Apparatur zu entwickeln, mit der es möglich wäre, gezielt Axione auszusenden, klang verführerisch. Sie entbehrte aber nicht einer gewissen Schwierigkeit. Wie sollte man etwas emittieren, das man erst nachweisen wollte? Axione sollten der Theorie nach ein Teil der Dunklen Materie sein, die deshalb dunkel hieß, weil sie mit allen bisherigen Messeinrichtungen nicht wahrgenommen werden konnte. Sie interagierte nicht mit der bekannten Materie. Ihre Existenz wurde lediglich aufgrund nicht erklärbarer Gravitationsfelder im All vermutet. Also, wie kann etwas emittiert werden, das eigentlich gar nicht wahrgenommen werden kann? Professor Miller hatte sich vermutlich etwas dabei gedacht, seine jungen Postdocs auf dieses Problem anzusetzen und uns die geniale Dr. Kim zu Seite zur geben.

Sie zeigte auf ein Gebilde aus Zahlen, die wohlgeordnet neben- und übereinander standen. »Dieser Tensor hat den falschen Wert. Die Rechnung kann nie aufgehen. Wir müssen die Gleichung an dieser Stelle ändern, dann wird es klappen – und ich habe auch einen Vorschlag.«

Als Albert an seinen Arbeitsplatz kam, sah er uns im Konferenzraum heftig diskutierend vor der Tafel stehen. In der nächsten Stunde kondensierten die Gedanken von uns Dreien in immer neuen Formeln auf dem schwarzen Brett. Die wurden weggewischt, durch neue ersetzt, wieder weggewischt. Schließlich setzte Jessica ein Ausrufezeichen und schaute uns beide skeptisch dreinblickende Kollegen an.

»Es ist ein Vorschlag, eine Idee«, sagte Jessica. »Lasst es euch doch einfach noch mal in Ruhe durch den Kopf gehen. Wenn ich mich geirrt habe, werdet ihr das sicher merken.« Sie sagte das so freundlich und zurückhaltend, dass wir lediglich anerkennend nickten und uns in unsere Büros zurückzogen.

Jessica Kim hatte recht und ihr Änderungsvorschlag weitreichende Konsequenzen über das konkrete Projekt hinaus. Ich brauchte drei Tage, um das zu erkennen, Albert Weinstein auch. Ich gratulierte meiner Kollegin. Albert hatte eine andere Idee, wie sich bald zeigen sollte.

Schon an jenem Tag hätte ich nachdenklich werden müssen. Es war einer der seltenen, an denen Professor Miller nicht sofort im Aufzug verschwand, nachdem er das Foyer des Instituts betreten und dem Pförtner jovial zugewinkt hatte. Er trat vielmehr an die Lounge heran, entdeckte mich bei meinem morgendlichen Kaffee-plausch mit Alois Huber und sagte: »Gut, dass ich Sie sehe, Dr. Rasch. Könnten Sie nachher mal zu mir ins Büro kommen? Aber trinken Sie erst in Ruhe Ihren Kaffee aus.«

An diesem Morgen war ich zum Objekt von Hubers Frotzeleien geworden. Kaum hatte ich den Raum hinter dem Empfang betreten und die Tasse mit dem Kaffee entgegengenommen, da legte Alois schon los.

»Sie scheint dir zu gefallen, mein Junge«, sagte er schmunzelnd. Es hatte nicht lange gedauert, da hatte Alois Huber mir das ‚Du' angeboten. Leicht gefallen war es ihm allerdings nicht, wie er mir später gestand, weil er durch und durch von einem hierarchischen Denken geprägt war. Das ließ ihn weit unter allen Akademikern, besonders den Damen und Herren Doktoren stehen. Aber ich war in seinen Augen ein bayerischer Bub, wie er es selbst auch gewesen war. Mit mir musste er nicht hochdeutsch reden, sondern die Sprache, mit der wir beide aufgewachsen waren. Und ich liebte die Lebensweisheiten Hubers. So hatte sich bald eine Freundschaft zwischen uns beiden entwickelt, die ungleicher nicht sein konnte.

»Wen meinst du?«, fragte ich zurück.

»Na, die kleine Amerikanerin meine ich. Die Dr. Kim.«

»Ja, muss ich zugeben, die sieht schon toll aus.«

»Und ist eine ganz Kluge, erzählt man sich«, sagte Huber und grinste.

»Eine ganz besonders Kluge, das stimmt.«

»Und das fuchst dich, oder?«

»Gelegentlich spüre ich leichte Stiche von Neid, das muss ich zugeben.«

»Und was machst du dann?«

»Dann tröste ich mich damit, dass ich klüger als Weinstein bin.«

»Das alte Motto also: Es ist gut, wenn es einen gibt, der noch unter dir auf der Leiter steht.«

»Ja, vielleicht«, sagte ich, fühlte mich ertappt und war ein wenig verlegen.

»Und die über dir auf der Leiter steht, ist eine Frau. Ist das ein Problem?«

»Bin ich eigentlich gewöhnt. In der Schule waren die Mädchen auch meist besser als die Jungen.«

»Und wie ist es mit dieser hier?«

»Die ist nicht nur klug und hübsch, die ist auch ausgesprochen nett und kollegial. Das macht es leicht mit ihr.

Außerdem keine Chance mit Flirten. Vielleicht ist sie lesbisch.«

»Damit habe ich mich als junger Mann auch getröstet, wenn eine Frau nicht auf mich anspringen wollte.« Huber lächelte. »Stimmte meistens nicht.«

»Okay, aber ich komme prima mit ihr hin.« Ich versuchte harmlos zu wirken und zuckte mit den Schultern. Professor Miller kam auf die Pförtnerloge zu. »Oh, der Chef kommt heute aber ziemlich verkrampft daher«, sagte ich, um abzulenken.

Wie mir geheißen, trank ich anschließend den Kaffee aus, sagte zu Huber mit dem Ton gespielter Ernsthaftigkeit: »Damit sollten wir übrigens das Thema ‚Dr. Kim‘ ruhen lassen, Alois!« und machte mich auf den Weg zum Aufzug.

»Der Kaffee bei Herrn Huber scheint zu einem festen Termin geworden zu sein«, meinte Miller, nachdem ich geklopft hatte und eingetreten war. Das Büro des Professors war kaum größer als das der anderen Mitarbeiter, allerdings musste man durch das Vorzimmer und damit an Frau Sorglos vorbei. Die stellte die Ampel vor dem Zimmer des Chefs mithilfe eindeutiger Gesten auf ‚Rot‘ oder ‚Grün‘. Im Arbeitsraum unseres Chefs dominierten wie bei allen anderen der PC und die Stapel ungelesener Zeitschriften.

»Ja, er ist wirklich nett«, sagte ich. »So ein Typ wie mein Onkel. Einer, der schon viel erlebt hat, und mit dem man über alles reden kann. Ich glaube, er freut sich außerdem, wenn sich mal jemand länger mit ihm unterhält.«

»Ich wollte Sie fragen, wie es in Ihrer Arbeitsgruppe so läuft«, sagte Professor Miller und schlug einen ernsten Ton an. »Und um es gleich zu sagen: Mit den Fortschritten bin ich sehr zufrieden. Mit der Kreativität und Präzision auch. Nur habe ich manchmal das Gefühl, dass da trotzdem etwas in der Luft ist. Es knistert sozusagen in der Atmosphäre.«

»Wir sind eine gute Truppe«, sagte ich und versuchte klar und überzeugend zu klingen »Die Doktoranden haben ihre Aufgaben und Ziele genau umrissen. Nicht alle sind gleich qualifiziert und motiviert, aber doch alle deutlich überdurchschnittlich. Ich erwarte – je nach Thema – die ersten Beiträge zum Gesamtkonzept in vier Monaten. Einer ist gerade Vater geworden, da werden wir wohl noch einen Monat dranhängen müssen.« Ich bemühte mich zu lächeln. »Aber sonst läuft es prima.«

»Wie ist es mit Dr. Kim?«

»Sie ist überaus qualifiziert, wie ich neidvoll feststellen muss.«

»Qualifizierter als Sie, Herr Rasch?«

Eine ungewöhnlich Frage. Ehrlichkeit wäre an dieser Stelle wohl das Beste, dachte ich, musste verlegen unter mich schauen und sagte: »Ich befürchte ja.«.

Die Antwort des Professors fiel positiver aus, als ich es erwartet hatte.

»Spricht für Sie, dass Sie das zugeben können. Aber Sie müssen keine Angst um Ihren Job haben. Dr. Kim will auf jeden Fall zurück in die USA.« Der Professor drehte seinen Kugelschreiber zwischen den Fingern der rechten Hand. »Wie ist es mit Dr. Weinstein?«

»Die Zusammenarbeit klappt«, sagte ich nur.

»Wie klappt sie?«

»Wenn ich genauso ehrlich sein soll: Es ist noch Luft nach oben.«

»Woran liegt es Ihrer Meinung nach?«

»Ich weiß es nicht genau«, sagte ich und versuchte meine Skepsis durch ein leichtes Schwanken des Kopfes zu unterstreichen. »Er ist ein kluger Kopf. Er merkt auch, dass er nicht der Klügste in der Gruppe ist. Ich glaube, er verkrampft sich. Oder anders gesagt: Er reagiert manchmal ziemlich spontan. Unkontrolliert eben. Das verdirbt den Umgangston.«

»Wie ist Ihr persönliches Verhältnis zueinander?«, wollte Miller wissen.

»Irgendwo zwischen Kollegialität und Zwangsgemeinschaft, würde ich sagen. Das war früher besser. Wir ziehen nicht immer an einem Strang. Er kann nicht verbergen, dass es ihm wichtig ist, besser als ich dazustehen.« Meine Stirn legte sich unwillkürlich in Falten. »Es lief schon einmal besser mit ihm.«

»Soll ich einen von Ihnen beiden einer anderen Gruppe zuweisen?«

»Nein, das ist nicht nötig. Wir kommen voran und Weinstein bringt sich fachlich gut ein.«

»Aber ein schlechtes Arbeitsklima führt in der Regel zu weniger guten Arbeitsergebnissen«, sagte Miller. »Das kann nicht mein Interesse sein.«

»Wir kriegen das hin. Dr. Kim ist da sehr hilfreich. Sie kann Weinstein mit einem charmanten Lächeln wieder runter holen, wenn er hochgegangen ist.«

Es wurde in den folgenden Wochen nicht besser. Albert war in dem gefangen, was sein Vater in seiner Seele angerichtet hatte. Mithilfe von Jessica Kim gelang es, den Zusammenhalt der Arbeitsgruppe aufrecht zu erhalten. Aber als sie nach gut einem Jahr wieder in die Vereinigten Staaten zurückging, kam es zu einem schwerwiegenden Vorfall, der Professor Miller dazu zwang, Veränderungen vorzunehmen.

Vorher aber wurde Dr. Jessica Kim verabschiedet. Das jährliche Sommerfest legten wir auf ihren letzten Arbeitstag. Wie jedes Jahr trafen wir uns im Hof des Instituts, saßen auf Bierzeltgarnituren mit weiß-blauen Tischdecken, tranken Bier vom Fass oder Mineralwasser aus der Flasche. Das Essen kam vom Caterer. Wie immer konnte man sich nicht auf eine Linie bei den Speisen einigen. Die Liebhaber bayerischer Schweinshaxen standen in Konkurrenz zu den Veganerinnen. Entgegen dem Trend bei den weiblichen Teammitgliedern bevorzugte Jessica tierisches Eiweiß. Sie saß vor dem im Ofen gebackenen Unterschenkel eines Schweins.

Das Sommerfest war die einzige Gelegenheit im Jahr, bei der auch die Partnerinnen und Partner eingeladen waren. Die Zusammensetzung konnte also schon einmal wechseln. Ich erinnere mich nicht, dass Charlotte Kurasek jemals einen Partner mitgebracht hätte. Einmal war ihre Tochter Mia dabei. Sie hatte sie an diesem Nachmittag nicht alleine zu Hause lassen wollen. Der Ehemann von Professor Miller kam allerdings regelmäßig. Er war studierter Germanist und Lektor in einem Verlag für populärwissenschaftliche Literatur. Im Gegensatz zu dem sehr sachlichen Brian Miller war er von einem mitreißenden Temperament und einer ebensolchen Erzählkunst, sodass wir ihn nach der ersten Begegnung nur noch als den ‚studierten Humoristen‘ bezeichneten. Wenn er dabei war, schien auch der Professor ein anderer Mensch zu sein. In diesem Jahr konnte er nicht kommen. Mit ihm hätte die Diskussion womöglich einen anderen Verlauf genommen.

Diskutiert wurde am Institut oft, in der Regel streng projektbezogen und lösungsorientiert. Persönliches kam allenfalls einmal bei einer Tasse Kaffee in der Mittagspause zur Sprache. Viel wusste man nicht übereinander. Man beschäftigte sich mit der Natur und den je unterschiedlichen Sichtweisen auf deren Phänomene. Wie es die Einzelnen mit der Kultur hielten, ob sie Musik liebten und wenn ja, welche, ob sie gerne ins Museum gingen oder gar in eine Kirche – all das wusste man nicht voneinander. Wenn, dann wurde bei der Weihnachtsfeier darüber gesprochen – oder beim Sommerfest. Wir waren ein gutes Team, kollegial, aber nur selten miteinander befreundet.

»In drei Tagen sind Sie wieder zu Hause in den USA, Dr. Kim«, sagte Professor Miller. »Was werden Sie als Erstes tun?«

Die meisten hatten aufgegessen. Die Teller waren abgeräumt, wir saßen vor unseren Gläsern, jeweils in Gruppen zu acht oder zehn.

»Einen anständigen Burger essen«, lachte Jessica Kim. »Nein, die bayerischen Schweinshaxen nehmen es mit jedem amerikanischen Burger auf.« Sie dachte einen Moment nach. »Also im Ernst: Am Sonntag werde ich als Erstes in die Kirche gehen.«

»Du gehst in die Kirche, Jessie?«, fragte erstaunt die Doktorandin mit den kurzen blonden Haaren, deren Namen ich mir nicht merken konnte.

»Meine ganze Familie geht in die Kirche. Wir sind Presbyterianer.«

»Und das geht für dich zusammen? Physikerin und Kirchgängerin?« Die Blonde hakte nach.

Alle Augen waren auf Jessica gerichtet. Zugleich, so hatte ich das Gefühl, gingen sie innerlich auf Distanz zu ihr wie bei einer Aussätzigen. Es war eigentümlich still geworden in unserer Ecke. Für die meisten schien es zum guten Ton unter Physikern zu gehören, dass man Religion gegenüber gleichgültig war, besser noch dezidiert ablehnend.

»Ich halte Religion für wichtig«, mischte sich Charlotte ein, und nahm damit den Druck von Jessica. »Sie ist so etwas wie der Leim, der eine Gesellschaft zusammenhält.«

»So nach dem Motto: Ein Volk, ein Gott, ein Kaiser«, frotzelte Dr. Langlotz und wippte mit dem übergeschlagenen Bein, an dem lose ein High Heel hing.

»Und als nicht mehr alle an einen Gott glaubten, da war es auch mit dem einen Kaiser aus, lehrt uns die Geschichte.« Ein Doktorand mit schulterlangem, lockigem braunem Haar und einer John Lennon Brille mit kleinen runden Gläsern, der sich sonst selten äußerte, lächelte süffisant.

»Ich betrachte die Religion als eine wichtige kulturelle Leistung des Menschen«, mischte sich nun Albert Weinstein ein, »genauso wie Kunst und Musik.« Dass er sich über solche Fragen bereits Gedanken gemacht hatte, überraschte mich.

»Nur mit dem Unterschied, dass Musiker und Künstler zugeben, dass sie das alles selbst erschaffen haben, während die Theologen behaupten, ihren Gott gäbe es wirklich.« Dr. Langlotz sprach mit einem schneidenden Unterton.

»Das können wir zumindest nicht ausschließen.« Alle starrten Professor Miller an.

»Die Hypothese 'Gott' ist nicht falsifizierbar und kann damit nicht Gegenstand naturwissenschaftlichen Denkens sein, meinen Sie, Herr Professor?«, fragte Albert.

»Genauso ist es«, sagte der Professor. »Deshalb überlassen wir die Beschäftigung mit diesem Thema anderen. Hat uns die Geschichte der Physik doch eines gelehrt: Unsere Methoden sind so unzulänglich, dass wir mit an Sicherheit grenzender Wahrscheinlichkeit davon ausgehen können, dass unsere jetzigen Modelle von der Materie und dem Universum in einhundert Jahren Makulatur sind. Die menschlichen Erkenntnismöglichkeiten in ihrer Begrenztheit werden das Universum vermutlich nie ganz verstehen.«

»Wir trennen das zu Hause voneinander – unser streng wissenschaftliches Arbeiten und unsere persönlichen religiösen Überzeugungen«, sagte Jessica Kim.

»Ich kann nicht in einem Bereich meines Lebens nur das akzeptieren, was ich experimentell überprüfen kann, und mich im Rest auf Spekulationen einlassen.« Der Doktorand schüttelte sein lockiges Haupt.

»Ich kann aber Physiker sein und mich in der Freizeit mit Malerei oder Musik beschäftigen«, mischte ich mich nun ein.

»Welche Freizeit?«, fragte lachend die mit den kurzen blonden Haaren.

»Musik ist sowieso nur hörbar gemachte Mathematik, soll mal einer gesagt haben«, meinte Albert Weinstein. »Ist der Physik also sehr verwandt.«

Ich erinnerte mich an eine Vorlesung im ersten Semester, in der die antike Lehre von der Musik und deren Nähe zur Mathematik vorgestellt wurde.

»Aber Malerei ist unberechenbar«, gab ich zurück. »Und außerdem denke ich, dass Mathematik nur die in Formeln gefasste Struktur unseres Denkens ist. Deshalb finden wir sie so einleuchtend.«

»Dabei bildet sie die Natur immer wieder überraschend präzise ab«, meinte Weinstein.

»Ja«, gab ich zu, »das, was wir von ihr verstehen. Aber ich bin skeptisch, ob zum Beispiel unsere Berechnungen mehrdimensionaler Räume noch etwas mit der Wirklichkeit der Natur zu tun haben. Es sind Berechnungen eines auf Drei- oder vielmehr Vierdimensionalität getrimmten Gehirns. Mehr Dimensionen übersteigen unsere Vorstellungskraft. Wer sagt mir, dass unsere Mathematik für die Berechnung solcher Phänomene wirklich geeignet ist, auch wenn sie es immer wieder versucht?«

Professor Miller lachte. »Das wäre ein gutes Thema für ein interdisziplinäres Symposium, Herr Rasch. Versuchen Sie doch mal, so etwas auf die Beine zu stellen. Meine Unterstützung haben Sie.«

Damit war die Diskussion beendet und man widmete sich veganen Burgern, Schweinshaxen und anderen Köstlichkeiten.

Es war eine von den nicht gerade häufigen Diskussionen über Grundsatzfragen, die manche für Randprobleme hielten. Mir gingen solche Gespräche meist lange nach. Immer wieder musste ich daran denken, versuchte gedanklich weiterzukommen und Lösungen für die Probleme zu finden. Es wäre übertrieben zu sagen, dass die Physik für mich durch solche Überlegungen fragwürdig wurde. Eher ging es wohl um die Frage, wie mit der Physik richtig umzugehen sei.

Bei diesem Sommerfest blieb ich bis zuletzt. Jessica Kim hatte in meinem Team gearbeitet und ich wollte sie verabschieden.

Die Mitarbeiter und Mitarbeiterinnen des Instituts waren durch Alois Huber und den Reinigungstrupp gut erzogen worden. Aufräumen gehörte zum Feiern selbstverständlich dazu. So nahm jeder, der ging, etwas mit in die Küche, wusch Geschirr ab oder schlug Bierbänke zusammen. Am Ende waren wir nur noch zu dritt – Jessica, Albert und ich.

Vielleicht lag es daran, dass ich ein Bier zu viel getrunken hatte. Zum Abschied überkam mich eine eigentümliche Sentimentalität, wie es nur selten der Fall ist.

»Das finde ich interessant, dass du am Sonntag als Erstes in die Kirche gehen willst«, sagte ich und schaute wohl ein wenig verträumt in den Raum. »Als ich klein war, wollte ich Theologie studieren und Pfarrer werden.«

»Hätte ich nicht gedacht«, meinte Jessica.

»Und was hat dich vor dieser krassen Fehlentscheidung bewahrt?«, wollte Weinstein wissen. »Die Gehaltsperspektiven?« Er lachte.

»Nein, eher so etwas wie Zweifel«, erwiderte ich nachdenklich. »Die Frage, ob Gott nicht doch die bequeme Erfindung der Menschen ist, um Antworten auf die ungelösten Rätsel des Lebens zu finden.«

»Dafür sind wir Physiker zuständig«, warf Weinstein selbstbewusst ein.

»Allenfalls für einen Teil der Rätsel«, sagte ich.

»Außerdem ist Gott keineswegs bequem«, meinte Jessica. »Er stellt vieles infrage, was vorher selbstverständlich war. Er hinterfragt, was ich tue.«

»Die göttliche Moralkeule?«, fragte Albert.

»Nein, eher so nach dem Motto: Ist dir nicht das Geld zu wichtig? Was kannst du für andere Menschen tun? So ähnlich.«

»Na ja«, gab ich zu. »Es war richtig, Physik zu studieren. Das andere wäre nichts für mich gewesen.«

Tatsächlich hatte ich es nie bereut, nicht Theologie zu studieren. Auf einem solch unsicheren Terrain hätte ich mich nicht bewegen wollen. Ich schaute Jessica an und sagte: »Ich finde es aber nicht schlecht, was du da machst.«

Wir standen auf.

Jessica nahm uns zwei steife junge Männer nacheinander in den Arm und sagte warmherzig: »So, liebe Kollegen, jetzt lasst euch beim letztes Mal umarmen, und dann soll es mit dem Abschied vorbei sein.« Danach verließ sie das Institut durch den Gartenausgang und wir sahen sie nie wieder.

6

Dr. Kim war in die USA zurückgekehrt, Albert Weinstein und mir fehlte ihre Kompetenz. Kurze Zeit später teilte der Professor die Leitung der Arbeitsgruppen neu ein. Ich fragte bei Charlotte nach, ob sie wisse, warum diese Neuordnung vorgenommen worden sei. Sie habe eine Vermutung, sagte sie, aber es sei eine Entscheidung des Professors gewesen. Ich solle doch Albert Weinstein fragen. Der sei schließlich versetzt worden und der wisse vermutlich auch den Grund dafür.

Albert rückte nicht so recht mit der Sprache heraus. Ich fragte mich, ob diese Versetzung etwas mit meinem Gespräch mit Professor Miller zu tun gehabt hatte. Dabei hatte ich doch ausdrücklich gesagt, dass unter dem Strich die Zusammenarbeit mit Weinstein in Ordnung war. Wenn es nach mir gegangen wäre, hätte keine Veränderung vorgenommen werden müssen. Also erzählte ich eines Tages Albert von dem Gespräch, nicht ohne das Gefühl zu haben, den Professor zu hintergehen.

Albert fühlte sich sichtbar unwohl, versuchte mich zu beruhigen, gab nach einigem Zögern offenbar seinen inneren Widerstand auf und erzählte mir, was vorgefallen war. Ich könne auch gerne mit Dr. Kurasek darüber sprechen. Die hatte zwar bisher nichts weitergesagt, aber jetzt sei es eh schon egal. Nach Alberts Beichte und dem Gespräch mit Charlotte ergab sich für mich folgendes Bild:

Weinstein war zum Professor gerufen worden. Als er das Sekretariat betrat, wirkte die sonst so freundliche Frau Sorglos recht verschlossen.

»Er wartet auf Sie, Sie können hineingehen«, sagte sie ohne den Anflug eines Lächelns.

Der Professor blickte vom Bildschirm des Computers auf, schaute Weinstein sorgenvoll an, nahm die Brille ab und wies wortlos auf den Stuhl auf der anderen Seite des Schreibtisches. Weinstein setzte sich und wartete, was der Professor sagen würde. Dass dies keine angenehme Nachricht sein werde, ahnte er. Es konnte alles sein, sogar die Kündigung, hatte er befürchtet.

»Die Angelegenheit«, begann der Professor, »kann nicht ohne Konsequenzen bleiben, das wird Ihnen klar sein.«

‚Die Angelegenheit‘ war erst nach dem Weggang von Dr. Kim ans Licht gekommen. Vielleicht war es besser so, andererseits machte es die Aufarbeitung durchaus schwieriger. ‚Die Angelegenheit‘ wurde durch einen Anruf aufgedeckt, den Charlotte Kurasek im Spätsommer erhielt. Eigentlich hatte der Anrufer mit Dr. Langlotz sprechen wollen, aber die war an dem Tag nicht im Haus. So verband Herr Huber ihn mit Charlotte. Wie die Angelegenheit ausgegangen wäre, hätte Dr. Langlotz den Anruf entgegengenommen, hatte sich Weinstein in den folgenden Wochen oft gefragt. Er war zu der Ansicht gekommen, dass sie anders damit umgegangen wäre. Vielleicht nur aus taktischen Gründen, um ihn sich als ihren Verbündeten zu versichern und um gegebenenfalls Druck auf ihn ausüben zu können. Dr. Langlotz war nicht ganz frei von solchen Überlegungen, das war ihm schon aufgefallen. Ob es ihm damit besser ergangen wäre? Letztlich nicht. Die Sache war aufgeflogen und die Chance verspielt.

Der Anruf kam vom Herausgeber der Physical Review, einem prominenten Kollegen aus den USA. Er wolle sich, so sagte er, wegen der Veröffentlichung eines Artikels rückversichern, der von Dr. Albert Weinstein eingereicht worden war. Ein Artikel, der eine kleine Veränderung in den Gleichungen zu den Axionen vorstellte, die jedoch unleugbar einen bedeutenden Fortschritt auf dem Gebiet der Erforschung der Dunklen Materie darstellte. Der Anrufer wollte wissen, welche Position Weinstein im Institut habe und ob man dort bereits über seinen Vorschlag diskutiert habe. Charlotte war sehr überrascht über den Inhalt des Gesprächs und beantwortete beide Fragen wahrheitsgemäß. Eigentlich hätte sie gerne ein paar Worte mehr mit dem berühmten Kollegen gewechselt, ihre Gedanken waren jedoch zu sehr besetzt von dem, was sie ihm auf keinen Fall sagen wollte.

Sie schlief eine Nacht über diesen Anruf, um sich klar zu werden, was die richtigen Schritte wären. Der Vorgang war ungeheuerlich, nicht einzigartig, aber das machte es nicht besser. Er war nicht nur aufs Äußerste unkollegial, er war auch illegal. Wenn sie ihn schonungslos aufdeckte, wäre es mit der Karriere von Albert Weinstein aus. Dann könnte er zum TÜV oder zur DEKRA gehen und Kraftfahrzeuge bei der Hauptuntersuchung begutachten.

Am nächsten Morgen bat sie Weinstein in ihr Büro und machte es kurz.

»Gestern hatte ich einen Anruf des Herausgebers der Physical Review – wegen deines Artikels zur Veränderung des Tensors in einer der Gleichungen zur Dunklen Materie. Ich schlage vor, du schreibst eine E-Mail und ziehst ihn zurück. Ich werde lediglich Professor Miller informieren. Alles andere überlasse ich dir und ihm.«

Der Professor hatte ihn vorgeladen und sprach ungewöhnlich erregt: »Was hat Sie geritten, Herr Dr. Weinstein, als Sie diesen Artikel verfassten und ihn dann auch noch bei der Review einreichten? Sie mussten mit diesem Rückruf rechnen. Sie sind – und das bitte ich als schlichte Tatsachenbeschreibung zu sehen – noch nicht bekannt genug, als dass man einen Aufsatz von Ihnen in einer derart renommierten Zeitschrift ohne Weiteres publizieren würde. Selbst wenn es sich um eine solch außergewöhnliche Entdeckung handelt.«

Weinstein wollte etwas erwidern, aber ihm wurde klar, dass er nichts Substanzielles zu sagen hatte.

»Womit wir beim Inhalt wären«, fuhr der Professor fort. »Es geht in Ihrem Aufsatz um eine Neuerung in den Gleichungen, die im Frühsommer dieses Jahres hier am Institut entwickelt und diskutiert wurde. Sie haben den Gedankengang verständlich und konzis dargestellt. Das wäre eine gute Seminararbeit. Problematisch, nein, allen Spielregeln der Wissenschaften widersprechend ist es, dass sie diese Entdeckung als die Ihre ausgeben. Sie wissen so gut wie ich, dass sie auf Dr. Kim zurückgeht, und ihr allein steht es zu, sie zu veröffentlichen. Sie wird dies übrigens tun, wenn auch nicht in der Review.«

Professor Miller machte eine Pause. Es war Albert klar, dass er nun etwas sagen musste, aber ihm fiel nichts Passendes ein. Leugnen hatte keinen Sinn, nach Entschuldigungen zu suchen ebenso wenig. Eine Entschuldigung vorbringen musste er aber. Er entschloss sich, die Flucht nach vorne anzutreten.

»Nun, ich denke, ich muss mich entschuldigen – bei Dr. Kim, bei Ihnen und bei den Kolleginnen und Kollegen im Institut.«

Er musste sehr reumütig gewirkt haben, denn die Anspannung im Gesicht des Professors ließ nach, wie Albert erzählte. Er fuhr fort: »Ich habe in dem Artikel bewusst verschwiegen, dass nicht ich diese Veränderung entwickelt habe. Ich wollte die Anerkennung für eine Entdeckung einstreichen, indem ich zuerst veröffentliche.« Er stockte. »Es tut mir leid.«

»Sie sind einer der großen Versuchungen des Wissenschaftsbetriebs erlegen, dem Ehrgeiz um der Ehre willen.« Der Professor machte eine Pause, stand auf und lief hinter seinem Schreibtisch hin und her. Sein Ton wurde väterlich. »Ich weiß, die Konkurrenz ist nicht gering und als junger Wissenschaftler möchte man irgendwann einmal groß herauskommen. Aber ich sage Ihnen: Das geht nur durch Leistung und eine gehörige Portion Glück. Damit muss man sich abfinden. Selbst wenn Sie noch so fleißig und noch so gut sind – Sie brauchen immer auch das kleine Quäntchen Glück, um zur rechten Zeit am rechten Ort mit den richtigen Menschen zusammen zu sein. Und dieses Glück lässt sich nicht planen.«

Albert Weinstein wartete eine Weile, dann fragte er: »Was werden Sie nun tun, Herr Professor?«

»Das überlege ich mir. Wichtiger ist die Frage: Was werden Sie tun?«

»Ich habe nach dem Gespräch mit Dr. Kurasek den Artikel zurückgezogen.«

»Das war richtig«, sagte der Professor erleichtert. »Dann werde ich noch einmal mit dem Herausgeber telefonieren und das 'Missverständnis' aufklären und ihn darauf vorbereiten, dass Dr. Kim einen Aufsatz mit den Überlegungen in einer anderen Zeitschrift veröffentlichen wird. Das wird er bedauern, aber akzeptieren.«

»Sollte ich mit Dr. Kim sprechen?«, fragte Weinstein unsicher.

»Das wäre klug. Dr. Kurasek und ich wollen die Angelegenheit für uns behalten. Aber Ihr Aufsatz hat nun einmal in den USA vorgelegen, und wie sich der Herausgeber verhält, weiß ich nicht.«

»Und meine Stelle am Institut?«

»Die behalten Sie vorerst. Sie sind ein guter Physiker, und vielleicht gelingt es Ihnen trotz Ihres dominanten Vaters, Ihren Ehrgeiz in produktive Bahnen zu lenken. Man kann aus Fehlern auch lernen.«

»Wie kommen Sie auf meinen Vater?« Weinstein war erstaunt.

Professor Miller lächelte: »Nun, ich habe ihn kennengelernt, als er sich persönlich von Stuttgart hierher auf den Weg machte, um für seinen Sohn ein gutes Wort bei der Besetzung Ihrer jetzigen Stelle einzulegen.«

»Davon wusste ich nichts.« Weinstein war irritiert.

»Ich habe es Ihnen auch nicht gesagt. Wir haben Sie genommen, weil sie fachlich überdurchschnittlich qualifiziert und engagiert wirkten. Nicht wegen der durch Ihren Vater in Aussicht gestellten Forschungsmittel von dessen Firma.«

Weinstein sprang auf. »Davon hat er mir nichts gesagt. Das war eine Unverschämtheit, sich so in mein Leben einzumischen.«

»Es spricht für Sie, wenn Sie sich darüber ärgern. Anderen Söhnen wäre das recht gewesen. Auf jeden Fall – auf diese Weise habe ich Ihren Vater kennengelernt und Sie ein bisschen besser verstanden.«

Albert Weinstein war völlig desorientiert.

Miller fuhr fort: »Aber ohne Konsequenzen wird Ihr Verhalten nicht bleiben. Ich werde Sie von der Co-Leitung der Arbeitsgruppe entbinden und der Arbeitsgruppe von Frau Dr. Langlotz zuteilen. Ich erhoffe mir davon ein besseres Arbeitsklima in Ihrer bisherigen Arbeitsgruppe und für Sie die Chance zu einem Neuanfang.«

Weinstein schluckte, wollte aufspringen, hielt sich dann aber zurück.

»Über die Sache mit dem Aufsatz werde ich Frau Dr. Langlotz nicht informieren«, fuhr Professor Miller fort. »Es bleibt Ihnen überlassen, ob Sie es für richtig oder notwendig halten, es ihr zu sagen.«

7

Das alles war nun schon ein paar Monate her. Die Arbeit am Axion-Projekt lief gut. Ich hatte jetzt alleine die Verantwortung für Projektgruppe 1. Es war eine ausgesprochene Herausforderung, nicht nur in physikalischer Hinsicht, auch im Bereich von Personalführung. Dazu kamen die Organisation der Arbeit und die Beschaffung der notwendigen Materialien für die Versuchsaufbauten. Ich konnte mich immer wieder an den Professor wenden, aber zu manchen Zeiten des Jahres war der mehr außerhalb des Instituts unterwegs als anwesend. Charlotte Kurasek übernahm dann bereitwillig die Beratung des 'jungen Kollegen', wie sie manchmal ein wenig spöttisch zu mir sagte.

Manchmal wusste ich nicht so genau, was ich von ihr halten sollte. Als Physikerin schon, da gehörte sie zur Weltspitze. Auch als Kollegin, da war sie fair, kooperativ, hilfsbereit und ließ ihren Vorsprung an Wissen und Erfahrung nie heraushängen. Als Mensch wirkte sie auf mich vor allem diszipliniert und freundlich. Nur als Frau konnte ich sie nicht so recht einordnen – aber das wollte ich. Ich fand sie sehr attraktiv, aber mir gegenüber gab sie sich asexuell. Zarte Flirtversuche nahm sie gar nicht wahr, deutlichere wurden mit einem gekonnten Schlenker zurück zu den Sachfragen umgangen. Vielleicht fand sie mich uninteressant, vielleicht war ich ihr zu jung. Ich wusste es nicht, wollte es aber wissen. Sie lebte mit ihrer Tochter zusammen, von einem weiteren Menschen hatte nie jemand etwas gehört. Wenn sie Gefühle zeigte, dann schienen es eher mütterliche zu sein. Es ärgerte mich, dass sie sich mir gegenüber so verschloss. Ich fand sie deutlich interessanter als die Doktorandinnen, die in meiner Gegenwart gerne einmal völlig unwissenschaftlich kokettierten und zu einem Flirt oder auch mehr bereit zu sein schienen.

Es war wohl diese unerwiderte Zuneigung zu Charlotte Kurasek, die bewirkte, dass mich ihr Tod stärker erschütterte als die anderen Kolleginnen und Kollegen. Da war so viel unausgesprochen geblieben, was ich ihr gerne gesagt hätte. Häufig ertappte ich mich dabei, in Gedanken nicht bei der Arbeit zu sein. Es waren die Gespräche mit Charlotte, ihr Lächeln, ihr Verständnis für meine Probleme, die Wärme, die ich in ihrer Nähe spürte, die mich immer wieder einholten und die ich nun vermisste. Die anderen merkten es mir zum Glück nicht an – niemand außer Alois Huber.

»Und, mein Junge?«, sagte der Pförtner am Tag, nachdem ich Charlotte Kurasek tot aufgefunden hatte. »Wie geht es dir?«

Ich sagte nichts.

»Du hast sie ganz gern gemocht, nicht wahr?« Huber legte mir tröstend die Hand auf die Schulter.

Ich seufzte und ärgerte mich gleich darüber. Ich wollte mir meine Gefühle, die so wirr und belastend waren, nicht anmerken lassen.

»Sie dich übrigens auch, auch wenn sie es nie gesagt hat.«

Ich muss ihn ziemlich verdutzt angeschaut haben.

»Sie war der festen Überzeugung, sie sei zu alt für dich. Ich habe ihr gesagt, das solltest du doch vielleicht selbst entscheiden. Aber sie war nicht von dem Gedanken abzubringen und blieb die Disziplin in Person.« Alois war offenbar auch für Charlotte eine Vertrauensperson gewesen.

»Das macht es mir nicht unbedingt leichter«, sagte ich, schaute Alois verzweifelt an und strich mir mit den Händen über Kopf und Nacken.

»Die Polizei wird schon herausbekommen, wer es war.«

»Das ist wichtig, es ändert jedoch nichts daran, dass sie tot ist.«

»Stimmt, mein Junge. Aber es nicht zu wissen, wäre noch schlimmer.«

Ich leerte meine Kaffeetasse, sagte: »Ich geh dann mal nach oben«, und trottete aus der Pförtnerloge ins Foyer und zum Treppenhaus.

Die polizeilichen Untersuchungen brachten eine Unruhe ins Institut, die es so noch nicht gegeben hatte. Die Kriminaltechnik untersuchte das Büro von Dr. Kurasek aufs Genauste, von allen Mitarbeitern in der Forschungsabteilung wurden Fingerabdrücke genommen, die meisten gaben freiwillig DNA-Proben ab. Irgendwann war fast jede und jeder einmal in ihrem Zimmer gewesen. Sie hatte die Tradition der offenen Tür gepflegt – wenn sie nicht gerade telefonierte. Da war sie nicht die Einzige. Es war ruhig auf den Fluren des Instituts. Wer unbedingt Musik beim Arbeiten brauchte, benutzte Kopfhörer. Wer sich mit jemandem austauschen wollte, machte die Tür hinter sich zu oder einen Spaziergang zu zweit. Ansonsten standen die Türen offen. Die Telefone waren so leise gestellt, dass man ihre Signaltöne auf dem Flur nicht hörte. Es herrschte die Atmosphäre konzentrierter Arbeit bei uns, die Gehirne und Computer arbeiteten weitgehend lautlos, still wie in der endlosen Weite des Universums.

Nun war es für zwei Tage turbulent in den Gängen. An Arbeit war nicht zu denken. Räume und Wege wurden zeitweise gesperrt, man wäre am liebsten zu Hause im Home-Office geblieben. Die Polizei hatte jedoch um Anwesenheit aller Mitarbeiterinnen und Mitarbeiter gebeten, um ihre Befragungen jederzeit durchführen zu können. Alle waren entsetzt, viele zeigten Zeichen von Trauer. Manchen war das Durcheinander, das die Untersuchungen anrichteten, schon nach vierundzwanzig Stunden zu viel. Die ersten unwilligen Gesichter waren zu sehen. Professor Miller bat in einem Rundschreiben eindringlich um Geduld und Kooperationsbereitschaft. Er tat jedoch nicht das, was meiner Meinung nach angezeigt gewesen wäre, nämlich sofort eine Mitarbeiterversammlung einzuberufen.

So suchte sich das individuell verschiedenartig ausgeprägte Bedürfnis nach Kommunikation seine eigenen Wege der Befriedigung: mal im Zwiegespräch im Büro, mal in der Gruppe im Foyer oder im Garten des Instituts, dann wieder in unterschiedlichen Konstellationen in den Technikräumen und Versuchslaboren. In ihnen galt das unausgesprochene Gebot der Stille des Bürotraktes der Forschungsabteilung nicht.

Ich nahm an keinem dieser Gespräche teil, zog mich in mein Büro zurück und brütete hinter dem Computerbildschirm, ohne wahrzunehmen, was darauf abgebildet war. Ich verstand das alles nicht. Am besten registrierte ich noch meine Gefühle: Diese Leere, die Fremdheit, die ich plötzlich in diesem Institut empfand, diese Sinnlosigkeit und der damit verbundene körperliche Schmerz. Aber ich verstand nicht, was eigentlich passiert war und warum. Charlotte hatte da gelegen. Noch nie hatte ich sie liegen gesehen. So verdreht war ihr Körper, so würdelos, so zerstört. Ihre Schönheit hatte ihr Mörder ihr nicht nehmen können, aber ihre Unversehrtheit. Wie hatte jemand das zerstören können, was mir nahezu heilig gewesen war? Und vor allen Dingen: Warum? Welchen Grund konnte es geben, diese brillante Physikerin, diese attraktive und lebenskluge Frau zu töten? Ich hatte mich damit abgefunden, dass meine Zuneigung von ihr nicht erwidert wurde. Es war mir gelungen, ein klein wenig auf Distanz zu gehen. Ja, ich hatte mich schon dabei erwischt, andere Frauen nicht nur begehrenswert, sondern auch liebenswert zu finden. Das hatte jedoch die Faszination, die von Charlotte ausging, wenig abgeschwächt. Ich konnte mir keinen Grund vorstellen, warum man diesen Menschen töten sollte.

Ich schottete mich ab. Albert Weinstein, der sich sonst gelegentlich bei mir sehen ließ, tauchte in den Tagen nach der Entdeckung der Leiche von Charlotte nicht auf. Ich muss sehr ablehnend gewirkt haben. Von den Doktoranden und anderen Mitgliedern meiner Gruppe wagte es nur eine irische Studentin, die für einige Monate mit einem Stipendium aus Dublin gekommen war. Manchmal hatte sie sich durch gute Vorschläge hervorgetan, war mir aber ansonsten nicht aufgefallen. Sie klopfte an die Tür meines Büros, trat, ohne auf eine Antwort zu warten, ein und setzte sich auf den Stuhl vor meinem Schreibtisch. Ich schaute kurz auf, starrte dann aber ohne einen Gruß wieder in die Leere des Bildschirms. Was wollte sie?

Es war mir egal!

»Bei uns«, sagte sie mit ihrem typisch irischen Akzent, »bei uns zu Hause, da lässt man niemanden allein, wenn er Sorgen hat. Du hast Sorgen, und es ist nicht schwer zu erraten, welche es sind. Ich bleib ein bisschen bei dir.«

Ich war erstaunt und muss auch so ausgesehen haben. »Und wenn ich das nicht will, Saoirse?« Mit der Aussprache des Namens tat ich mich schwer.

Die junge Frau kräuselte die Stirn. »Mein Name ist vielleicht nicht leicht zu schreiben, aber leicht auszusprechen. Sag einfach: ‚Schírsche'!« Sie fügte hinzu: »Und was das andere angeht: Ich bleib trotzdem. Ist doch gut, dass ich da bin, oder?«

Saoirse lächelte verlegen und blieb sitzen.

Sie störte mich, irgendwie, jedenfalls lenkte sie mich ab. Was sollte ich tun? Ich konnte sie doch nicht einfach da sitzen lassen und nichts sagen. Sollte ich sie bitten, mein Büro zu verlassen? Ich wusste nicht, ob ich das wollte, und mir fehlte die Kraft, darüber nachzudenken. Saoirse McBrian ihrerseits schwieg, schaute ab und zu in ihr Handy, blickte dann wieder auf. Wenn ich zu ihr hinschaute, lächelte sie ein Kinderlächeln aus ihrem sommersprossigen, von roten Locken umrahmten Gesicht. Unangenehm war mir ihre Anwesenheit eigentümlicherweise nicht.

»Erzähl!«, sagte sie, als ich wieder einmal kurz aufblickte.

Und ich erzählte.

Ich erzählte davon, wie ich Charlottes Büro betreten hatte und zunächst nur die Beine sah. Wie ich das Blut unter ihrem Kopf entdeckte und Angst davor hatte, dass die Augen offen wären. Wie ich zwei Finger an ihren Hals legte, um den Puls zu ertasten, und eine wächserne Kälte spürte. Wie ihre Blässe mich erschreckte und ich mich zugleich mit ihr auf eine eigentümliche Weise verbunden fühlte. Wie dann die Bilder und Gedanken an mir vorbeirauschten, all das, was ich mit ihr erlebt hatte. Wie alles in Sekunden zusammenbrach – wie damals, als ich ein kleiner Junge war, zu Hause die Burg in meinem Sandkasten, in die der große Nachbarsjunge hineingetreten war. Ich erzählte von meinem Anruf beim Pförtner, dem Gespräch mit Miller und die ersten Fragen der Polizei, von der Wut in meinem Bauch, die mich seitdem nicht mehr verlassen hatte, dass ich am liebsten alles kurz und klein schlagen würde, von der Angst vor dem, was kommen könnte, und der schwarzen Wand, die ich vor mir sah.

Als ich zu Ende geredet hatte, konnte ich mich kaum noch auf den Stuhl halten und sackte in mich zusammen. Saoirse stand auf und sagte: »Ich hol dir einen Kaffee«, kam kurz darauf mit zwei Tassen zurück, setzte sich vor mich und schwieg.

Nach einer Weile erhob sie sich.

»Bis morgen!«

Am nächsten Tag kam sie wieder, am übernächsten auch. Dann blieb sie weg.

Vier Tage nach Charlotte Kuraseks Tod standen ein älteres Paar und ein ungefähr fünfzehnjähriges Mädchen, das mir bekannt vorkam, vor meinem Büro. Sie klopften, ich schaute auf, ging zur Tür und sagte lustlos: »Guten Tag!?«

»Sind Sie Herr Dr. Rasch?«, fragte der Mann. Er war für einen etwa Sechzigjährigen ziemlich konservativ gekleidet. Mit seiner braunen Wollhose, dem braun-karierten Sakko und der grünen Krawatte hätte man ihn eher der Vorkriegsgeneration zugeordnet.

»Ja, der bin ich«, gab ich so freundlich und höflich zurück, wie es mir möglich war.

»Wir sind die Eltern von Frau Kurasek – und das ist Mia, ihre Tochter.«

»Das freut mich«, sagte ich und fühlte, wie mir leicht und zugleich schwer zumute wurde. Vor mir standen drei Menschen, die eng mit Charlotte verbunden waren. Denen sie mindestens genauso wichtig war wie mir. Da stand sozusagen ein Teil von ihr, und zugleich merkte ich wieder, wie sehr sie mir fehlte.

»Ich habe Ihre Tochter verehrt, es tut mir sehr leid«, brachte ich nur heraus.

»Sie also haben sie gefunden?«

»Ja, und ich habe viel mit ihr zusammengearbeitet. Sie hat mir oft geholfen, wenn es schwierig wurde. Und manchmal, wenn auch sehr selten, hat sie etwas von sich erzählt. Zum Beispiel, dass sie zu einem Elternabend von Mias Klasse musste oder so etwas.«

Ich reichte den Eltern die Hand, dann der Tochter: »Und du bist also Mia. Genauso schön wie die Mutter!« Ich musste schlucken. »Sie war eine tolle Kollegin.«

»Hätten Sie etwas Zeit? Könnten wir uns miteinander unterhalten?«, fragte die Frau.

»Gerne!« Ich dachte nach. »Hier bei mir ist es ein bisschen eng. Draußen regnet es. Lassen Sie uns in die Cafeteria gehen. Da werden wir um diese Zeit einen Tisch für uns finden.«

Auf dem Weg zur Cafeteria kamen wir an Charlottes Büro vorbei. Die Tür war abgesperrt, ein Papiersiegel verband Türblatt und Zarge. Es war nahezu leer geräumt. Wie ein Krankenzimmer, nachdem darin jemand verstorben war.

Ich hätte die Treppe genommen, wäre ich alleine gewesen. Mit den beiden alten Leuten aber ging ich zum Fahrstuhl in der Ecke des mit Linoleum ausgelegten Treppenhauses. Hier hatte man einen Blick durch alle Stockwerke. Die Architekten waren bemüht gewesen, der Freiheit der Wissenschaft mit einem luftigen und lichtdurchfluteten Bau zu entsprechen. Es war ihnen gelungen. Charlottes Eltern und Mia hatten in dem Moment sicher keine Augen für die Architektur, sie folgten mir wie Schafe einem Hirten, drängten sich in den Aufzug und ließen sich ins Erdgeschoss fahren.

Die Cafeteria des Instituts hatte den Charme der sechziger Jahre mit den großen Fenstern, den bunten Abtrennungen aus Eisengeflecht zwischen den in Gruppen angeordneten Tischen und der hohen holzverkleideten Decke. Es roch noch nach Mittagessen – eine Mischung aus Gemüsedunst und Bratenduft – und nur zwei Tische waren besetzt. Ich führte meine Gäste an der Theke entlang, wir nahmen Getränke und Gebäck auf unsere Tabletts und suchten uns einen Platz in der Nähe der Fensterfront.

»Haben Sie eine Ahnung, wer das getan haben könnte?« Charlotte Kuraseks Vater drang mit einer zwischen Zorn und Trauer schwankenden Stimme in mich. Ein alter, verwirrter Mann auf der Suche.

»Nein, ich habe keine Ahnung. Keiner im Haus hat wohl eine konkrete Vermutung.« Das Reden fiel mir schwer. »Sie war sehr beliebt, weil sie sehr kompetent und hilfsbereit zugleich war. Sie sagte klar ihre Meinung zur Sache, hielt sich aber aus anderen Streitigkeiten heraus.« Ich schwieg eine Weile, dachte nach, schaute unter mich. »Nein, ich wüsste niemanden hier im Haus, der etwas gegen sie hätte haben können.« Ich zuckte mit den Schultern. »Es tut mir sehr leid. Ich wüsste auch gerne, wer das getan hat.«

Wir schwiegen. Dann schaute ich die Tochter an. Sie wirkte so verloren. »Wie geht es mit dir weiter, Mia?«, fragte ich.

»Ich ziehe zu den Großeltern«, sagte sie. »Meinen Vater habe ich schon lange nicht mehr gesehen.« Sie stockte. »Aber eigentlich möchte ich nicht von hier weg. Wegen der Schule und so.«

Mia war wie viele Mädchen in ihrem Alter etwas experimentell geschminkt und angezogen, aber die Ähnlichkeit mit ihrer Mutter war nicht zu übersehen. Wenn sie nicht nur ihr Aussehen, sondern auch ihre Intelligenz und ihr Wesen geerbt haben sollte, würde ihr die Schule nicht schwerfallen, dachte ich. Den Tod der eigenen Mutter verkraften, das mussten zum Glück nicht viele in ihrem Alter.

»Sind Sie sicher, dass es niemand aus dem Haus gewesen sein kann?« Der Vater kam von dem Gedanken nicht los. »Es muss doch eine Erklärung geben. Vermutlich wird irgendjemand von ihrem Tod profitieren: Ihre Stelle bekommen, befördert werden, einen Nutzen aus ihren Forschungen ziehen. «

»Das wird so sein«, sagte ich, »aber es ist und es war auch nicht vorhersehbar, wer dies sein sollte. Die Ergebnisse ihrer Forschungen kommen dem Institut zugute. Wo sie deutliche Fortschritte zu verantworten hatte, wird ihr Name in den Veröffentlichungen genannt werden. Da können Sie sicher sein.«

Ich schaute zur Bestätigung Herrn Kurasek offen in die Augen und legte eine Hand auf den Arm der Frau. »Aber wer ihre Stelle bekommt, ist nicht abzusehen. Hier gibt es keine internen Beförderungen wie in einer Verwaltung. Die Stelle wird ausgeschrieben, und es werden sich qualifizierte Physikerinnen und Physiker aus dem Haus, aber ebenso von außerhalb bewerben.« Ich schüttelte nachdrücklich den Kopf. »Sollte jemand auf ihre Stelle spekuliert haben, so spricht die Wahrscheinlichkeit dafür, dass er sich verspekuliert hat.«

Frau Kurasek wirkte erstarrt. Sie schaute unter sich, atmete tief durch und sagte: »Vielleicht sollten Sie wissen, dass wir in den letzten Jahren nur wenig Kontakt mit unserer Tochter hatten. Mia hat uns öfter besucht, aber Charlotte haben wir höchstens einmal im Jahr gesehen, zu Weihnachten, weil Mia es so wollte.«

Damit hatte ich nicht gerechnet. Ich war erstaunt. »Das hätte ich nicht gedacht«, sagte ich und schüttelte den Kopf. »Sie war eine so freundliche, fast herzliche Frau.«

»Früher war auch alles gut«, sagte Herr Kurasek. »Sie war ja noch Studentin, als Mia geboren wurde. Von dem Vater hatte sie sich schon vor der Geburt getrennt. Am Anfang hat sie dann noch bei uns gewohnt und wir haben Mia die ersten Jahre mit aufgezogen. Dann brauchte sie einen Job, ging nach Ingolstadt und wir haben die beiden oft besucht.« Er schüttelte ratlos den Kopf. Sein Ton änderte sich. »Es fing erst an, als sie die Stelle hier übernahm. Sie ging immer mehr auf Distanz zu uns. Sagte, sie habe so viel zu tun.«

»Sie hat wenig erzählt«, sagte die Mutter. Ihre Stimme brach. »Ist die letzten Jahre immer alleine in Urlaub gefahren. Mia war in den Ferien bei uns. Wir wussten nie, wo sie hinfuhr. Als hätte sie noch ein zweites Leben gelebt.«

»Hier bei der Arbeit hat sie nichts Persönliches erzählt«, erwiderte ich. Was sollte ich den Eltern sagen? »Wir wussten von Mia, aber mehr auch nicht. Professor Miller hat sie damals meines Wissens hierher geholt. Vielleicht weiß er mehr.«

»Der Herr Professor weiß auch nichts. Aber er war sowieso ziemlich zurückhaltend. Höflich, aber verschlossen.« Vater Kurasek schürzte skeptisch die Lippen. Das klang beleidigt – oder verletzt.

»Wie geht es nun weiter bei Ihnen?«, fragte ich und wollte damit dem Gespräch eine neue Richtung geben.

»Wir bleiben die nächsten Wochen hier in der Wohnung unserer Tochter, dann sind Ferien. Wir müssen schauen, wie das mit der Schule von Mia weitergeht.« Frau Kurasek richtete sich auf. Sie schien ihre letzte Kraft zusammen zu nehmen. »Wir werden das schon schaffen.«

»Wenn Sie Hilfe brauchen«, bot ich, ohne viel nachzudenken, an, »dann melden Sie sich ruhig bei mir. Ich könnte Ihnen auch ein bisschen München und Umgebung zeigen, solange Sie hier sind. Das krieg ich zeitlich schon hin.« Die beiden Alten lächelten müde.

Dann standen die drei auf und verließen die Cafeteria, als ginge es darum, in die Verbannung geführt zu werden. Ich schaute ihnen hinterher. Was da auf die beiden zukam, war nicht einfach. Mit dem Tod der Tochter fertig werden, ein Mädchen in der Pubertät aufziehen, mit dessen Reaktionen auf den Tod der Mutter umgehen lernen. Das waren große Aufgaben.

Ein Satz von Charlottes Mutter ging mir in den nächsten Tagen und Wochen nicht mehr aus dem Kopf: »Als hätte sie ein zweites Leben gelebt.« So war sie ihren Eltern erschienen. Eine Tochter, die mit dem Beginn ihrer Arbeit am Institut auf Distanz gegangen war, nur noch wenig erzählte, die Urlaube und manche Wochenenden ohne ihre eigene Tochter verbrachte, alleine vielleicht oder mit wem auch immer. Die Eltern wussten es nicht, Mia wusste es nicht. Es hatte beachtliche Zeiträume in Charlottes Leben gegeben, so hatte ich den Eindruck, von denen niemand eine Ahnung hatte, was sie dann getan hatte und wo sie gewesen war. Das war an sich schon ungewöhnlich. Bemerkenswert war zudem, dass diese Veränderung in ihrem Leben mit der Aufnahme der Arbeit am Institut zusammengefallen war. Was steckte dahinter? Was hatte sie zu diesen Zeiten gemacht? Gab es noch eine andere Seite der kompetenten und freundlichen Physikerin Dr. Charlotte Kurasek?

Ich hatte gemeint, sie zu kennen, auch wenn sie nichts oder nur wenig über ihr Privatleben erzählte. Denn der Rest ihrer Persönlichkeit war stimmig. In dem Bild, das ich mir von ihr gemacht hatte, klaffte nun plötzlich eine leere Stelle. Zu dem Schmerz über ihren Tod kam die Verunsicherung, ob ich sie wirklich gekannt hatte.

Dann war da noch ein Gedanke, der mich nicht losließ. Wenn es so viele schwarze Löcher in Charlottes Leben gab, Zeiträume, von denen niemand wusste, wo sie sich aufhielt, könnte dann in diesem zweiten Leben ein Motiv für den Mord an ihr zu finden sein? Oder waren das wirklich schwarze Löcher, in denen alle Informationen verschwanden? Diese Fragen ließen mich nicht los, Antworten fand ich keine.

8

Die polizeilichen Untersuchungen wurden von Kriminalhauptkommissarin Beate Wendel geleitet, einer circa fünfzigjährigen großen, schlanken Frau mit kurzen schwarzen Haaren. Sie trat meist zusammen mit ihrem Kollegen, Kriminalkommissar Martin Schuff, auf, der in den Augen vieler Frauen in unserem Haus eine wohltuende optische Abwechslung in der sonst alltäglichen Männerwelt des Instituts darstellte, wie ich einer Bemerkung der Doktorandin mit den kurzen blonden Haaren bei der nun doch angesetzten Personalversammlung entnehmen konnte.

Professor Miller hatte gebeten, dass die Polizei selbst die Information der Mitarbeiter übernähme. So berief er am Tag vor der Beerdigung von Charlotte eine Mitarbeitendenversammlung ein. Alle sollten kommen, auch die, die normalerweise an dem Tag von zu Hause aus arbeiten würden. Ich wollte das, was ich vermutlich zu hören bekäme, eigentlich nicht wissen. Hoffentlich würden die Polizisten nicht zu sehr ins Detail gehen. Andererseits war es mir wichtig, dass der Mord aufgeklärt wurde, auch wenn das Charlotte nicht zurückbrächte.

»Wir möchten Sie heute über den Stand der Ermittlungen zum Tod Ihrer Kollegin, Frau Dr. Charlotte Kurasek, informieren«, begann die Hauptkommissarin. »Wir haben bereits mit jedem von Ihnen Einzelgespräche geführt. Es liegen derzeit keine Hinweise auf eine Täterschaft aus Ihrem Kreis vor. Viele waren an dem betreffenden Tag nicht hier im Haus. Trotzdem halten wir es für das Beste, wenn wir Sie alle auf den gleichen Stand bringen. Vielleicht fällt Ihnen noch etwas ein.«

Die Frau wirkte sachlich und kompetent, emotionslos. Das tat gut, kam mir jedoch auch etwas kalt vor.

Ihr Kollege übernahm: »Sie können sich auch gerne bei uns melden, wenn Ihnen in den nächsten Tagen noch Erinnerungen kommen. Unsere Visitenkarten liegen auf dem Tisch am Eingang. Bitte nehmen Sie sich nachher jeder eine mit.«

Wenn er redete, legte sich seine Stirn in beeindruckende Falten und zugleich bildeten sich kleine Grübchen auf den markanten Wangen. Die Doktorandin mit den kurzen blonden Haaren stand hinter mir. Ich hörte, wie sie ihrer Nachbarin zuraunte: »Ich sehe mich wieder einmal in meiner Ansicht bestätigt, dass die attraktivsten Männer nicht unter den Physikern zu finden sind.« Sie kicherte leise. »Der Kommissar trägt keinen Ring. Ist mir gleich aufgefallen. Seine Visitenkarte sollte ich mir auf jeden Fall mitnehmen. Bestimmt wird mir in den nächsten Tagen noch etwas einfallen, was ich ihm sagen muss.« Wieder kicherte sie.

Es versetzte mir einen Stich in der Brust, sie so kichern zu hören. Ich wollte mich umdrehen und um Ruhe bitten, ließ es dann aber doch. Mir fehlte die Kraft, mich auf eine mögliche Diskussion einzulassen.

Kommissar Schuff fuhr fort: »Frau Dr. Kurasek wurde mit einem stumpfen Gegenstand erschlagen. Die Tatwaffe wurde nicht gefunden. Nach den vorliegenden Untersuchungen könnte es sich um einen massiven Gegenstand aus Holz gehandelt haben wie zum Beispiel einen Baseballschläger, ein Stuhlbein oder Ähnliches. Die Tat geschah an jenem Tag morgens um kurz nach sieben Uhr, also unmittelbar nach dem Eintreffen von Dr. Kurasek an ihrem Arbeitsplatz.«

Die Hauptkommissarin übernahm das Wort: »Sie war pünktlich um zwei Minuten nach sieben im Haus. Wie fast jeden Tag. Herr Huber hat sie beim Hereinkommen gesehen. Sie muss dann direkt in ihr Büro gegangen sein. Dort wartete ihr Mörder auf sie oder kam kurz darauf. Von Ihnen allen, die Sie in den oberen Stockwerken arbeiten, war nach unserem Informationsstand noch niemand anwesend. Frau Kurasek war in der Regel die Erste. Im übrigen Gebäude befanden sich lediglich Mitarbeitende im Erd- und im Kellergeschoss, Technikerinnen und Techniker, die die laufenden Experimente überwachten oder aufbauten. Es waren im übrigen gerade diejenigen, mit denen Dr. Kurasek normalerweise nicht zusammenarbeitete. Sie kannten sie nur vom Sehen. Das ist nicht unwichtig, wenn es um die Suche nach einem Motiv für den Mord geht.«

Ich erwischte mich dabei, wie ich versuchte, den Kommissar mit den Augen der Kollegin hinter mir zu betrachten. Doch, sie hatte recht, er schien viel Sport zu machen und sah entsprechend gut aus. Der übernahm nun die Information: »Und da ist unser Problem: Wer könnte ein Motiv haben, Dr. Kurasek umzubringen? Wenn wir in die Zukunft schauen und fragen, wer einen zukünftigen Nutzen von ihrem Tod hätte, so ist da unserer Ansicht nach nichts zu finden. Weder auf eine bemerkenswerte Erbschaft noch auf ihren Job konnte jemand realistischerweise spekulieren. Für die Gegenwart sehen wir kein Motiv: Sie war eine allseits beliebte Kollegin, die mit niemandem in ernsthaften Auseinandersetzungen stand. Rache für ein Ereignis der Vergangenheit? Da haben wir noch nichts finden können.«

Die Doktorandin mit den kurzen blonden Haaren hinter mir meldete sich: »Und jemand von außerhalb? Wäre das möglich, Herr Kommissar?«

Die Hauptkommissarin antwortete: »Das wäre möglich, aber auch da stellen sich zwei Fragen: die nach dem Motiv und die nach der Möglichkeit, ins Gebäude hineinzukommen. Es ist schwieriger, in dieses Gebäude ungesehen hereinzukommen als in unser Polizeipräsidium. Entweder man muss an dem aufmerksamen Herrn Huber vorbei oder man muss einen elektronischen Ausweis für eine der anderen Türen besitzen – und dort sind Kameras installiert. Wir haben überprüft, wer an jenem Morgen das Haus mit seinem Ausweis betreten hat. Es gab keine Auffälligkeiten. Soweit zunächst einmal. Vielen Dank für Ihre Aufmerksamkeit.«

Unter den Mitarbeitenden begann ein Getuschel. Die Informationen hatten nicht zur Beruhigung beigetragen.

»Wir danken Ihnen, dass Sie sich die Zeit genommen haben, zu uns zu kommen«, sagte Professor Miller. »Hat jemand von Ihnen Fragen oder Anmerkungen?« Er blickte in die Runde.

Die meisten schauten betreten unter sich. Das war wirklich keine angenehme Situation. Diejenigen, die der Tod von Dr. Kurasek nur wenig berührte, so vermutete ich, wollten sich dies nicht anmerken lassen. Uns anderen fiel es schwer, uns zu konzentrieren. Immer wieder gingen die Gedanken zu ihr zurück, zu ihrer Freundlichkeit und Hilfsbereitschaft, zu den kleinen erfreulichen Erlebnissen, die jeder mit ihr gehabt hatte.

Dr. Langlotz machte den Anfang. »Der Tod von Charlotte geht uns allen noch ziemlich nach, da bitte ich um Verständnis.« Sie drehte eine Strähne ihrer blonden Haare um einen Finger. »Ein Motiv innerhalb unseres Instituts kann ich mir wirklich nicht vorstellen. Wir arbeiten sehr kooperativ und stehen vor einer großen Herausforderung, die unser aller Kraft braucht – und das wissen wir.« Sie stand auf, um von allen gesehen zu werden.

»Ich kenne das Leben von Charly zu wenig, um etwas über ihre Vergangenheit sagen zu können. Sie hat kaum etwas von sich erzählt. Ich kann mir nicht vorstellen, dass sie irgendwelche Kontakte nach außerhalb hatte, die ihr zum Verhängnis wurden. Man kann zwar mit den Ergebnissen unserer Arbeit unter Umständen viel Geld machen, aber es würde nicht zu ihr passen, dass sie sich dazu hergegeben hätte.«

Professor Miller sprang auf: »Dr. Langlotz! Das ist nun aber in höchstem Maße missverständlich, was Sie da sagen! Oder wollen Sie etwa unterstellen, Dr. Kurasek habe Ergebnisse unserer Arbeit verkaufen wollen? Ich bitte Sie! Über diesen Verdacht war sie erhaben.«

So hatte ich den Professor noch nicht erlebt. Nicht nur die Lautstärke seiner Stimme, auch die Schärfe des Tons und die Zornesröte in seinem Gesicht. Ein Gemurmel ging durch den Sitzungsraum. Einige empörten sich wie der Professor, andere meinten, man dürfe nichts ausschließen und ungeprüft lassen, und außerdem hatte Dr. Langlotz das doch gar nicht behauptet.

»Ich denke, da kann ich Sie beruhigen«, meinte Hauptkommissarin Wendel. »In die Richtung haben wir selbstverständlich auch ermittelt. Wir haben die Außenkontakte von Dr. Kurasek überprüft. Das ist bei uns Routine und erfolgt ohne einen Anfangsverdacht. Wir haben in ihren privaten und dienstlichen E-Mails nichts bemerkt, auch nicht bei den Telefondaten und ebenso wenig auf ihren Computern und dem Laptop. Die Außenkontakte von Dr. Kurasek kreisen nahezu ausschließlich um ihre Tochter, deren Schule und Freizeitgestaltung. Wir haben darüber hinaus keine privaten Kontakte entdeckt. Selbst mit ihren Eltern stand sie in nur loser Verbindung. Und lassen Sie mich hinzufügen: Sie muss ein ziemlich einsamer Mensch gewesen sein.«

»Aber sie war eine äußerst freundliche und hilfsbereite Kollegin«, rief Saoirse McBrian in den Raum. »Von Einsamkeit hat sie nie etwas gesagt.«

»Sie hat überhaupt wenig von sich erzählt«, meinte einer der Doktoranden. »Eigentlich schade.«

Es kamen nur noch wenige Fragen oder weiterführende Anmerkungen. Dann verlief sich die Gruppe.

Ich sah, wie Professor Miller zur Dr. Langlotz ging und sie anzischte: »Ich muss Sie sprechen!« Die beiden stellten sich in einer Ecke zusammen.

Der Besprechungsraum hatte sich geleert. Ich blieb sitzen. Ich wollte noch ein bisschen zur Ruhe kommen, und so hörte ich, ohne es zu wollen, das Gespräch der beiden mit an.

»Was sollte denn das?«, begann der Professor. »Wollen Sie Misstrauen säen? Oder wollen Sie sich aus irgendeinem Grund an Dr. Kurasek rächen?«

»Wie kommen Sie darauf? Weder – noch. Ich wollte helfen, den Mord aufzuklären – und seit wann gibt es hier im Haus Denkverbote?«

»Weil hier keine Vermutungen akzeptiert werden, für die es keine Anhaltspunkte gibt. Wir arbeiten mit unserem Verstand und nicht mit unserer Fantasie.« Der Professor schien sich langsam zu fassen. »Oder haben Sie irgendwelche Anhaltspunkte?«

»Nein, keine konkreten. Und ja, es hat etwas mit Fantasie zu tun – oder besser mit Vorstellungskraft.« Dr. Langlotz klang wie die Sachlichkeit in Person. »Oder haben Sie sich noch nie gefragt, was Charlotte in ihrem Urlaub machte oder wenn sie an eine Tagung noch einen freien Tag dranhing? Es war nie etwas aus ihr herauszubekommen. ‚Ach, ich war im Allgäu. Ich habe einen Bekannten getroffen.‘ Aber wenn ich dann nachfragte, dann hieß es immer: ‚Ach, so ein kleiner Ort, den kennst du nicht. Ach, ein Bekannter aus der Schulzeit.‘ Warum machte sie aus ihrem Privatleben so ein Geheimnis, anders als alle anderen, die gerne auch einmal etwas von sich erzählen?« Dr. Langlotz richtete einen Zeigefinger, spitz wie der Absatz ihrer Schuhe, auf Professor Miller. »Sogar von Ihnen weiß ich mehr als von Charly.«

»Das ist richtig, sie war wirklich äußerst zurückhaltend«, sagte der Professor nachdenklich. »Aber deshalb muss man ihr nicht unterstellen, sie habe Ergebnisse unserer Forschung vermarktet.«

»Das wollte ich auch gar nicht. Ich wollte die Polizei auf eine mögliche Spur aufmerksam machen. Wenn man ihr bisher über ihre Familie hinaus keine Kontakte nachweisen konnte, dann heißt das doch noch lange nicht, dass es keine gibt. Dann müssen die eben eine neue Hypothese entwickeln und eine neue Versuchsanordnung entwickeln.«

»Ich nehme das nun einmal so hin, wie Sie es gesagt haben. Aber, bitte, seien Sie in Zukunft vorsichtig, auch hier im Institut. Ich möchte keine Verdächtigungen und Nachreden, die jeglichen Bezug zur Realität vermissen lassen.«

Die beiden gingen hinaus und ich blieb sitzen. Bisher hatte ich Sandy Langlotz in den Diskussionen streng, sogar scharf, aber immer fair erlebt. Dieses Streuen eines Verdachtes hatte ich ihr nicht zugetraut. Auffällig war zudem, wie sehr sie sich offensichtlich für Charlottes Privatleben interessiert hatte und gerade für die Zeiten, von denen niemand so recht zu wissen schien, was sie da gemacht hatte.

Für diesen Tag reichte es mir. Ich nahm mein Fahrrad und fuhr die Isar rauf und runter, bis ich völlig erschöpft war.

9

Die Kolleginnen und Kollegen aus dem Institut hatten erwartet, in der Trauerhalle eine Urne vorzufinden und waren erstaunt über den hellen Eichensarg mit dem üppigen Blumenschmuck. Charlottes Leichnam war nicht verbrannt worden. Die Eltern wünschten eine Erdbestattung im Sarg.

Sie wurde in dem Dorf beerdigt, in dem sie aufgewachsen war. Es lag nicht weit von München, aber doch so weit, dass es seinen ländlichen Charakter erhalten hatte. Das ließ sich an dem unverkennbaren Stallgeruch festmachen, den ich sofort wahrnahm, als ich in den Ort einfuhr, und der auch über dem Friedhof am Ortsrand lag. Die Trauerhalle war groß, hier war es noch üblich, dass jeder aus dem Dorf mitging, der Zeit hatte. Charlotte war schon vor langer Zeit weggezogen. Trotzdem kamen viele aus dem Ort, um die Eltern auf ihrem schweren Gang zu begleiten.

Der Sarg stand unter einem überdimensionierten Holzkreuz, in der Rückwand dahinter zwei schmale Fenster mit buntem Glas. Lorbeerbüsche bildeten die Eskorte des Kastens aus hellem Eichenholz. Blumenschalen und Kränze bedeckten den Boden. Dazwischen unzählige Teelichter, die Mia nach und nach anzündete. Sie erfüllten den ansonsten fensterlosen Raum mit einem flackernden Licht. Es roch nach Blumen und Wachs.

Charlottes Eltern saßen zusammen mit ihrer Enkelin in der ersten Reihe. Ich hatte mich hinter sie gesetzt. Saoirse hatte ungefragt neben mir Platz genommen.

Es war eigentümlich mit ihr. Sie schien sich selbst zu meiner Trauerbegleiterin erwählt zu haben. Ich hätte mich nicht gewundert, wenn Albert sich neben mich gesetzt hätte. Immerhin waren wir gleichrangige Kollegen. Oder jemand anderes aus meinem Team, mit dem ich öfter zu tun hatte. Aber die hatten alle einige Stuhlreihen freigelassen, als wollten sie dem Sarg nicht zu nahe kommen. Saoirse setzte sich ganz selbstverständlich neben mich und es war mir nicht unangenehm.

Unter uns Physikern gab es niemanden, der für sich selbst eine Erdbestattung gewünscht hätte. Das Universum, so waren die meisten überzeugt, würde dereinst nur noch aus Staub mit einer Temperatur nahe dem absoluten Nullpunkt bestehen. Genauso wie die Menschen, die Erde und alle ihre Lebewesen aus dem Staub zerborstener Sterne bestanden, so sollte auch der einzelne Mensch zuletzt wieder zu Staub werden – Staub zu Staub. Kohlenstoff und einige höherwertige Elemente, das war es, was blieb, wenn man einem Körper das Wasser entzog und oxidierte, was sich oxidieren ließ. Der Staub in der Urne machte in viel schönerer Weise den Kreislauf des Universums deutlich als ein toter Körper, der langsam von Bakterien zersetzt wurde. Dessen Knochen nach zwanzig Jahren, falls noch etwas von ihnen übrig war, im Boden unter dem nächsten Sarg, der das Grab belegte, verscharrt wurden. Alles würde irgendwann in seine Elementarteilchen zerfallen, die Entropie würde unaufhaltsam zunehmen, aus Geordnetem würde Ungeordnetes, die Sonnen, Planeten, Bäume und Menschen würden in ihre Bestandteile zerfallen. Warum sollte man diesen Prozess unnötig um die zwanzig Jahre in einem Grab verlängern?

An diesem Tag fühlte ich mich sehr einsam. Trotz Saoirse an meiner Seite. Durch den Sarg hindurch sah ich die tote Charlotte in ihrem Büro, die Wunde am Kopf, die verdrehten Beine und roch den Geruch des Blutes. Trotzdem, es war mir – das musste ich vor mir selbst zugeben – in diesem Moment lieber, als nur noch eine blecherne Vase mit Asche vor Augen zu haben.

Dass Charlotte in der Kirche gewesen war, hatten wir nicht vermutet. Aber die Pfarrerin wusste etwas über ihr Aufwachsen auf dem Dorf zu erzählen, von Kindergottesdienst und Jugendgruppe, von ihrer Leidenschaft für Physik und Mathematik, von ihrer Liebe zur Tochter Mia. Von der Entfremdung der letzten Jahre sagte sie nichts.

Die Eltern hatten, wie es in dem Ort üblich war, alle nach der Bestattung in eine nahe gelegene Gaststätte zu einer Suppe und Kaffee und Kuchen eingeladen. Es war der Nebenraum der größeren der beiden Dorfgaststätten, zwei lange Tischreihen unter dem von Holzstreben getragenen Dach, in Gruppen besetzt von den Trauergästen.

Mia saß bei den Großeltern und den anderen Verwandten. Ein paar Jugendfreunde von Charlotte waren gekommen. Die Leute vom Institut setzten sich zusammen. Ich hätte mich lieber zu Charlottes Eltern gesetzt. Aber da passte ich auch nicht richtig hin.

»Warum macht jemand so etwas?« Es war die Studentin mit den kurzen blonden Haaren, die – so hatte ich immer wieder den Eindruck – durch den gewaltsamen Tod von Charlotte stärker als manch andere aus der Bahn geworfen worden war. »Sie war doch eine so tolle Frau.«

»Warum töten Menschen?«, fragte Albert Weinstein und gab selbst die Antwort: »Aus Neid, aus Eifersucht, aus Rache, Geldgier, aus Angst, dass ihr Geheimnis aufgedeckt wird? Es gibt so viele Möglichkeiten.«

»Jeder kennt Neid«, meinte die Studentin, »oder Rachegefühle oder was auch immer. Aber nur die wenigsten begehen deshalb einen Mord.«

»Die Menschen sind nicht alle gleich. Jedes Gehirn tickt ein bisschen anders.«

»Ein kleiner Unterschied in der Molekülstruktur kann zu einer großen Veränderung des Verhaltens führen«, mischte sich einer der Studenten ein.

»Dann gibt es also Mördergehirne und Nicht-Mördergehirne – und die unterscheiden sich nur durch wenige Moleküle?«

»Im Grunde ja.«

»Man müsste also nur ein paar Moleküle entfernen oder austauschen, und schon wird aus einem Mörder ein guter Mensch und umgekehrt?«

»Im Prinzip ist das so. Nur wird es schwer sein, die entsprechende Stelle im Gehirn zu finden.«

»Dann bräuchten wir keine Gefängnisse mehr. Der Mörder kommt in die Gehirnchirurgie und als Gut-Mensch wieder heraus. Fantastisch!«

»Wenn wir die Stelle finden!«

»Vielleicht sollten wir lieber danach suchen als nach dem Axion«, meinte der Student mit den langen Haaren.

»So einfach ist das nicht«, mischte sich Professor Miller ein. »Die Idee mit der Operation oder der Suche nach einem Mörder-Gen hatten schon andere. Das Gehirn ist jedoch ziemlich kompliziert aufgebaut und hat unzählige Vernetzungen.« Ich meinte aus seinem Tonfall eine gewisse Verärgerung heraus zu hören. Fand er das Thema unangemessen für das Essen nach einer Beerdigung?

»Aber«, meinte Sandy Langlotz und streckte sich in ihrem gelben Designerkostüm, »eines stimmt schon: Alles hat eine molekulare Basis. Alles, was in unseren Gehirnen geschieht, ist letztlich Physik, Wechselwirkung von Teilchen.«

»Und dem sind wird ausgeliefert, ob wir wollen oder nicht?«, fragte Saoirse McBrian.

»Auch unser Wille ist ein Produkt der Moleküle unseres Gehirns«, sagte Dr. Langlotz. »Kein Gedanke wird gedacht, ohne dass Moleküle in unserem Gehirn daran beteiligt sind. Wenn es mit den Molekülen aus ist, dann ist es auch mit dem Denken aus.«

Albert Weinstein grinste: »Das wäre ein Argument für die Todesstrafe: Mördergehirne, die es nicht mehr gibt, können auch nicht mehr denken.«

Man konnte den Eindruck bekommenden, die Kolleginnen und Kollegen hätten vergessen, dass sie auf einer Beerdigung waren.

Saoirse kräuselte die Stirn und sagte mit dem ihr eigenen, ungeheuer sympathischen Akzent, einer Mischung aus ungewöhnlich harten und eigentümlich weichen Lauten: »Der Mensch ist doch wohl etwas mehr als sein Gehirn und seine Gedanken. Auch Mörder haben so etwas wie Menschenwürde.«

»Menschenwürde wird im Allgemeinen, besonders jedoch im Westen überschätzt – sagen die Chinesen«, meinte Weinstein, den die ganzen Diskussion zu amüsieren schien.

»Zum Glück nicht alle Chinesen«, mischte sich nun Professor Miller ein und er klang immer noch ein wenig verärgert. »Einige der Pekinger Staatsphilosophen, die Staatsführung sowieso und große Teile der Bevölkerung. Aber zum Glück nicht alle.« Der Professor hob beschwichtigend die Hände. »Wir sind jedoch bei einer wichtigen Diskussion. Für uns Physiker ist es schwer vorstellbar, dass Gedanken ohne Beteiligung von Materie existieren. Ein frei schwebender menschlicher Geist – das passt nicht in unser Bild vom Universum.« Der Physiker in ihm gewann die Oberhand und er ließ sich auf das Gespräch ein. »So richtig spannend wird es für mich aber, wenn ich mir die Frage stelle: Was war zuerst? War da zuerst mein Entschluss – sagen wir mal, diese Kaffeetasse anzuheben oder mich ins Gespräch einzumischen – oder war zuerst eine Interaktion der Moleküle und Zellen meines Gehirns? Wenn zuerst ein Gedanke da war, dann muss gefragt werden, woher er kam – aus einem Bewusstsein, das unabhängig von meinem Gehirn existiert? Oder war da erst ein Vorgang auf physikalischer Ebene und dann mein Gedanke? War mein Gedanke also nur die Folge eines physikalischen Prozesses? Und wer hat ihn dann gedacht? Ich oder mein Gehirn? Gibt es da überhaupt einen Unterschied oder ist mein Bewusstsein nicht nur eine Funktion meines Gehirns, der Moleküle, aus denen ich bestehe? Und wenn das so ist: Wer bin ich dann?«

Zunächst war da allgemeines Schweigen. Man widersprach dem Professor nur ungern und in diesem Falle hatten seine Äußerungen bei den meisten sowieso eine gewisse Ratlosigkeit hinterlassen.

»Es gibt Fragen, auf die gibt es keine Antworten«, sagte schließlich Frau Dr. Langlotz.

»Es fällt mir schwer, mich damit zufriedenzugeben«, meinte Professor Miller nachdenklich.

»Vielleicht sollten wir solche Fragen den Philosophen überlassen«, warf Albert Weinstein ein.

»Aber wie weit reicht dann unser Erkenntnishorizont? Und ich meine nun nicht so etwas wie einen kosmischen Ereignishorizont. Nein, ich meine: Welchen Anspruch auf Deutung der Welt können wir erheben, wenn wir bei solchen Fragen passen und sie anderen überlassen?« Der Professor schüttelte unzufrieden seinen Kopf.

Die ganze Zeit hatte ich dabei gesessen und nichts gesagt. Die Diskussion war wichtig, sie war interessant, aber musste das zu diesem Zeitpunkt sein? Beim Zusammensein nach Charlottes Beerdigung? Die Moleküle meines Gehirns jedenfalls hatten mich in eine unendliche Traurigkeit versetzt, die ich mir gut erklären konnte, wenn auch nicht physikalisch. Nach den Aufregungen der letzten Tage war mir heute noch einmal deutlich geworden, wie wichtig sie mir gewesen war. Wie sollte es im Institut für mich weitergehen? Die Gespräche mit ihr hatten mich nicht nur fachlich weitergebracht, sondern auch motiviert. Sie war ein wichtiger Grund gewesen, warum ich meine Arbeit gerne machte, warum ich mir einen Verbleib am Institut vorstellen konnte. Es war nicht nur die wissenschaftliche Herausforderung. Es war auch das Miteinander mit dieser Kollegin. Das fehlte nun.

Mia war es, wie ihre Großeltern mir versicherten, die darauf drängte, mein Angebot anzunehmen. Ich könnte ihnen helfen, die Bücher und Unterlagen in Charlottes Arbeitsraum durchzusehen, um zu entscheiden, ob irgendetwas davon aufbewahrt werden sollte. So verbrachte ich zwei Wochen lang fast jeden Feierabend zwei, drei Stunden in Charlottes heimischem Arbeitszimmer, saß anschließend mit der Familie zusammen beim Abendessen und fuhr dann nach Hause. Es waren zwei Wochen, die mir wie aus der Zeit gefallen vorkamen.

Mia zeichnete sich durch eine gewisse Anhänglichkeit mir gegenüber aus, was ich nicht nur darauf zurückführte, dass es ihr bei den Großeltern langweilig war. Sie war gerade in dem Alter, in dem vergleichsweise ältere Männer wie ich gelegentlich eine Anziehung auf heranwachsende Mädchen ausübten. Dessen war ich mir bewusst und verhielt mich ihr gegenüber genauso freundlich distanziert, wie es ihre Mutter mit mir gemacht hatte.

Charlottes Arbeitszimmer – als ich es das erste Mal betrat, bemerkte ich einen leichten Hauch ihres Parfüms, der noch in der Luft lag – war geschmackvoll eingerichtet, soweit dies bei einem Arbeitsraum möglich ist. Die Wände waren mit Regalen verdeckt, nur an zwei Stellen war Platz für Bilder gelassen. Die eine Fotografie zeigte ein Segelboot auf dem Chiemsee, im Hintergrund die Alpen an einem besonders klaren Tag. Die andere war die Hubble Extreme Deep Field Aufnahme, ein Blick in die Tiefen des Weltalls. In den Regalen vor den Büchern und Ordnern standen kleine Erinnerungen – ein bemaltes Ei, vielleicht ein Werk aus Mias Kindheit, das Periodensystem der chemischen Elemente in Glas geätzt, eine vertrocknete Rose, ein Spielzeugauto und einige andere kleine Sachen. Da waren Fotos von Mia in verschiedenen Altersstufen – und von Charlottes Eltern. Ob sie ihr wirklich so wenig bedeutet hatten, wie sie meinten?

Insgeheim hatte ich gehofft, in den Unterlagen von Charlotte Kurasek etwas zu entdecken, das Licht in das bringen konnte, was ihre Mutter ein zweites Leben genannt hatte. Zunächst einmal fand ich nur das, was im häuslichen Arbeitszimmer jeder Physikerin zu erwarten war: die üblichen Lehrbücher, Aufzeichnungen aus dem Studium, eine Biografie Albert Einsteins und die anderer berühmter Physiker, ein Karton mit verstaubten Disketten und CDs, Ausdrucke entlegener Zeitschriftenartikel, die ungebundenen Jahrgänge dreier Fachzeitschriften. Daneben die wenigen persönlichen Erinnerungen an die Schulzeit, das Familienstammbuch, Mias Portfolio aus der Kindergartenzeit und manches mehr, was man genauso gut im Wohnzimmer hätte aufbewahren können.

Ich nahm mir vier Fachbücher, die ich noch nicht hatte, packte den Rest an Literatur in Kartons und sortierte die privaten Gegenstände in andere Behältnisse. Gerade diese privaten Sachen waren für Mia eine Schatztruhe aus der gemeinsamen Zeit mit der Mutter und der vor ihrer Geburt. Manchmal schaute sie sich für Stunden an dem einen oder anderen fest.

Der PC und der Laptop waren von der Polizei abgeholt und zurückgebracht worden. Man hatte nichts entdeckt, was bei der Aufklärung des Mordes hilfreich sein könnte. Das hatten die beiden gesagt, die alles wieder aufgestellt hatten. Wie sollte ich mit den Rechnern umgehen? Die Datenmengen auf den beiden Geräten übertrafen die in Papierform vorhandenen um ein Vielfaches. Sollte ich das alles durchsehen? Auch die USB-Sticks und die alten Datenträger? Mit einem Suchprogramm hätte ich es mir erleichtern können. Aber nach was sollte ich suchen? Wenn ich die Daten einfach alle löschte oder die Datenträger zerstörte, dann konnte ich sichergehen, dass keine Zahlen des Instituts in die falschen Hände gerieten. Falls dies nicht schon geschehen war. Aber ich wollte doch auch nach dem suchen, was da noch sein konnte, das zweite Leben, in dem vielleicht das Motiv und der Täter zu finden wären. Dieser Gedanke ließ mir keine Ruhe.

10

Die Abende im Arbeitszimmer von Charlotte wurden
zunehmend zu einer Qual. Nicht weil ihre Eltern oder
Mia unfreundlich gewesen wären. Ich wurde jeden Tag
herzlich begrüßt, man umsorgte mich mit Getränken und
gab sich große Mühe beim Abendessen. Manchmal hatte
ich den Eindruck, als würde ich die Tochter den Eltern
ein wenig zurückbringen, wenn ich von der Arbeit mit ihr
erzählte. Diese nahezu ungebrochene Präsenz von Charlotte in ihren Unterlagen, Aufzeichnungen und Büchern
machte mir ihre tatsächliche Abwesenheit jedoch in einer
Weise bewusst, dass es weh tat. Sie war nicht mehr da
und sie würde auch nicht mehr zurückkommen.

Mia war die meiste Zeit bei mir. Ich reichte ihr alles,
von dem ich annahm, dass es eine Fünfzehnjährige an ihrer Mutter interessieren könnte. Sie erzählte mir, was ihr
dazu einfiel. So lernte ich Charlotte in dieser Zeit besser
kennen als je zuvor.

Die Regale und Schränke waren durchgesehen. Es
blieben nur noch der Laptop, der PC und die alten Datenträger. Ich war mir nicht sicher, ob ich mir diese Daten-
menge antun sollte. Es würde eine lange, monotone, lang-
weilige Arbeit werden. Andererseits spürte ich eine Ver-
pflichtung Charlotte und dem Institut gegenüber. Daten,
die die Einrichtung nicht verlassen sollten, musste ich lö-
schen oder anderweitig vernichten. Ergebnisse der Arbeiten von Charlotte, die noch nicht in den Ablauf des Instituts eingespielt worden waren, sollten unter ihrem Namen
gesichert werden. Vielleicht hatte sie etwas entdeckt oder

entwickelt, das weiterführend sein könnte. Das müsste sich dann auf den Festplatten des Computers und des Laptops befinden. Die Datenträger mit den überholten Formaten wollte ich mir bis zum Schluss aufheben. Hier war nichts Wichtiges zu erwarten.

Wieder einmal stellte ich fest, dass es schwerer war, am Bildschirm einen ersten Überblick über eine Datei zu erhalten, als wenn sie ausgedruckt auf Papier vorlag. Mit der Zeit bekam ich Übung und es ging immer schneller. Zudem hatte Charlotte ein übersichtliches Ablagesystem benutzt und die einzelnen Versionen einer Datei klar gekennzeichnet.

Tatsächlich waren die meisten Daten dienstlicher Art und bargen keine Geheimnisse. Die persönlichen Ordner mit Fotos, Korrespondenz und gespeicherten Versicherungsunterlagen zog ich auf einen Stick, formatierte die Festplatte neu und spielte die privaten Angelegenheiten wieder auf. Dann kam der Datenträger zu Charlottes Eltern. Auf dem Laptop sah es nicht viel anders aus. Charlotte hatte den PC überwiegend zur Datensicherung benutzt, und so begegnete mir auf dem Laptop vieles, was ich vom PC her kannte. Der Laptop war Eigentum des Instituts und einige Jahre alt. Ich nahm mir vor, mit Professor Miller zu sprechen, ob er nicht abgeschrieben und Mia geschenkt werden könnte. Auf jeden Fall formatierte ich auch diese Festplatte neu.

Bei den anderen Datenträgern wurde es spannend und mühsam. Es gab keine 5,25 Zoll Disketten, aber einige 3,5 Zoll Exemplare. Außerdem einige CDs der unterschiedlichen Formate und USB-Sticks. Viele Datenträger waren nur zum Teil belegt. Manche enthielten alte Versionen von Dateien, die auch auf dem Laptop gewesen waren. Charlotte hatte sie wohl vorwiegend zum manuellen Transport von Daten verwendet, wenn die Übertragung übers Netz zu unsicher oder zu langsam war. Einige waren Werbegeschenke und erinnerten beim Öffnen als Erstes an den Schenkenden. Nichts war irgendwie von Bedeutung. Ich formatierte alles neu und gab die nun leeren Datenträger Mia. Sie konnte sie vielleicht weiter benutzen.

Charlotte hatte all das in einer Schublade ihres Schreibtischs aufbewahrt. Beim Durchsehen ihrer Aktenordner hatte ich außerdem in denen mit den Rückenschildern »Promotion« noch weitere gefunden, ein paar alte 8-Zoll Floppy Disks, mit ihren Hüllen sorgfältig abgeheftet. Ob die bereits von der Polizei gesichtet worden waren? Vielleicht hatten sie die gar nicht gesehen. Ich selbst hatte diese eigenartigen biegsamen Disketten noch nie in meinem Leben benutzt, aber ich entsann mich, wie einige Ältere von ihnen schwärmten. Man konnte zwar nicht viel darauf speichern, aber sie ließen sich in einem Briefumschlag mit ein paar Blättern Papier zum Auspolstern verschicken, ohne dass es auffiel. Das war Datentransfer vor dem Ausbau des World Wide Web und elektronisch nicht nachvollziehbar.

Was jedoch fehlte, war ein Laufwerk, das dieses Format lesen konnte. In den Schubladen fand sich nichts, auch nicht verborgen hinter Ordnern oder Büchern. Deshalb fragte ich Charlottes Eltern, ob ich mal im Keller suchen dürfte. Sie hatten nichts dagegen. Ich ging mit Mia hinunter zum passenden Verschlag des Gemeinschaftskellers. Dort stand es tatsächlich, prominent und unübersehbar, im Regal. Ich nahm es mit in die Wohnung und schloss es an den PC an.

Ich erwartete erste Rechenübungen auf einem Commodore 64 aus Charlottes Jugend oder selbst angelegte Tabellen von Audio-Kassetten.

So weit kam ich allerdings nicht. Es gelang mir noch, das alte Laufwerk mit dem PC zu verbinden, der wollte es jedoch partout nicht erkennen. Ich wandte alle Tricks an, die ich kannte. Aber ich kam nicht weiter. Das Laufwerk bekam Strom über den PC, tauchte aber nirgends in den Verzeichnissen auf. Schließlich entschloss ich mich, Disketten und Laufwerk mit nach Hause zu nehmen und mein Glück an meinem heimischen Computer zu versuchen. Mit dem kannte ich mich besser aus.

Mia und ihre Großeltern fragte ich, ob sie eine Ahnung hätten, wozu Charlotte diese Disketten benutzt haben könnte. Mia meinte, sie noch nie gesehen zu haben. Ihr Großvater nahm sie in die Hand und sagte nur: »Das waren noch Zeiten!« Auch er wusste nichts damit anzufangen. Schließlich bat ich sie darum, das Laufwerk und die Disketten mitnehmen zu dürfen. Charlottes Eltern freuten sich, dass ich daran Interesse hatte.

Ich nahm mir vor, die Disketten so bald wie möglich zu untersuchen. Vielleicht würde ich etwas entdecken, das zur Aufklärung des Mords an Charlotte beitragen konnte. Es gab nur ein Problem: Zwar verstehe ich, mit Computern und den neuesten Programmen zu arbeiten, aber ich bin kein Programmierer und auch kein Computertechniker. Würden meine Fähigkeiten ausreichen, um die möglicherweise mit überholten Programmen beschrieben Datenträger zu lesen?

Ich hatte das Laufwerk und die alten Disketten mit nach Hause genommen, kam aber nicht weiter. Mein PC und dieses überdimensionale antiquierte Laufwerk, das ging einfach nicht zusammen. Wie hatte Charlotte das hingekriegt? Erst durch ein Gespräch mit Saoirse McBrian kam ich weiter.

Sie hatte wieder einmal in der Mittagspause bei mir vorbeigeschaut. Das tat sie gelegentlich, und ich empfand es als die Freundlichkeit einer sympathisch burschikosen Kollegin, die mich aufmuntern wollte, denn sie blieb ebenso so distanziert wie sie freundlich war.

»Hab ich mir es doch gedacht. Der Herr Dr. Rasch starrt auf die Tischplatte, anstatt in die Kantine zu gehen. Komm, lass uns etwas essen.«

»Ich hab irgendwie keinen Appetit«, gab ich zurück.

»Das geht wohl schon eine Weile so«, sagte Saoirse und schaute mich mit gekräuselter Stirn und lächelndem Mund an. »Weißt du? Ich mag zwar schlanke Männer, aber bei dir geht es langsam ins Dürre. Du hast doch in den letzten Tagen ständig abgenommen, oder?«

»Kann sein. Ich hab halt keinen Appetit.«

»Okay. Dann machen wir das so: Ich esse den leckeren Schweinsbraten, den es heute in der Kantine gibt, und du setzt dich daneben, trinkst ein Glas Wasser und unterhältst mich.« Sie lächelte charmant. »Bei uns in der Arbeitsgruppe sind heute nämlich alle im Home-Office und du kannst mich doch nicht alleine essen lassen. Also komm mit!« Sie ergriff meine Hand – das hatte sie noch nie getan – und zog mich vom Stuhl. Widerwillig trottete ich hinter ihr her.

Saoirse aß mit gesundem Appetit, ich nippte an meinem Wasser.

»Kennst du jemanden, der sich mit alten Computern auskennt?«, fragte ich. »Mit ganz alten, meine ich. Aus der Zeit, als du noch nicht geboren warst.«

»So jung bin ich auch nicht mehr«, sagte Saoirse und verzog das Gesicht zu einem vorwurfsvollen Blick. »Wie alt meinst du denn?«

»Na damals, als sie noch diese 8-Zoll Laufwerke hatten.«

»Die mit den biegsamen Disketten, meinst du?

»Ja, ja, diese großen schwarzen Plastikdinger.«

»Ach die. Ich hab in Irland einen Freund, der steht auf die Spiele dieser ersten Computer, Tetris und so. Der sammelt Disketten mit allen möglichen Spielen.«

»Spielt er auch an so einem altem Computer?«

»Nein, der ist ihm zu schade. Er schließt die Laufwerke an seinen neuen Computer an.«

»Und das klappt?«

»Klar, du brauchst nur einen speziellen Treiber und dann geht das.«

»Könntest du mir den besorgen? Den Treiber meine ich.«

»Ich versuche es. Schreib mir den Typ deines PCs und des Laufwerks auf und ich schreibe heute Abend eine Mail.«

Ein Licht am Horizont. Ich atmete auf. »Toll, vielen Dank.«

Saoirse musterte mich von der Seite und lächelte. »Und jetzt isst du was?«

»Ja, heute soll es guten Schweinsbraten geben«, sagte ich und ging zur Essensausgabe. Es war ihr mal wieder gelungen, mich aus meinem Schneckenhaus herauszuholen.

Saoirse schaute mich nachdenklich an, während ich von der Essensausgabe zurückkam. Als ich mich wieder gesetzt hatte, sagte sie: »Die ganzen Sorgen wegen ein paar Disketten, die du nicht öffnen kannst? Das will mir nicht einleuchten.«

»Es ist schon ein wenig mehr«, druckste ich herum. Wie weit könnte ich Saoirse einweihen? Sollte ich ihr von meinem Verdacht erzählen? Eigentlich vertraute ich ihr. Ich hatte das Gefühl, mich auf sie verlassen zu können. Warum, das wusste ich im Grunde nicht. Bauchgefühl oder so was. Vertrauen ist wohl immer Bauchgefühl. Sie hatte nie etwas Schlechtes über Charlotte gesagt. Sie hatte mich nie ausgefragt. Auch jetzt nicht. Saoirse schwieg.

»Es geht um die Frage«, sagte ich schließlich langsam und leise, damit es kein anderer in der Kantine hören konnte, »ob Dr. Kurasek der Mensch war, den wir gekannt haben. Hatte sie vielleicht ein Geheimnis? Selbst ihre Eltern wissen wenig über sie. Die Mutter meinte, sie hätte den Eindruck, Charlotte habe ein zweites Leben geführt. Dann ist da noch der Verdacht von Dr. Langlotz. Das Schlimme an diesem Verdacht ist, dass ich ihn auch schon hatte.«

11

»Hast du den Artikel gelesen, den Frau Sorglos vorhin herumgemailt hat?« Saoirse hatte die Doktorandin mit den kurzen blonden Haaren auf dem Flur getroffen. Es war einige Tage nach Charlotte Kuraseks Beisetzung.

»Ich bin gerade dabei«, lautete die Antwort. »Und wenn das darin steht, was ich nach den ersten Zeilen vermute, dann ist das ein Desaster für uns.«

Ein Artikel im Journal of Physics beschäftigte uns alle aus Professor Millers Team an diesem Tag derart, dass die Trauer und die Verwirrung um den Tod von Charlotte Kurasek in den Hintergrund traten. Auch ich erwischte mich dabei, für eine kurze Zeit an nichts anderes mehr denken zu können als an diesen unerhörten Artikel.

Die internationale Gemeinschaft der Physiker und Physikerinnen pflegte einen offenen Umgang miteinander. Man teilte die Erkenntnisse, zumindest ab dem Zeitpunkt, an dem sie eine gewisse Plausibilität erlangt hatten. Man teilte auch die Forschungsaufgaben, schon allein deshalb, weil die finanziellen Mittel eines Landes nicht ausreichten, um die teure Grundlagenforschung auf allen Gebieten zu finanzieren. Deshalb hatte es eine Absprache unter den in der Axion-Forschung Tätigen gegeben.

Diese gute weltweite Zusammenarbeit verhinderte allerdings nicht, dass einzelne Forschergruppen immer wieder einmal aus der ansonsten geübten Solidarität ausscherten. Das konnte im persönlichen Ehrgeiz einzelner Forscher begründet sein. Es ging jedoch gelegentlich auch auf Einwirken staatlicher Institutionen zurück, die für einzelne Projekte zusätzliches Geld frei machten. Dann stand das Prestige eines Staates im Vordergrund und damit der Versuch, auf bestimmten Forschungsgebieten einen Führungsanspruch zu etablieren. Daraus leitete man anschließend einen allgemeinen Anspruch auf Vorherrschaft für einen Teil der Erde ab. China, der größte Staat der Welt, erhob einen Führungsanspruch in Asien. Die Wirtschaft wuchs rasant. Es wurde extrem viel Geld in die Forschung gesteckt und China verfügte über hervorragende Physikerinnen und Physiker.

Der Artikel im Journal stellte dar, dass eine chinesische Forschergruppe genau den Aufbau, den wir hier in München entwickelt hatten, als eine mögliche Lösung zum Nachweis von Axionen vorschlug. Wer zuerst publizierte, hatte die Nase vorn. Es sah so aus, als hätten wir das Nachsehen.

Der Artikel machte innerhalb kürzester Zeit die Runde im Institut. Miller berief für den Nachmittag alle ins Konferenzzimmer.

»Das gleicht einer Katastrophe«, sagte der sonst so besonnene Professor. »Das ist ein Rückschlag ohnegleichen. Wir können noch einmal von vorne anfangen.« So aufgelöst hatten wir unseren Chef noch nicht gesehen. Vielleicht traf ihn diese Veröffentlichung deshalb so schwer, weil der Leiter der chinesischen Forschungsgruppe vor ein paar Jahren einige Arbeiten von Professor Miller in einer für Naturwissenschaftler ungewöhnlich polemischen Art und Weise infrage gestellt hatte. Dies hatte den menschenfreundlichen Professor zutiefst verletzt. Der Name des Chinesen löste bei ihm immer noch Aggressionen aus, obwohl dessen Kritik an Millers Arbeiten inzwischen von anderen Physikern als gegenstandslos erwiesen worden war.

Bereits am Vormittag hatte ich mich mit den Doktoranden meines Teams zusammengesetzt und den Artikel diskutiert. Wir waren zu dem Ergebnis gekommen, dass ihr Versuchsaufbau zwar mit dem unseren nahezu identisch war, dass jedoch die bei uns ungelösten Probleme – zum Beispiel mit dem Material – in China auch noch nicht gelöst worden waren.

»Ich denke, sie sind noch keinen Schritt weiter«, sagte ich deshalb, »auch wenn das unser Versuchsaufbau ist. Wir haben das heute Morgen in meinem Team durchgesprochen. Die Probleme, für die wir noch keine Lösungen gefunden haben, wurden von den Chinesen ebenfalls noch nicht gelöst.«

»Aber es ist eine bodenlose Frechheit«, sagte Dr. Langlotz.

Mit einer solchen Empörung hatte ich nicht gerechnet. Ich schaute sie fragend an. »Was meinen Sie damit?«

»Das haben die doch nicht selbst erarbeitet«, gab Dr. Langlotz zurück. »Das haben die bei uns ausspioniert, das ist doch klar. Deren Aufbau ist mit unserem nahezu identisch. Da gibt es keine andere Erklärung.« Dann betonte sie jedes Wort einzeln: »Das kann kein Zufall sein.«

»So weit möchte ich nicht gehen«, sagte Professor Miller. »Das wäre ein ungeheurer Vorwurf.«

»Es wäre aber nicht der erste Fall von Wissenschaftsspionage der Chinesen«, sagte einer der Doktoranden. »Erst vor ein paar Tagen habe ich einen Flyer des Verfassungsschutzes in der Hand gehabt, der davor warnt und seine Hilfe anbietet.«

»Selbstverständlich kann man das nicht pauschal ausschließen«, mischte sich nun Albert Weinstein ein. »Es gibt in so einem Fall grundsätzlich nur zwei Wege: Entweder durch Personen, also Gastwissenschaftler oder Mitarbeiter des eigenen Instituts, die von außen, in diesem Fall also von den Chinesen, angeworben wurden. Oder es geschah auf elektronischem Weg durch Ausspionieren unseres Netzwerkes oder das Auslesen von mitgebrachten Datenträgern auf Auslandsreisen. Unser Netzwerk ist auf einem hohen Standard gesichert. Keiner von uns war in den letzten Monaten in China und wir haben auch keine chinesischen Gastwissenschaftler bei uns gehabt.«

»Also gibt es nur noch die Möglichkeit, einer von uns hat Informationen weitergegeben oder einer der anderen Gastmitarbeiter.« Dr. Langlotz schüttelte nachdrücklich ihren sorgfältig frisierten Kopf. »Da gab es nur Jessica Kim aus den USA und diesen Schweden, an dessen Namen ich mich nicht mehr erinnere.«

»Lars Larsson«, warf die Doktorandin mit den kurzen blonden Haaren ein.

»Genau, den meine ich«, sagte Dr. Langlotz und wippte mit einem Bein.

Unter den Mitarbeiterinnen und Mitarbeitern, so hatte ich den Eindruck, machte sich eine gewisse Ratlosigkeit breit, die zu einer ungewohnten Stille führte.

»Mir gefällt der Gedanke, dass einer oder eine von uns Informationen weiter gegeben haben könnte, gar nicht«, sagte schließlich Professor Miller bedrückt. »Ich möchte vertrauensvoll mit Ihnen zusammenarbeiten.«

Die Diskussion lief meiner Meinung nach in eine gefährliche Richtung. »Es muss keiner von uns gewesen sein«, sagte ich deshalb. »Ich halte das für höchst unwahrscheinlich. Ich traue es niemandem zu. Für mich bleibt nur das Ausspionieren unserer Server.«

Wieder breitete sich eine betretene Stille im Raum aus. Ich fragte mich, was in den Köpfen meiner Kolleginnen und Kollegen vorging. Warum sagte niemand etwas? Wagten sie nicht, mir zu widersprechen? Dachten einige vielleicht genau das, was ich auch schon gedacht hatte? Dass es Charlotte gewesen sein könnte, die die Informationen an die Chinesen weitergegeben hatte? Das wäre noch keine Erklärung für den Mord an ihr, aber vielleicht für die vielen Zeiten in ihrem Leben, von denen niemand wusste, was sie da eigentlich getan hatte.

Nach einer Weile sagte der Professor: »Das ist eine sehr unangenehme Angelegenheit. Ich werde die IT-Abteilung beauftragen, die Firewall um unser System zu verstärken und weitere Schritte zur Datensicherheit einzuleiten. Dabei soll es zunächst bleiben.« Er schaute in die Runde. »Ich gehe davon aus, dass ich Ihnen vertrauen kann. Was die Sachfragen angeht, also eine Neuausrichtung unseres Versuchsaufbaus oder was auch immer, so bitte ich die drei Teams sich zusammenzusetzen und bis übermorgen erste Ideen zu entwickeln, die wir dann zusammen besprechen werden.«

Wir diskutierten noch eine Weile in kleinen Gruppen miteinander und dann löste sich die Versammlung langsam auf. Saoirse McBrian ging zusammen mit mir hinaus.

»Du hast dich aber ganz schön ins Zeug gelegt«, meinte sie. »Bist du dir wirklich so sicher, dass man allen trauen kann? Ich bin da skeptischer.«

»Mag sein, vielleicht bin ich zu gutgläubig. Aber ich kann mir nicht vorstellen, wer das gemacht haben soll.«

Wir gingen den Gang zu unserem Bürotrakt hinunter.

»Hast du übrigens schon die Daten auf Dr. Kuraseks Disketten entschlüsseln können?«, fragte Saoirse. Ich schüttelte den Kopf und war in Gedanken schon wieder woanders.

In den nächsten Tagen hatte ich keine Zeit, mich um die Disketten aus dem Arbeitszimmer von Charlotte zu kümmern. Die Arbeit im Institut lief auf Hochtouren. Zunächst musste eine Entscheidung fallen. Die Teambesprechung zwei Tage nach der Veröffentlichung des unglückseligen Artikels im Journal hatte folgende Handlungsoptionen ergeben: Entweder arbeiteten wir mit erhöhtem Tempo am bisherigen Versuchsaufbau weiter und versuchten einen Vorsprung vor den Chinesen zu erreichen. Dazu bedurfte es einer personellen und finanziellen Verstärkung. Oder man begann ganz von vorne und suchte nach einer neuen Lösung, die gestellte Aufgabe zu meistern. Diese Variante hätte den Nachteil, dass keineswegs sicher war, ob es einen anderen Weg gab. Sie hatte den Vorteil, dass wir beobachten könnten, ob die Chinesen imstande wären, mit dem vermutlich ausspionierten bisherigen Versuchsaufbau weiterzuarbeiten. Im besten Fall müssten die nach einem Jahr eingestehen, dass sie nicht weitergekommen waren. Die Entscheidungshilfe kam kurz darauf.

Der Held der nächsten Tage sollte mein Freund Alois Huber werden, womit seine Wahl zum Mitarbeiter des Jahres gesichert war. Die Geschichte spielte sich so ab, Alois erzählte sie wieder und wieder:

Professor Miller bekam einen Anruf eines Garchinger Notars, mit dem das Institut bisher noch nichts zu tun hatte. Er stellte sich als der Nachlassverwalter eines gewissen Josef Brettschneider vor und bat um einen Termin. Herr Brettschneider habe dem Institut Geld hinterlassen und der Notar wolle die Formalitäten besprechen. Miller sagte der Name Brettschneider nichts, aber es gehörte zu seinen Aufgaben, die Finanzierung des Instituts im Blick zu behalten und so sah er sich veranlasst, baldmöglichst mit dem Notar zu sprechen. Man einigte sich auf den Vormittag des folgenden Montags.

Zu Garching und Brettschneider fiel dem Professor nichts ein, aber er meinte sich zu erinnern, dass der Pförtner aus dem Ort stammte. Deshalb sprach er ihn am nächsten Morgen beim Betreten des Foyers an.

»Guten Morgen, Herr Professor«, grüßte Huber freundlich, höflich und wie es sich gehörte.

»Guten Morgen, Herr Huber«, antwortete der Professor wie immer, setzte dann aber hinzu: »Ich habe eine Frage an Sie. Kannten Sie einen Herrn Brettschneider aus Garching? Er muss vor Kurzem verstorben sein.«

»Den kenne ich wohl«, antwortete Alois Huber. »Der Josef war ein alter Spezi von mir. Bis vor einem halben Jahr, als es mit ihm gesundheitlich bergab ging, war er immer bei unserer Doppelkopfrunde am Freitagabend dabei. Ein wirklich guter Spieler.«

»Was hat der denn gearbeitet?«, wollte der Professor wissen und erhoffte sich davon wohl einen Hinweis auf die Höhe des zu erwartenden Geldbetrags.

»Der hat schon lange nicht mehr gearbeitet. Hat viel Pech gehabt im Leben. Er war Bauer gewesen. Seine Frau ist gestorben, da war er gerade fünfzig Jahre alt. Die beiden hatten nur einen Sohn. Der sollte den Bauernhof übernehmen. Aber er hatte einen Arbeitsunfall. War erst Anfang dreißig, da war was an der Hydraulik des Traktors kaputt. Die Egge ließ sich nicht rauf und runter bewegen. Sie blieb oben. Er hat sich bei der Reparatur blöd hingestellt und das schwere Ding ist auf ihn heruntergesaust. Er hat noch eine Stunde gelebt, aber dann war es vorbei. Das war ein Schlag für den Josef. Er hat es noch ein halbes Jahr alleine versucht, aber da war er schon über sechzig. Dann hat er den Hof und die Äcker verkauft. Das war so vor fünfundzwanzig Jahren. Er hatte in die landwirtschaftliche Hilfskasse eingezahlt, die Äcker haben auch einiges gebracht. So konnte er es sich leisten, ein kleines Haus zu kaufen und in Rente zu gehen. Er war ein prima Kerl. Ich habe oft mit ihm abends vor seinem Häuschen gesessen.«

Alois Huber machte eine Pause. »Ich musste mir etwas aus dem Auge wischen«, fügte er an dieser Stelle immer ein.

»Der Josef hat sich übrigens für Physik interessiert. Immer die Sendungen im Fernsehen gesehen, hat mit mir über die Sterne philosophiert. Und er hat Geschichten von früher erzählt. Er war mit meinem Vater in eine Klasse gegangen.« Huber lächelte traurig. »Er wird mir fehlen, auch wenn es in den letzten Monaten schon abzusehen war, dass er es nicht mehr lange machen würde. Die Beerdigung ist am Montagnachmittag. Da wollte ich Sie sowieso noch fragen, ob ich da frei haben könnte?«

»Selbstverständlich, Herr Huber. Schauen Sie nur, dass Sie eine Vertretung finden, damit die Pforte nicht unbesetzt bleibt. Sie wissen, wir müssen auf der Hut sein.«

»Das ist selbstverständlich. Ich kümmere mich darum«, sagte Huber und ließ den Professor durch das elektronisch gesicherte Drehkreuz passieren.

Dass Professor Miller sich am Montagmittag spontan entschloss, auch zu der Beerdigung von Josef Brettschneider zu gehen, hing mit dem vorangegangenen Gespräch bei dem Notar zusammen. Der residierte in einem aufwändig renovierten Haus am alten Marktplatz, ein Gebäude mit einer eindrucksvollen Renaissancefassade und einer nicht minder eindrucksvollen Eingangstür. Die Klimaanlagen waren im Ton der Wandfarbe lackiert, die Technik auf dem neusten Stand mit in Decken und Wandvorsprüngen eingelassenen LED-Strahlern und einer Computeranlage, die von der Anmeldung aus alle Mitarbeiterinnen und Mitarbeiter darüber informierte, dass nun Professor Brian Miller im Haus sei. Der Notar erwartete ihn an einem großen Besprechungstisch, an dem schon Immobilien mit einem Gesamtwert von über einer Milliarde Euro verkauft worden waren.

Er teilte ihm mit, dass Josef Brettschneider in seinem Testament bestimmt habe, dass die Gemeinde Garching sein Haus mit dem dazugehörigen Grundstück erhalten sollte – mit der Auflage, dass der Verkaufserlös für die

Renovierung des städtischen Kindergartens auf der gegenüberliegenden Straßenseite verwendet werden musste. Diese Verfügung war mit der Bemerkung versehen, dass es ihm leider nicht vergönnt war, selbst Enkel zu haben, und er sich bei der Kindergartenleitung bedanke, dass man ihn jedes Jahr zum Sommerfest eingeladen habe. Von seinem verbleibenden Vermögen sollen die Beerdigung und die Grabgestaltung bezahlt werden. Außerdem wird ein Grabpflegevertrag für fünfundzwanzig Jahre abgeschlossen und das Geld hinterlegt. Der Rest solle an das Institut fallen. Auch diese Bestimmung war mit einer Bemerkung versehen: »Mein Freund Alois Huber hat mir erklärt, dass man in diesem Institut zu erforschen versucht, wie das Universum entstanden ist und woraus die Materie und wir alle bestehen. Mein Staunen angesichts des nächtlichen Sternenhimmels und meine Achtung vor den Wundern der Natur, die meine Familie über Jahrhunderte ernährt hat, veranlassen mich, mein Vermögen dem Institut zu hinterlassen, um dessen wichtige Arbeit zu fördern. Verwendet werden darf das Geld für Personal- und Sachausgaben des laufenden Haushalts.«

»Wie kommt es denn zu dieser eigentümlichen Formulierung am Ende?«, wollte Professor Miller wissen.

»Die geht auf mich zurück«, gab der Notar offen zu. »Damit habe ich versucht zusammenzufassen, was Herr Brettschneider ungefähr so formulierte: Aber nicht, dass sich das Land das Geld in die Tasche steckt, um Kosten beim Neubau einzusparen. Das Geld ist nur für die Arbeit da, nicht für die Gebäude.«

Miller lächelte: »Das war ziemlich weise. Da kennt sich einer aus mit den Bürokraten im Ministerium.«

»Ich glaube, mit dem Geld werden Sie einiges bewirken können«, setzte nun wieder der Notar ein. »Im Moment beläuft sich die Höhe des Vermächtnisses auf circa sechzig Millionen Euro. Es wird aber täglich mehr, weil das Geld wirklich gut angelegt ist.«

Miller wusste zunächst nichts zu antworten. Dann wiederholte er langsam: »Sechzig Millionen Euro?« Nach einer Weile setzte er hinzu: »Alles für das Institut?« Und nach einer weiteren Minute: »Wo hatte er das viele Geld her?«

Der Notar genoss offensichtlich die Verblüffung des Professors. Mit so etwas hatte er wohl gerechnet. Das Vermächtnis von Josef Brettschneider an das Institut war das bisher mit Abstand größte, mit dem er zu tun gehabt hatte.

»Herr Brettschneider hat vor einer Reihe von Jahren seinen Hof mit allem Land verkauft, weil er keine Nachkommen hatte. Das war zu der Zeit, als die Grundstückspreise in Garching in die Höhe schossen, weil der Bedarf an Bauland extrem zugenommen hatte. Der Erlös der Verkäufe war schon beachtlich und dann hat er es auch noch geschickt angelegt. In über fünfundzwanzig Jahren vervielfacht sich so ein Betrag dann schon.«

»Sie sehen mich erstaunt – und erfreut zugleich«, sagte Professor Miller.

»Wir sollten nun noch klären, wie der Transfer des Geldes aussehen kann. Zum Glück muss das Institut keine Steuern zahlen. Aber wer es in Zukunft verwaltet, ob Sie rechtlich selbstständig sind oder wer Ihren Haushalt führt, das sollte in den nächsten Tagen festgestellt werden

– damit das Geld am Ende nicht doch noch dafür benutzt wird, Löcher im Landeshaushalt zu stopfen.«

»Das wäre mir auch wichtig«, lächelte Professor Miller. »Ich werde unseren Geschäftsführer bitten, sich zeitnah bei Ihnen zu melden, um diese Fragen zu klären.« Dann verabschiedete er sich höflich und versuchte – in seinem Wagen angekommen –, für ein paar Minuten, seine Gedanken zu ordnen. Er kam nicht weit, rief Frau Sorglos an mit der Bitte, dem Geschäftsführer die Kontaktdaten des Notars für einen dringenden Termin weiterzugeben, und entschloss sich spontan, an der Beerdigung von Josef Brettschneider am Nachmittag teilzunehmen.

Alois Huber strahlte über das ganze Gesicht, als ich am nächsten Morgen die Pförtnerloge betrat, um den alltäglichen Kaffeeplausch zu halten. Herrn Hubers zweites Zuhause sah von außen wie eine ganz normale Pförtnerloge aus. Er hatte es jedoch in den nicht einsehbaren Ecken wie eine bayerische Wohnstube eingerichtet, in der nur noch der Kachelofen fehlte, nicht jedoch das Kruzifix, das für die Besucher unsichtbar innen über dem Fensterausschnitt zum Foyer hing.

»Du bist heute aber ausgesprochen guter Laune«, sagte ich zu Huber, während ich die Milch im Kaffee umrührte.

»Das wirst du nachher auch sein«, sagte der und schaute vielsagend.

»So, so, und weshalb?«, fragte ich. So hatte ich Alois noch nicht erlebt.

»Der Professor hat für zehn Uhr eine Mitarbeitenden-versammlung einberufen. Er hat gute Neuigkeiten, eine frohe Botschaft sozusagen.«

»Aha, und du kennst diese frohe Botschaft bereits?«

»So ist es – und nicht erst seit heute Morgen.«

»Du hattest also gestern ein Gespräch mit dem Professor?«

»So könnte man sagen. Ich traf ihn auf einer Beerdigung. Ein alter Freund aus Garching ist verstorben.«

»Aber das kann nicht die frohe Botschaft sein«, warf ich ein.

»Nein, das war eher ein trauriges Ereignis – jedoch mit erfreulichen Konsequenzen für das Institut.«

»Wie meinst du das?«

»Mehr darf ich nicht verraten. Alles Weitere um zehn Uhr im Konferenzraum aus dem Mund des Professors«, sagte Alois Huber, griff demonstrativ zu seiner Zeitung und las die Polizeimeldungen vor.

12

Das Vermächtnis des Josef Brettschneider erleichterte uns die Entscheidung, welcher Weg nach der offensichtlichen Spionage durch die Chinesen einzuschlagen sei, stellte uns jedoch zugleich vor die Aufgabe, Vorschläge für die Weiterentwicklung des jetzigen Projektansatzes zu entwickeln. Sechzig Millionen Euro eröffneten weitreichende Perspektiven, die ausgeleuchtet werden mussten. Zudem hatte der Professor angedeutet, dass die Einwerbung dieser bedeutenden Summe an Drittmitteln durch entsprechende weitere Zuschüsse ergänzt werden würde. Das war die übliche Vorgehensweise des Bundeslandes. Es ging ein spürbarer Ruck durch das Institut. Man musste nun Wege finden, dieses Geld sinnvoll auszugeben.

Ich nahm mir in den nächsten Tagen Zeit, um die rätselhaften Disketten zu sichten. Bei aller Bedeutung des Berufs und der Physik in meinem Leben konnte ich im Fall von Charlottes Tod nicht einfach nichts tun. Saoirse McBrian half mir – und sie tat gleich noch eine weitere helfende Hand auf, die mir gar nicht willkommen war.

Mehr beiläufig hatte Saoirse beim Mittagessen unten in der Kantine in einem Nebensatz gegenüber der Doktorandin mit den kurzen blonden Haaren fallen lassen, dass sie dabei sei, Treiber für so ein altes 8-Zoll Disketten Laufwerk zu besorgen. Dass man anno dazumal mit solchen Geräten tatsächlich arbeiten konnte, war in den Augen der jungen Physikerinnen fast unvorstellbar. Es war genauso erstaunlich wie die Tatsache, dass man mit der

Technik vom Ende der sechziger Jahre Menschen zum Mond und wieder zurückgebracht hatte.

Die Geschichte mit den 8-Zoll Disketten sprach sich schnell herum. Nach wenigen Tagen kam eine ältere Technikerin aus der Versuchsabteilung bei Saoirse vorbei und stellte sich als Magda Schubert vor. Sie hätte von dem Problem mit den Datenträgern gehört und falls man ihre Hilfe brauchen könnte, wäre sie gerne dazu bereit. Viele Jahre habe sie mit den Dingern gearbeitet, weil man damals vor der Wende in Görlitz an die neuen Formate schlecht herangekommen sei. Also, wenn der Dr. Rasch Probleme hätte, könne er sich an sie wenden, sie würde gerne helfen, sagte sie ihr.

Saoirse war von dem Angebot der älteren Kollegin begeistert und meinte, Dr. Rasch würde sich bestimmt freuen. Ob sie heute Abend Zeit hätte, da würde sie ihm die neuen Treiber bringen, dann könne sie doch gleich mitkommen. Magda Schubert hatte Zeit und so verabredeten sich die beiden Frauen nach Dienstschluss im Foyer.

Als Saoirse mir diese Neuigkeit freudestrahlend mitteilte, wunderte sie sich über meine zurückhaltende Reaktion.

»Magda Schubert? Doch, die kenne ich. Arbeitet meistens im Versuchsraum 3, glaube ich, oder nicht? Die ist wirklich nett. Stammt aus Schlesien, oder? Hat immer noch einen unüberhörbaren Einschlag in der Sprache.« Mir war nicht wohl bei diesem Hilfsangebot. »Die meint es sicher gut, aber ich wollte zunächst eigentlich keinen Dritten in die auf den Disketten befindlichen Daten schauen lassen.«

Saoirse schaute mich fragend an.

»Damit keine falschen Verdächtigungen über Dr. Kurasek in Umlauf kommen«, sagte ich.

»Was befürchtest du? Hast du irgendeinen Verdacht?«

»Ist dir noch nie der Gedanke gekommen, dass sich auf den Disketten Informationen befinden könnten, wie sie den Chinesen zugespielt worden sind?«, fragte ich sie.

»Charlotte Kurasek eine Spionin? Das halte ich für ausgeschlossen.« Saoirse war empört und mit ihrem Akzent klang es noch empörter.

»Ich eigentlich auch«, meinte ich. »Aber falls sie es doch gewesen sein sollte, dann könnte das eine Spur zu ihrem Mörder sein, den die Polizei immer noch nicht gefunden hat. Dann möchte ich, dass zunächst niemand im Institut davon erfährt.«

»Soll ich Frau Schubert wieder ausladen?«, fragte Saoirse enttäuscht.

»Nein, lass mal. Vielleicht kann sie uns wirklich helfen. Wir müssen nur vermeiden, dass sie die Daten selbst zu sehen bekommt.«

Zunächst stand jedoch uns allen, den Mitarbeiterinnen und Mitarbeitern des Instituts, ein ungewöhnlicher Nachmittag bevor. Ungewöhnlich, weil der Professor uns dazu verpflichtet hatte, an einer Vortragsveranstaltung teilzunehmen, was so gar nicht seinem sonstigen Führungsstil entsprach. Ungewöhnlich auch wegen des Inhalts des zu erwartenden Vortrags: »Die Elementarteilchen und der Sinn des Lebens«. Vortragender war Professor Julian White von der Columbia University in New York.

Dr. Weinstein stöhnte: »Das ist so ein typisch amerikanischer Vortrag, den kein deutscher Physiker halten würde. Was, bitte schön, haben die Elementarteilchen mit dem Sinn des Lebens zu tun?«

»Das werden wir heute Nachmittag hoffentlich erfahren«, erwiderte ich. »Professor White ist immerhin einer der führenden Physiker in den USA.«

»Ich denke jedoch – frei nach dem Motto ‚Schuster bleib bei deinen Leisten‘ – ein Physiker sollte sich nicht zur Frage nach dem Sinn des Lebens äußern.« Weinstein schüttelte den Kopf.

»Die Amerikaner denken oft etwas größer als wir«, sagte ich nur und lächelte ihn beschwichtigend an.

Professor White war ein mitreißender Redner. Seine Rhetorik war so vollendet, dass ich mich ständig dabei erwischte, von den Sprachbildern des Vortragenden derart mitgenommen zu werden, dass ich das kritische Nachdenken darüber vergaß. Grundsätzlich ging Professor White vom allseits bekannten Standardmodell der Materie aus, bekannte sich dazu, ein radikaler Reduktionist zu sein und nur empirisch überprüfbare Denkmodelle zuzulassen. Dann wagte er sich an das Gehirn des Menschen heran. Für ihn war klar, dass es weiterhin viel zu erforschen gab, da man die Funktion des menschlichen Gehirns noch nicht vollständig verstehe. Vielleicht würde man sie nie verstehen, denn schließlich überträfe die Anzahl der Verknüpfungen zwischen den Nervenzellen des menschlichen Gehirns die Zahl der Sonnen des Universums – bei über einhundert Milliarden Galaxien mit jeweils über einer Milliarde Sonnen. Aber an einem Punkt war er sich sicher: Alles, was in einem menschlichen Gehirn vorgeht, unterliegt den Gesetzen der Physik. Wenn ein Mensch denke, träume, liebe, glaube, singe oder was auch immer – es seien die Ergebnisse dessen, was auf der Ebene der Atome und darunter an physikalischen Prozessen ablaufe. Die Materie habe das menschliche Bewusstsein hervorgebracht, aber nie werde umgekehrt das Bewusstsein die Materie beeinflussen können. Die großen Entwicklungen der menschlichen Kultur wie Musik, Religion, Malerei und anderes mehr hätten sich nur deshalb im Laufe der Evolution durchsetzen können, weil sie immer auch einen Überlebensvorteil für die biologische Gattung ‚Mensch‘ bedeuteten. Alle kulturellen Errungenschaften ließen sich aus der Struktur des menschlichen Gehirns ableiten, dessen primäre Funktion es jedoch sei, das Überleben der Gattung zu sichern.

Auch die Frage nach dem Sinn des Lebens sei eine Folge davon, dass der Mensch die großen Zusammenhänge verstehen wolle, um sich in seiner Umwelt sicher zu fühlen. Typischerweise erzähle man sich Geschichten, um solche Zusammenhänge herzustellen. Es könnten Geschichten von der Abstammung der eigenen Sippe von einem Ahnentier sein, von der ruhmreichen Vergangenheit des eigenen Volkes, von der Erschaffung der Welt durch einen Gott, von den Erfolgen des Kapitalismus oder vieles andere mehr. Menschen konstruierten Sinnzusammenhänge, weil dies das persönliche Sicherheitsgefühl stärke und zugleich den überlebensnotwendigen Zusammenhalt in der Gruppe, dem Stamm oder der Nation. Professor White schloss mit dem Satz: »Es sind die Elementarteilchen, die sich und uns diese Geschichten erzählen, denn ohne die Elementarteilchen gäbe es diese Geschichten nicht.«

Der Professor hatte eine knappe Stunde geredet. Eine anschließende Aussprache mit der großen Zuhörerschaft war nicht möglich. Professor White musste wenig später im Auditorium Maximum der Universität sein, sodass er sich gleich nach den Dankesworten von Professor Miller verabschiedete. Die anschließende Diskussion im Vortragssaal und auf den Gängen davor war äußerst rege.

»Nun, was halten deine Elementarteilchen von diesem Vortrag?«, fragte mich Albert Weinstein.

»Sie sind sich noch nicht sicher, was sie davon halten sollen«, meinte ich. »Meine Elementarteilchen lieben die Musik und sind deshalb nicht einverstanden, dass Musik nur auf physikalische Vorgänge zurückgehen soll.«

»Elementarteilchen können nicht lieben«, korrigierte Weinstein mich, »das haben wir doch gehört. Sie interagieren auf die eine oder andere Weise, und was du dann empfindest, ist Liebe zur Musik.«

»Da es menschlichen Gehirnen möglich ist, ein Bewusstsein zu produzieren«, setzte ich den Gedankengang fort, »können sie wahrnehmen, was in ihnen selbst geschieht. Dem ordnen sie dann ein Gefühl zu, zum Beispiel die Liebe.«

»Wobei die Vorgänge auf der Ebene der Elementarteilchen, die wir als Liebe empfinden, in ähnlicher Weise in den Gehirnen von Tieren ablaufen. Nur nehmen die das dann nicht wahr und geben diesen Vorgängen nicht den Namen Liebe.«

»Wenn Tiere Musik als angenehm empfinden, auf die Nähe eines Menschen konditioniert sind oder ihr Sexualtrieb sie ein anderes Tier ihrer Gattung begehren lässt, sind das ähnliche physikalische Vorgänge in deren Gehirn wie die, die wir dann mit ‚Liebe‘ bezeichnen.«

»So hat es der Herr Professor wohl gemeint«, sagte Albert und schaute skeptisch. »Mal schauen, was meine Elementarteilchen davon halten.«

Die Doktorandin mit den kurzen blonden Haaren trat an uns heran. »Was Professor Miller uns wohl damit sagen wollte, als er uns diesen Vortrag vorgesetzt hat?«, fragte sie. »Ist schon ein wenig deprimierend, dass Liebe und Musik nur die Selbstwahrnehmung unserer Elementarteilchen sein sollen. Dann könnte man ja beides gleich sein lassen.«

»Mach dir keine Hoffnung«, lächelte Albert mehrdeutig, »deine Elementarteilchen werden dich schon noch dazu antreiben, dich der Liebe hinzugeben. Bei meinen ist es auf jeden Fall so.«

»Aber heute nicht mehr«, gähnte die Doktorandin und ging davon.

»Abgeblitzt!«, sagte ich und grinste.

Ein paar Meter weiter stand Dr. Sandy Langlotz inmitten ihrer Arbeitsgruppe und war in eine heftige Diskussion verwickelt. Ich stellte mich dazu.

»Radikaler Reduktionismus – bei aller Liebe zur Physik, das geht mir zu weit.«

Die Diskussion in der Gruppe nahm Fahrt auf.

»Ich sehe das genauso. Es kann doch nicht sein, dass alles von den Interaktionen auf der Ebene der Elementarteilchen bestimmt wird und dass wir dem hilflos ausgeliefert sind.«

»Wir sind diese Elementarteilchen. Also kann man auch sagen, wir sind uns ausgeliefert – und das wird doch wohl niemand bestreiten.«

»Ich bin doch nicht hilflos meinen Wünschen, Trieben und den Empfindungen des Körpers ausgesetzt. Ich kann mich zusammenreißen, meine Aggressionen kontrollieren, meinen Hunger unterdrücken, wenn es sein muss.«

»Und was in dir macht das dann? Dein Gehirn! Und woraus besteht dein Gehirn? Aus Zellen, die aus Molekülen bestehen, die aus Atomen bestehen, die aus Elementarteilchen bestehen. Du bist eine Ansammlung unzähliger, nach physikalischen Gesetzen geordneter Elementarteilchen, nichts anderes!«

»Ich bin ich!«

»Wenn dein Gehirn nicht mehr existieren wird, wirst du auch nicht mehr sein. Sobald diese ganz besondere Anordnung von Elementarteilchen, die deinen Körper und dein Gehirn ausmachen, nicht mehr in dieser Ordnung sein werden, wirst du nicht mehr sein.«

»Und alles wird letztlich vom Zufall auf der Quantenebene bestimmt…«

»Nicht vom Zufall, von einer mathematisch berechenbaren Wahrscheinlichkeit.«

»Die wegen der Vielzahl der beteiligten Teilchen eben nicht mehr berechenbar ist.«

»Genau so ist es«, sagte Dr. Langlotz bestimmt. »Die Botschaft von Professor White ist für manche ernüchternd. Mich fasziniert daran, wie weit wir doch inzwischen der Natur auf die Spur gekommen sind.«

»Aber es fehlt jede Hoffnung«, meinte ein Student.

»Wenn Sie unter Hoffnung die Botschaft von einem Leben nach dem Tod verstehen, dann haben Sie recht«, sagte Dr. Langlotz. »Unsere Gattung wird – falls sie sich nicht allzu blöd benimmt – noch lange existieren, wenn auch nicht ewig. Vermutlich wird nichts ewig existieren. Vielleicht wird aus der Materie, die im Urknall aus Energie entstand, wieder reine Energie werden. Aber wenn es so weit ist, dann erinnert sich niemand mehr an uns – und auch nicht an Professor White.«

»Ich meine nicht nur ein Leben nach dem Tod. Ich meine auch die Hoffnung, etwas auf dieser Welt zum Besseren wenden zu können. Wenn alles nur die Folge von Prozessen auf der Ebene der Elementarteilchen ist, dann macht doch jeder Versuch, zum Beispiel den Hunger auf der Welt zu besiegen, keinen Sinn. Es wird geschehen, was die Physik der Elementarteilchen geschehen lassen wird, und wir sind dem ausgeliefert.«

»Aber auch der Wunsch, die Welt zu verbessern, und jedes Bemühen, den Hunger zu besiegen, sind eine Folge der Elementarteilchenphysik. Das ist doch irgendwie beruhigend.«

»Finde ich gar nicht. Denn es bleibt dabei: Wir sind der Physik unserer Elementarteilchen ausgeliefert.«

»Früher nannte man das Schicksal.«

»Es war ein großer Fortschritt, als die Schicksalsgläubigkeit überwunden wurde. Diejenigen Kulturen der Menschheit, die sich nicht ihrem Schicksal gefügt haben, haben Verbesserungen der Lebensbedingungen erreicht. Die anderen nicht.«

»Die hatten halt Glück mit ihren Elementarteilchen«, ulkte eine Studentin.

»Also, wenn ich ehrlich sein soll«, sagte der Dokto-rand mit den langen Haaren, »meine Elementarteilchen haben Hunger. Wer geht mit?«

Damit war die Diskussion beendet. Die Faszination durch den Vortrag von Professor White blieb, die Frustra-tion auch.

Mir war es nach wie vor nicht ganz recht, dass Saoirse Magda Schubert mitbringen würde. Aber ich hatte Saoir-se nicht enttäuschen wollen und deshalb nichts weiter ge-sagt. Ungefähr zwei Stunden nach dem Ende des Vortrags trafen die beiden bei mir ein. Ich hatte das alte Laufwerk bereits mit meinem Computer verbunden, aber es wurde nicht erkannt.

Ich öffnete den beiden die Tür und freute mich, Saoir-se zu sehen. Ihre Haare und ihre Sommersprossen schie-nen dem Licht im Flur der Wohnung einen Stich ins Röt-liche zu geben. Das war mir bisher noch nicht aufgefal-len.

Hinter ihr stand Magda Schubert. Sie war sportlich in eine Jeans und ein blau-weißes T-Shirt gekleidet, trug zwei auffallende Ohrringe mit großen blauen Steinen und hatte ihre blond gefärbten Haare zu einem Pferdeschwanz gebunden.

»Ich hoffe, es ist Ihnen recht, dass ich mitgekommen bin«, sagte sie mit zurückhaltender Freundlichkeit. »Saoirse hat mich eingeladen.«

»Ich habe Sie gebeten«, korrigierte Saoirse.

»Ich freue mich, dass Sie mitgekommen sind«, log ich und tröstete mich damit, dass es aus der selbstverständli-chen Höflichkeit heraus geschah, mit der man eben miteinander umzugehen pflegte. Aber ich musste auch zugeben: Frau Schubert wirkte wirklich sympathisch. »Saoirse hat mir erzählt, dass Sie viel Erfahrung mit diesen Laufwerken und den 8-Zoll Disketten haben.«

»Ja, bei uns in Görlitz haben wir sie vor der Wende noch oft in Gebrauch gehabt. Wenn nichts anderes da war.«

»Wenn wir mit der Arbeit fertig sind, würde ich Sie gerne zu Pasta und Rotwein einladen – als Dank für Ihre Mühe.«

»Das ist sehr freundlich, aber wir wissen noch gar nicht, ob wir erfolgreich sein werden.«

»Das ist kein Problem.« Ich bemühte mich um ein Lächeln. »Ich hoffe, es schmeckt auch dann.«

Saoirse hatte sich bereits vor den PC gesetzt. Meine Wohnung war damals nicht groß und ein wenig karg eingerichtet. Aber ich leistete mir ein eigenes Arbeitszimmer, dessen eine Wand komplett von Fachliteratur und Aktenordnern verdeckt war. Gegenüber dem Fenster – mit einem tristen Blick auf Nachbarhäuser – hingen Fotografien mit Blitzen von Elementarteilchen im Large Hadron Collider in Genf, Gasnebeln im Universum, der Milchstraße über dem Nordpol und Bilder von einzelnen Atomen im Rasterelektronen-Mikroskop. Dominiert jedoch wurde der Raum von den drei großen Bildschirmen, die im Halbkreis angeordnet waren. Das war mein Reich, in dem ich mich wohlfühlte.

»Hier auf dem Stick sind verschiedene Treiber«, meinte Saoirse. »Wir sollten schauen, mit welchem wir weiter kommen.«

»Lassen Sie mich mal einen Blick drauf werfen«, sagte Magda Schubert. »Vielleicht erinnere ich mich an einen. Mit dem könnten wir dann beginnen.«

Sie ließen sich die Dateien auf dem Stick am Bildschirm anzeigen.

»Mit diesen beiden würde ich es versuchen.« Frau Schubert tippte mit dem Finger auf den Bildschirm. »Und dann ist noch wichtig, dass wir sie an der richtigen Stelle installieren.«

Nach wenigen Minuten hatte sie zusammen mit Saoirse die beiden Treiber installiert. Das Laufwerk wurde angeschlossen. Der Computer erkannte es nicht.

»Wir müssen den Treiber manuell anwählen«, sagte Frau Schubert und fuhr ein paar Mal mit der Maus über den Bildschirm. Der PC meldete »Laufwerk erkannt.«

»Na bitte«, sagte sie, »einen Schritt sind wir schon weiter.« Sie drehte sich zu mir um. »Jetzt brauchen wir nur noch eine Diskette.«

Ich reichte ihr eine hinüber, Frau Schubert öffnete sie und machte den Platz vor dem Monitor frei. »So, jetzt müsste sie zu lesen sein.«

Auf dem Bildschirm erschienen keine Verzeichnisse von Musikkassetten oder Büchern, wie ich vermutet hatte. Auch keine Spiele für einen Commodore 64. Es waren Dateien, die man nur im ASCII Code auslesen konnte und deren Inhalt aus einer sinnlosen Aneinanderreihung von Wörtern und Zahlen zu bestehen schien.

Magda Schubert schaute mir über die Schulter. »Da ist auf den ersten Blick nichts zu erkennen.«

»Vielleicht sind die Dateien verdorben«, mutmaßte Saoirse, die sich auf die andere Seite neben mich gestellt hatte. »Möglicherweise sind sie zwanzig Jahre alt. Solange würden sie auf diesen altertümlichen Datenträgern nicht gespeichert bleiben, ohne dass Daten verloren gehen und das Ganze unlesbar wird.«

»Das ist gut möglich«, meinte Frau Schubert.

»Aber schauen Sie mal hierhin«, sagte ich und zeigte auf den Bildschirm. »Wenn ich das recht verstehe, dann liegen die Änderungsdaten dieser Dateien nur einen guten Monat zurück.«

Charlotte hatte diese steinzeitlichen Disketten tatsächlich noch benutzt. Nur wozu und warum?, fragte ich mich. Aus Nostalgie? Aber warum dann so ein unleserliches Zeug?

»Vielleicht sind die Daten verschlüsselt«, sagte Saoirse.

»Wozu sollte Dr. Kurasek Daten verschlüsseln?«, fragte Magda Schubert. »Wir arbeiten doch nicht beim Geheimdienst.« Sie lachte über ihre eigene Bemerkung.

»Möglicherweise kann der Computer die Dateien einfach nicht lesen. Das Programm, mit dem sie geschrieben wurden, ist eben mit den heutigen nicht kompatibel.«

»Haben Sie nicht ein ganz einfaches Textprogramm auf Ihrem PC, das die Dateien umwandeln kann, Herr Dr. Rasch?«, fragte Frau Schubert. »Falls nicht, ich habe einige zu Hause. Die haben uns schon oft bei alten Dateien geholfen.«

»Es sind keine alten Dateien«, wandte Saoirse ein.

»Aber sie sind mit einem alten Programm geschrieben«, meinte Magda Schubert. »Also, Sie können mir die Disketten zum Beispiel mitgeben und ich lese sie Ihnen aus. Das kann ich Ihnen anbieten.«

Ein Anflug von Misstrauen durchzuckte mich. War es möglicherweise das eigentliche Ziel von Magda Schubert gewesen, in den Besitz der Disketten zu kommen? Ich wollte sie ihr nicht überlassen.

»Das ist freundlich von Ihnen«, sagte ich. »Aber ich habe der Familie von Charlotte versprechen müssen, die Disketten nicht aus der Hand zu geben. Ihr Tod hat sie wirklich sehr mitgenommen. Ich muss bei meiner Zusage bleiben.«

»Das kann ich verstehen«, sagte Frau Schubert. Ich meinte einen Unterton der Enttäuschung zu hören. »Ich kann Ihnen die Programme auch morgen mit ins Institut bringen. Dann müssten Sie es eben selbst versuchen. Ich bin ebenso gerne bereit, noch einmal zu kommen.«

Auch das wollte ich nicht. Ich wollte nicht, dass ein anderer – oder auch eine andere – den Inhalt der Dateien zu Gesicht bekäme, bevor ich sie genau untersucht hatte.

»Danke für das Angebot. Ich möchte Ihre Zeit nicht über Gebühr in Anspruch nehmen. Ich versuche es zunächst einmal selbst – und wenn es nicht klappt, melde ich mich bei Ihnen.«

Der Rest des Abends verlief mit einer angenehmen Unterhaltung bei Pasta und Rotwein in meinem Wohn- und Esszimmer. Ich hatte mich bemüht, es als Kontrast zum Arbeitszimmer gemütlich herzurichten. Hier sollte nichts von der Nüchternheit zu spüren sein, die das Arbeitszimmer auszeichnete. Dominierten dort Glas und Stahl, so hatte ich hier mit Holz und Stoff gearbeitet, die dem Raum eine warme Atmosphäre verliehen. Ich muss zugeben, dass ich mich damals von meiner juristischen Exfreundin hatte beraten lassen, die penetrant die Meinung vertrat, ich solle über der Wissenschaft nicht die anderen Aspekte des Lebens vernachlässigen. An dem Abend versuchte ich, die angenehme Atmosphäre des Raumes durch einige im Zimmer verteilte Kerzen zu verstärken. Den beiden Frauen schien es zu gefallen. Ich musste allerdings den ganzen Abend darüber nachdenken, was es war, das mich gegenüber Magda Schubert so vorsichtig sein ließ. Der schlesische Tonfall war es nicht, denn den fand ich ganz sympathisch. Er erinnerte mich an einen alten Nachbarn in meiner Heimatstadt, der mir oft Geschichten aus seiner Jugend in der Lausitz erzählt hatte.

13

Dr. Albert Weinstein machte sich Hoffnungen auf die Nachfolge von Dr. Kurasek. Das war offensichtlich. Ich hatte nicht eine Sekunde lang daran gedacht. Wobei ich vermutlich die deutlich besseren Chancen gehabt hätte, wenn eine interne Besetzung der Stelle überhaupt infrage gekommen wäre. Professor Miller legte jedoch aus guten Gründen Wert darauf, dass immer wieder neue Kräfte von außen dazukamen. Nichts ist schlimmer für eine Gruppe von Wissenschaftlern, als ständig in derselben Zusammensetzung zu arbeiten. Blinde Flecken in der Hypothesenbildung konnten nur durch neue Perspektiven vermieden werden und die waren am ehesten von neuen Kolleginnen und Kollegen zu erwarten.

So wurde Dr. Josef Li aus Südkorea Charlottes Nachfolger und übernahm ihr Projekt. Weinstein arbeitete mit Dr. Langlotz zusammen, ich behielt die Leitung meiner Gruppe, was ich nach wie vor als Auszeichnung empfand.

Ich war froh, dass ein Mann der Nachfolger von Charlotte geworden war. So konnte ich erst gar nicht auf die Idee kommen, ihn mit Charlotte zu vergleichen. Dr. Li brachte in mancherlei Hinsicht frischen Wind ins Institut. Zunächst einmal, weil er kaum Deutsch konnte und in der Sprache seines Gastlandes nicht über Floskeln des Alltags in einer schwer verständlichen Aussprache hinauskam. Also mussten fortan alle Besprechungen auf Englisch abgehalten werden, was allerdings keinem der Mitarbeiter und Mitarbeiterinnen schwerfiel. Wir hatten uns bezüglich der Fachbegriffe sowieso schon auf Englisch geeinigt. Lediglich Magda Schubert und Alois Huber fühlten sich hin und wieder ausgeschlossen, wobei Frau Schubert sich mit dem Englischen deutlich leichter tat als Alois. Der hatte ausgesprochene Probleme in der Kommunikation mit Dr. Josef Li, wie er mir eines Morgens gestand.

»Jetzt hat der doch einen so schönen bayerischen Vornamen, der Dr. Li, kann aber kein Wort Deutsch und schon gar nicht Bayerisch.«

»Vielleicht solltest du ihm einmal einen Sprachkurs anbieten, so nach dem Motto: Lerne Bayerisch mit Alois«, schlug ich ihm vor.

»Dazu kann ich zu wenig Englisch. Und außerdem: Meinst du, der Dr. Li hätte an so was Interesse?«

»Du weißt doch: Alle Asiaten lieben Bayern – Lederhosen, Neuschwanstein, Weißwürste und Bier.«

»Oktoberfest also.«

»Ja«, sagte ich, »das auf jeden Fall. Aber ein Wirtshausbesuch täte es vielleicht zunächst auch einmal.«

»Ich soll den Dr. Li in ein Wirtshaus ausführen? Der Pförtner den Herrn Doktor? Das geht nicht.«

»Und wenn ich mitkomme, geht es dann?«

»Dann geht es schon eher.«

»Okay, dann machen wir das zusammen«, sagte ich. »Morgen früh, wenn er kommt, sprechen wir ihn an. Das übernehme ich. Du suchst die Gaststätte aus und wir laden ihn zum Wochenende ein. Wann kommt er denn in der Regel ins Institut?«

»Eine halbe Stunde vor dir.«

Das hätte nicht sein müssen. Früher aufstehen! Ich stöhnte. Aber ich sagte: »Gut, morgen komme ich vierzig

Minuten früher als sonst und dann versuchen wir das einmal. Ich denke, du wirst überrascht sein.«

Dr. Josef Li war im gleichen Alter wie Dr. Langlotz, hatte in Korea und den USA studiert, ein paar Jahre in Indien gearbeitet, um dann wieder nach Südkorea zurückzukehren. Sein Name war unter den Experimentalphysikern weltweit bekannt. Ihm war schon manches Mal eine Professur angeboten worden. Jedoch wollte er zunächst ohne Lehrverpflichtungen bleiben und hatte deshalb die Stelle an unserem Institut angenommen. Er war nicht verheiratet oder anderweitig privat gebunden, denn die letzten zwanzig Jahre hatte er nur mit der Physik verbracht, zwar unter Physikern und Physikerinnen, aber immer konzentriert auf die ihn faszinierende Wissenschaft. Seltsamerweise war bei seinen Elementarteilchen in den letzten Monaten eine Veränderung vorgegangen, wie er mir später einmal lächelnd erzählte. Die brachten ihn gelegentlich auf den Gedanken, es könnte noch etwas anderes außer der Physik in seinem Leben geben. Er entwickelte erste Ansätze von Neugierde auf die ihn umgebenden Menschen. Hinzu kam, dass seine alte Mutter ihn in den sonntäglichen Telefonaten bereits zweimal gefragt hatte, wie es ihm denn in Bayern gefalle und ob er schon auf Neuschwanstein gewesen sei. So kam ihm unsere Einladung sehr gelegen.

Wir saßen am folgenden Samstagabend zu dritt in dem Garchinger Wirtshaus, in dem es den besten Bayerischen Teller der Gegend gab: Sauerkraut, Weißwürste, Schweinsbraten, Leberknödel und Haxe. Die Sättigungs-

beilage in Form verschiedener Knödel wäre nicht notwendig gewesen, sah aber nett aus.

Das mit der Sprache war ein Problem, besonders für
Alois. Aber es war abgesprochen, dass ich mich nicht die
ganze Zeit auf Englisch mit dem Kollegen unterhalten
solle, sondern dass es vornehmlich darum gehe, ihn in die
bayerische Wirtshauskultur einzuführen. In dieser Hinsicht erwies sich unser Pförtner als sehr begabt. Mit Händen und Füßen, klar ausgesprochenen Kernbegriffen und
der nachdrücklichen Bitte um Wiederholung an Dr. Li
hatte dieser in einer halben Stunde bereits die wichtigsten
bayerischen Wörter gelernt: Bier, Maßkrug, blau-weiß,
Sauerkraut, Schweinsbraten sowie die Bezeichnungen für
die anderen Zutaten des Bayerischen Tellers.

Alois Huber und ich hatten bei koreanischen Essge-
wohnheiten an Reis mit Stäbchen oder fade Glasnudeln
gedacht und erwartet, dass Dr. Li angesichts des Bergs
von Fleisch und Sauerkraut bald streiken würde. Wir sahen uns getäuscht. Dr. Li aß mit zunehmender Begeisterung, bestellte sich noch einmal Sauerkraut nach, was er
wiederholt mit dem eigentümlichen Begriff ‚Kim chi‘ bezeichnete, war lediglich bei den Knödeln etwas wähle-
risch und ließ sie zum Teil liegen.

Dr. Lis Begeisterung für das bayerische Essen wurde
noch übertroffen von der Liebe zum Bier, einer Liebe auf
den ersten Blick. Sie blieb auch auf den zweiten und dritten Blick noch erhalten. Dann jedoch tat der Alkohol er-
barmungslos seine Wirkung, und Dr. Josef Li begann in
verschiedenen Sprachen zu reden, wobei er sich immer
bemühte, die neu erlernten bayerischen Vokabeln unterzubringen. Sein Redefluss war reißend wie die Wasser am

Weltenburger Donaudurchbruch. Er lächelte uns ununterbrochen an, legte die Arme um unsere Schultern, lud mit
erhobenem Maßkrug zum Trinken ein und schien glück-
lich. Alois Huber verstand nichts mehr und auch ich, der
ich des Koreanischen nicht mächtig bin, verstand nur ungefähr, wovon er redete. Es schien um die Vision einer
besseren Welt zu gehen, in der Bayern und Koreaner sich
verbrüdern, um endgültig den Weltfrieden herzustellen.

Eine gute dreiviertel Stunde dauerte es, bis die Worte
von Dr. Li ruhiger dahinzufließen begannen und sich erste Anzeichen von Müdigkeit breit machten. Wir nutzten
die Gelegenheit, ließen die Rechnung kommen, nahmen
Josef Li in die Mitte und begaben uns zur Wirtshaustür.
Beim Verlassen des Gastraums entdeckte Dr. Li das Kruzifix über der Eingangstür und bekreuzigte sich. Huber
und ich schauten uns erstaunt an, ließen diese Geste aber
unkommentiert. Wir setzten Dr. Li in ein Taxi und wink-
ten ihm hinterher.

Dieser abendliche Ausflug in ein bayerisches Wirtshaus sollte enorme Folgen für das Arbeitsklima im Institut haben. Hinter dem Physiker Dr. Josef Li kam nach
und nach der Mensch gleichen Namens zum Vorschein,
der sich fortan bei jeder möglichen Gelegenheit mit passenden und oft auch unpassenden bayerischen Fachbe-
griffen einbrachte, was stets zur Erheiterung beitrug.
Aber auch sein Hochdeutsch – sofern man bei seinem
spezifischen Akzent davon sprechen konnte – wurde ständig besser, das Vokabular umfangreicher, die Grammatik
kreativer. Da er erst nach dem Tod von Charlotte und dem
Aufkommen des Spionageverdachts zum Team gestoßen
war, war er unbelastet und konnte dadurch dazu beitra-

gen, dass nach und nach wieder so etwas wie Alltag ein-
kehrte.

Die Polizei hatte bis zu diesem Zeitpunkt noch keine
konkreten Hinweise gefunden. Das Motiv war unklar und
damit die Richtung, in der man weiter ermitteln sollte. Im
persönlichen Bereich konnte es nicht liegen, das hatten
die umfangreichen Recherchen ergeben. Blieb das beruf-
liche Umfeld. Es war allerdings nicht ersichtlich, wer einen Nutzen aus dem Tod von Dr. Kurasek ziehen konnte.
Professor Miller bat ausdrücklich darum, vorsichtig und
mit Fingerspitzengefühl zu ermitteln, um keinen unnöti-
gen Zwist ins Institut zu bringen.

Ich hatte einige Tage nicht mehr nach den 8-Zoll Disketten geschaut, obwohl Magda Schubert bereits zweimal
nachgefragt hatte, ob ihr Programm mir weitergeholfen
habe und was dabei herausgekommen sei. Für den folgenden Sonntag hatte ich mir vorgenommen, gleich am
Vormittag die Sache noch einmal anzugehen. Für den
Nachmittag war ich mit Saoirse zu einer kleinen Wande-
rung an der Isar verabredet. Bis dahin wollte ich etwas
vorweisen können.

Das alte Laufwerk bekam Strom über den PC, es wurde erkannt. Ich installierte einen virtuellen Commodore
64. Es dauerte eine Weile, bis ich heraus hatte, wie er zu
bedienen war. Schließlich ging es ganz einfach. Zwar
konnte ich meine Tastatur nicht benutzen, aber mit der
Maus und der auf dem Bildschirm durch das Programm
eingespielten Tastatur ging es – wenn auch langsam.

Bis zu den Verzeichnissen war ich schon ohne die virtuelle Maschine gekommen. Nun gelang es mir, sie auch zu öffnen, und ein völlig unerwartetes Bild tat sich vor mir auf.

Ursprünglich hatte ich Dateien aus Charlottes Jugend erwartet. Dann, nachdem ich bemerkt hatte, dass die Dokumente kürzlich erst geöffnet worden waren, hatte ich an mathematische Formeln zu physikalischen Problemen gedacht oder an etwas ganz Privates, Briefe oder Ähnliches. Die erste Datei enthielt jedoch einen Text, der diffuse Erinnerungen an die Schulzeit in mir wachrief. Ich konnte sie allerdings nicht näher fassen.

»Und dann erkundigte er sich, obgleich Tony ihm schon bei Niederpaurs in München die Geschichte ihrer Ehe ziemlich genau erzählt hatte, noch einmal genau nach allem und erfragte eingehend und mit ängstlich teilnehmendem Blinzeln alle Einzelheiten bei dem Verrat.

Er war ein böser Mensch, Herr Permaneder, sonst hätte mein Vater mich ihm nicht wieder weggenommen, das können Sie mir glauben. Nicht alle Menschen haben auf Erden immer ein gutes Herz, das hat das Leben mich gelehrt, wissen Sie, so jung wie ich für eine Person, die seit Jahren Witwe oder etwas Ähnliches ist, noch bin. Er war böse und hatte seine Geheimnisse, und Kesselmeyer, sein Bankier, der obendrein so albern war wie Mandy, sein junger Hund, war noch böser. Aber das soll nicht heißen, dass ich mich selbst für einen Engel halte und aller Schuld bar erachte – missverstehen Sie mich nicht! Grünlich vernachlässigte mich, und wenn er einmal bei mir saß, so las er die Zeitung oder sein geliebtes Buch über China, und er hinterging mich und ließ mich bestän-

dig in Eimsbüttel sitzen, weil ich in der Stadt von dem
Morast demnächst hätte erfahren können, darin er steck-
te. Aber ich bin auch nur eine schwache Frau und habe
meine Fehler und bin ganz sicher nicht immer richtig zu
Werke gegangen.«

Tony, Permaneder, Grünlich? Die Namen kamen mir
bekannt vor, ich wusste sie jedoch nicht genau einzuordnen. Ein Roman wahrscheinlich, nicht mehr ganz so neu,
wie die Sprache vermuten ließ. Irgendwann hatte ich das
einmal gelesen. Zahlen und Formeln konnte ich mir gut
merken, aber mit Literatur hatte ich mich schon lange
nicht mehr befasst. Ich würde einfach herumfragen. Irgendjemand würde schon wissen, aus welchem Buch diese Zeilen stammten.

Aber was sollte das? Warum hatte sie Abschnitte aus
einem alten Buch abgetippt? Schreibübungen waren es
vermutlich nicht. Oder stammte dies doch aus ihrer Jugend? Teile einer Deutschhausaufgabe? Rätselhaft. Ich
war neugierig und aufgeregt zugleich.

Ich schaute mir die anderen Disketten an. Überall das
Gleiche: Kurze Texte, die aus Romanen zu stammen
schienen. Einen konnte ich sogar identifizieren: Heming-
way, Der alte Mann und das Meer. Den hatte ich mal als
Film mit Spencer Tracy in der Hauptrolle gesehen und
dann nachgelesen. Es war in meiner Nordseephase gewesen, als mich alles interessierte, was das Meer betraf. Das
wiederum – so würde ich im Rückblick sagen – hing vermutlich mit meiner großen Ferienliebe Kirsten, die ich als
Schüler auf Sylt kennengelernt hatte, zusammen. Die Liebe ging vorbei und damit das Interesse fürs Meer. Hemi-
ngway war geblieben. So spielt das Leben.

Ich hatte geschafft, was ich an diesem Vormittag schaffen wollte, die Dateien waren geöffnet und gelesen. Was sie zu bedeuten hatten, das war mir noch nicht klar. Die Texte druckte ich mit einigen Überlistungskünsten bezüglich der Software des Druckers aus, packte die Blätter in einen Umschlag und die Disketten wieder in ihre Hüllen. Am Nachmittag wollte ich mit Saoirse darüber sprechen.

Saoirse war eine toughe Frau. Selbstverständlich war sie hübsch, nein mehr, sie sah richtig gut aus. Aber sie hatte so gar nichts Gekünsteltes an sich, wie manch andere Frauen in ihrem Alter. Ich hätte sie mir auch als Bäuerin im irischen Hochland vorstellen können, die beim Schafschurwettbewerb die Männer ausstach, oder mit gekonnten Griffen abends und morgens eine Kuhherde an die Melkmaschine anschloss. Sie stand mit beiden Beinen auf dem Boden und konnte gleichzeitig außergewöhnlich apart lächeln. Und sie schien mich zu mögen.

Sie sprach sehr gut Deutsch, hatte sich aber zum Glück noch einen charmanten Akzent erhalten. Irgendwann hatte sie mir einmal erzählt, wie sie zu ihren Deutschkenntnissen gekommen war: Ihre Mutter war Professorin für die deutsche Literatur der Neuzeit und hatte sie mit allen Kniffen dazu gebracht, schon in der Schule Deutsch zu lernen und in der Freizeit Bücher auf Deutsch zu lesen.

Saoirse war es dann auch, die mir erklärte, dass die Namen, die mir in dem kurzen Text begegnet waren, aus den Buddenbrooks von Thomas Mann stammten. »Ja, die unglücklich geschiedene Tony und ihr Herr Grünlich. Ich erinnere mich. Die sich immer wiederholende Geschichte vom jungen Mädchen, das sich in einen älteren Mann verliebt, dem es aber nur um ihr Geld geht. Das ist ein Motiv, das du in vielen Romanen aus jener Zeit findest.«

»Warum hat Charlotte diese Texte abgetippt?«, fragte ich. Wir waren fast zwei Stunden an der Isar gewandert. An diesem schönen Sonntagnachmittag mit herrlichem Sonnenschein waren die Wege überlaufen. Mit etwas Glück hatten wir zwei Plätze in einem Biergarten gefunden und saßen uns jetzt gegenüber.

»Keine Ahnung«, sagte Saoirse und nahm einen großen Schluck aus ihrem Glas alkoholfreien Radlers. »Du hast die Texte ausgedruckt, sagst du? Gib mir doch einmal den aus den Buddenbrooks.«

Ich zog ein Blatt aus dem Umschlag, den ich die ganze Zeit gefaltet in meiner Hosentasche mit mir herumgetragen hatte, und reichte ihn ihr.

Saoirse nahm noch einen Schluck, stützte den Kopf auf eine Hand und begann zu lesen. Ich konnte sehen, wie sich ihre Lippen beim Lesen bewegten. Ein faszinierender Anblick.

»Ja, ja, das ist aus den Buddenbrooks, ganz klar.« Saoirse zog die Stirn kraus. »Ich erinnere mich natürlich nicht an alles, aber dass da ein Hund namens Mandy auftaucht, das kann ich mir nicht vorstellen. Mandy, so hieß nämlich meine beste Freundin. Das wäre mir doch aufgefallen. Und der Mann von Tony hatte keinen Verrat begangen, sondern Bankrott gemacht. Ist schon komisch.«

»Also ist es nicht aus den Buddenbrooks, meinst du?«

»Doch bestimmt, aber vielleicht hat Charlotte beim Abschreiben Fehler gemacht«, mutmaßte Saoirse.

»Man schreibt doch nicht den falschen Namen eines Hundes hinein.« Plausibel erschien mir das nicht.

»Wie gesagt, vielleicht erinnere ich mich falsch. Wir sollten uns eine Ausgabe des Buches besorgen und vergleichen.«

Als ich zwei Tage später, am Dienstagabend, aus dem Institut nach Hause kam, bemerkte ich, dass die Wohnungstür nur angelehnt war. Mit Sicherheit hatte ich sie am Morgen abgeschlossen. Das machte ich immer so. War jemand eingebrochen? War der mögliche Einbrecher noch in der Wohnung? Ich wollte niemandem begegnen. Deshalb klingelte ich und ging zur Seite. Es rührte sich nichts. Ich wartete eine Minute und klingelte dann noch einmal, machte einen Schritt in den Flur meiner Wohnung und rief: »Herr Dr. Rasch, sind Sie zu Hause?« Nichts rührte sich. Die Wohnung schien leer zu sein. Ich ging hinein und griff mir den langen Schuhlöffel aus Edelstahl. Vielleicht keine besonders effektive Waffe, aber er gab mir das Gefühl, nicht völlig hilflos zu sein. Ich tastete mich an der Wand entlang zur Küche. Sie war leer. Die Tür zum Bad war geschlossen. Ich schob einen Küchenstuhl von außen unter die Klinke. Falls doch jemand da drin war, konnte er jetzt nicht heraus. Das Schlafzimmer stand offen, und ich konnte vom Flur aus erkennen, dass alles zerwühlt war. Ich schlich mich hinein, langsam mit dem Rücken zur Wand, bis ich in den toten Winkel hinter dem Schrank sehen konnte. Nichts. Nun noch der Wohnraum. Den konnte ich von der Tür aus gut übersehen. Auch hier vieles durcheinander, aber kein Mensch. Dann wieder zum Bad. Ich nahm den Stuhl weg, drückte die

Klinke vorsichtig herunter, hielt den Stuhl mit den Beinen nach vorne vor mich und trat die Türe auf. Nichts. Zum Glück. Ich schaute durch den Spalt zwischen Tür und Zarge auf die dahinter befindliche Toilette. Kein Mensch. Entwarnung! Ich atmete auf.

Ich rief bei der Polizei an, die zwei Beamte vorbeischickte. Ob mir etwas abhandengekommen sei, war die erste Frage. Die Diebe hatten sich auf meinen Computer und alle Datenträger beschränkt. Bildschirm und Drucker standen noch an ihrem Platz. Ansonsten war nichts verschwunden. Auch nicht der Fernseher und die gute Musikanlage. Andere Wertgegenstände besaß ich sowieso nicht. Aber die Diebe hatten etwas gesucht, denn auch aus dem Schrank im Schlafzimmer war alles auf den Boden geworfen worden.

»Wir würden gerne die Spurensicherung informieren«, sagte der untersetzte Polizist mit dem imposanten Schnauzbart. »Dann sollten Sie jedoch nichts anrühren, bis die da sind.«

»Werden die bei dem Chaos etwas finden?«, fragte ich ihn.

»Sie werden nicht alles untersuchen, aber die haben so ihre Stellen, an denen es sich lohnen könnte. Es dauert vielleicht zwei Stunden. Dann sind sie wieder fort.«

»Vielen Dank. Ich werde beim Nachbarn warten.«

»Ist in Ordnung, den müssen wir sowieso befragen, ob er etwas bemerkt hat.«

Mein Nachbar in dem vielstöckigen Haus war ein älterer Herr, ehemaliger Griechisch- und Lateinlehrer, seit einigen Jahren verwitwet. Körperlich war er noch recht fit, obwohl er bald seinen achtzigsten Geburtstag feiern würde. Er besorgte seinen Haushalt, ging täglich spazieren und in die Stadtbibliothek, um in die wichtigsten Zeitungen zu schauen. Ansonsten versank er in seinen Büchern aus und über die Antike. Er hatte ein Laster, das war das Pfeiferauchen. Manchmal roch man es schon, wenn man im Hausflur vor seiner Wohnungstür stand. Vor allem im Winter, wenn er zu selten lüftete. Ansonsten war er ein ausgeglichener und lebensfroher Mensch, der seine Pension genoss und mit seinem Dasein zufrieden schien.

Ich klingelte und Herr Griese öffnete nach wenigen Augenblicken.

»Ach Herr Dr. Rasch. Schön, Sie zu sehen. Was gibt es denn?«

»Bei mir ist eingebrochen worden und die Polizei sucht nach Spuren. Kann ich für die nächsten beiden Stunden bei Ihnen unterkommen?«

»Aber gerne«, sagte Herr Griese freudestrahlend. »Ich lese gerade die Fragmente von Aristarch. Der hat die Entfernung von Erde und Sonne berechnet. Das wird Sie als Physiker doch sicher interessieren.«

Ich musste lächeln. Das war typisch Herr Griese, stets bemüht deutlich zu machen, in welcher Weise die Moderne auf der Antike fußte. »Ganz bestimmt«, sagte ich. »Nur mit meinem Griechisch ist es nicht weit her.«

»Kein Problem, ich übersetze es Ihnen.«

»Lassen Sie mich noch schnell eine Flasche Wein aus meiner chaotischen Küche holen.«

Ein Kopfschütteln konnte ich mir nicht verkneifen. So war er, der Herr Griese. Fragt nicht nach dem Einbruch und was da gewesen sein könnte. Ist mit seinen Gedanken in der Antike und freut sich auf ein Gespräch unter Fach-leuten. Bei ihm würde ich den Schock über den Einbruch schnell vergessen.

Nach zwei Stunden waren die Weinflasche geleert und Aristarch übersetzt. Es klingelte an der Wohnungstür. Die Spurensicherung war fertig. Ergebnisse gäbe es im Laufe des nächsten Tages. Herr Griese wurde befragt, hatte aber nichts gehört oder gesehen.

Ich dankte meinem Nachbarn und schaute mir meine Wohnung an. Aufgeräumt hatte die Polizei nicht. Das hatte ich auch nicht erwartet. Wäre aber schön gewesen. Es sah genauso chaotisch aus wie vorher. Was sollte ich machen? Aufräumen und schlafen gehen? In dieser Wohnung fühlte ich mich nicht wohl – und nicht sicher. Wer einmal einbrach, konnte noch mal einbrechen. Auch wenn das alles andere als wahrscheinlich war. Ich kam von dem Gedanken nicht los: Irgendjemand hatte in meiner Wäsche und meinen Schränken gewühlt, seine Finger darin gehabt, an Sachen, die bisher nur ich angefasst hatte. Das Chaos war schlimm. Dieses Gefühl, dass irgend ein Fremder meinen Sachen und damit mir so nahege-kommen war, war schrecklich. Ich konnte mir nicht vor-stellen, in dieser Wohnung zu schlafen. Ein Hotelzimmer wäre eine Möglichkeit. Aber diese Perspektive war ge-nauso trostlos wie zu Hause zu bleiben. Außerdem brauchte ich jemanden zum Reden. Dieses Mal nicht über Aristarch, sondern über den Einbruch.

Ich rief bei Saoirse an.

14

Nach dem Wirtshausbesuch hatte die Akkulturation von Dr. Josef Li unübersehbar rasante Fahrt aufgenommen. Am Mittwochmorgen begrüßte er Alois Huber mit Handschlag und einem kräftig heraus geschmetterten, nahezu akzentfreiem ,Grüß Gott'. Im Team erklärte er dann später auf Englisch, dass er ganz begeistert sei von dieser Begrüßungsformel. Sie gefalle ihm viel besser als das sonst in Deutschland übliche ,Guten Tag' oder das koreanische ,Mögest du gesund sein'. Dass man hier von Gott sogar bei der Begrüßung spreche, das habe ihn überrascht. Die Kolleginnen und Kollegen ließen das so stehen und klärten ihn nicht auf, dass ,Grüß Gott' auch nicht in jeder Situation mehr zeitgemäß sei. Sie freuten sich vor allem, dass Herr Li langsam auftaute.

Saoirse und ich hatten im Institut angerufen und ausrichten lassen, dass wir erst am Nachmittag kämen. Den Vormittag verbrachten wir damit, meine Wohnung aufzuräumen. Nach dem Abzug der Polizei war mir klar geworden, dass ich es nicht aushalten würde, die Nacht in diesen von fremden Händen durchwühlten Zimmern zu verbringen. Saoirse hatte mir bei meinem Anruf die Couch in ihrem Apartment angeboten. »Erfahrungsgemäß ist sie für einen Mann deiner Größe ausreichend«, sagte sie lachend, und ich konnte mich gerade noch bremsen zu fragen, was sie mir denn damit sagen wollte. Aber es stimmte, ich schlief gut auf dieser Couch.

Am Abend redeten wir noch lange miteinander und rätselten, was es mit diesem Einbruch auf sich haben könnte. Hatten die Einbrecher es auf die Geräte abgesehen oder auf die Daten, die auf PC und Laptop gespeichert waren? Die Bildschirme hatten sie dagelassen und die waren auch nicht billig gewesen. Genau wie die Musikanlage. Es waren also vermutlich die Daten der Festplatten. War das ein neuer Versuch von Spionage? Steckten auch dieses Mal die Chinesen dahinter? Aber warum stahlen sie dann die Geräte eines Mitarbeiters und drangen nicht ins Institut ein? Vielleicht nur, weil es leichter war. Oder vielleicht erhofften sie sich, über meinen Rechner an Passwörter oder Ähnliches zu kommen. Das waren viele ‚Vielleicht' und irgendwann legten wir uns schlafen. Saoirse gab mir einen scheuen Gutenachtkuß, verschwand dann in ihrem Schlafzimmer und ließ mich ratlos auf der Couch zurück. War dieser Kuss eine Einladung, bei ihr anzuklopfen? Sicher, wir waren so etwas wie Freunde. Aber an Freundschaft Plus hatte ich bisher nicht gedacht. Charlottes Tod tat weh, immer noch, und hatte sich wie ein Stahlband um meine Gefühle gelegt. Dieses Gefühl der Enge ließ für nichts anderes Platz. Ich würde mich davon lösen müssen und es würde mir gelingen. Charlotte war nicht meine Partnerin gewesen, so sehr ich sie auch verehrte. Ihr Anblick an jenem Morgen war schrecklich gewesen. Aber ich musste Platz für Neues in mir machen. Über diese Gedanken schlief ich ein und wurde am Morgen von Geräuschen im Bad geweckt.

Beim Frühstück beschlossen wir, erst einmal meine Wohnung aufzuräumen, damit mir das Nachhausekommen am Abend nicht so schwerfiele. Saoirse bot an, mich zu begleiten.

Die Nachricht vom Einbruch in meine Wohnung machte im Institut schnell die Runde. Professor Miller bat mich am Nachmittag, vorbeizukommen.

»Hatten Sie auf Ihren Rechnern Dateien, die mit der Arbeit hier im Institut zu tun haben?«, fragte er mich. Miller trug an diesem Tag wie so oft einen grauen Anzug und ein Hemd mit offenem Kragen. Er war ein Mann in den besten Jahren mit einem jugendlichen Schritt.

»Keine Daten, die mit unseren Projekten zu tun haben«, antwortete ich. »Also nichts Aktuelles. Die dienstlichen Daten beschränken sich auf Veröffentlichungen und bereits publizierte Messreihen. Wer meinen Computer in die Finger bekommt, hat nun ein paar persönliche Unterlagen, aber nichts aus dem Institut, das nicht bereits veröffentlicht wäre.«

»Hatten Sie noch andere Datenträger in der Wohnung?« Der Professor schaute sorgenvoll.

»Nein, die Festplatte mit den wöchentlichen Updates lagere ich hier im Institut. Den Stick mit den wichtigsten persönlichen Dateien trage ich immer bei mir. Da ist nichts zu holen.«

»Das ist beruhigend, auch wenn die Einbrecher offensichtlich gehofft hatten, noch anderes in der Wohnung zu finden«, meinte Miller.

»Sie haben wirklich alles durchwühlt«, sagte ich. »In Zukunft mache ich es so, dass ich zu Hause einen Stick mit verdorbenen Dateien oder einer Witze-Sammlung liegen lasse. Dann suchen die vielleicht nicht weiter und ich muss nicht so viel aufräumen.«

»Vielleicht ein guter Trick. Ich wünsche Ihnen nicht, dass das noch einmal passiert«, sagte Miller mitfühlend. »Das muss doch schrecklich sein, seine Wohnung so von Fremden durchwühlt vorzufinden.« Er schüttelte nachdenklich den Kopf.

»Ja, das ist mehr als unangenehm. Deshalb habe ich heute Morgen erst einmal aufgeräumt.«

»Mit Miss McBrian, wie ich gehört habe«, lächelte der Professor.

»Sie war mir eine große Hilfe«, sagte ich und versuchte mich mit einem vieldeutigen Gesichtsausdruck.

»Okay, dann wünsche ich Ihnen alles Gute«, schloss Miller das Gespräch. »Wenn Sie etwas Neues wissen, sagen Sie mir bitte Bescheid.«

Er wandte sich seinem Computerbildschirm zu und ich verließ das Büro.

Als ich auf der Nach-Hause-Fahrt Saoirse von dem Gespräch erzählte, sagte sie plötzlich: »Warum sind wir da nicht drauf gekommen? Genau das haben die gesucht: Datenträger mit verdorbenen Dateien!«

»Was meinst du damit?«

»Die haben die 8-Zoll Disketten gesucht.«

»Dann hatten sie Pech. Die habe ich im Institut eingeschlossen.«

»Warum das?«, fragte Saoirse erstaunt.

»So ein Gefühl. Solange ich noch nicht weiß, was es mit diesen Texten auf sich hat, wollte ich sie in Sicherheit wissen. Sie liegen in einem der Tresore in unserer Abteilung.«

»Das erinnert mich daran, dass ich die ‚Budden-brooks‘ besorgen wollte«, sagte Saoirse. »Ich gehe morgen in die Stadtbibliothek und leihe sie aus. Und ‚Der alter Mann und das Meer‘. Wir setzen uns heute Abend hin und versuchen anhand der Ausdrucke herauszubekommen, woher die anderen Texte stammen. Vielleicht sind es auch Zitate.«

»Wie willst du das machen?«, fragte ich.

»Mit dem Googeln von Stichwörtern kommt man oft ziemlich weit.«

»Ich habe aber keinen Computer zu Hause.«

»Dann bieg die nächste Straße links ab und wir fahren zu mir.« Mit Saoirses Akzent klang dieser Satz wie ein Versprechen. Ich musste an den scheuen Kuss vom Abend zuvor und meine Ratlosigkeit denken.

Das Apartment von Saoirse war deutlich kleiner als meine Wohnung. Als Doktorandin hatte man kaum mehr Geld als eine Studentin. Saoirse verdiente sich ein paar hundert Euro im Monat dazu, indem sie Nachhilfeunterricht für Münchener Schülerinnen und Schüler gab, die in ihrem Physik-Leistungskurs zu scheitern drohten. So hatte sie sich chic und modern einrichten können, mit besonderen Lichteffekten an Möbeln und Decken.

Wir verbrachten den halben Abend mit den Ausdrucken, die ich in den letzten Tagen ständig bei mir geführt hatte. Unterstützt von zwei opulent belegten Pizzen und einer Flasche Nero d‘Avola konnten wir schließlich bis auf einen alle Texte den entsprechenden Romanen oder Kurzgeschichten zuordnen. Die Liste für die Stadtbibliothek war um einiges länger geworden.

Im Laufe des Abends schaute ich Saoirse immer wieder von der Seite an. Sie faszinierte mich. Mit Feuereifer stürzte sie sich in die Suche nach den erfolgversprechenden Stichworten. Sie war nicht nur schön, sie war auch ein toller Kumpel. Eine Kombination, der man nicht jeden Tag begegnete. Außerdem schien sie mich zu mögen. Schon mehrfach an diesem Tag hatte ich mich bei dem Gedanken erwischt, dass Saoirse für mich mehr als eine nette Kollegin sein könnte. Immer wieder entdeckte ich neue Seiten an ihr, die ich sehr sympathisch fand, ja mehr, die mich faszinierten.

Am nächsten Morgen wusste ich außerdem, dass sie eine außergewöhnlich zärtliche Frau war. Charlotte war an den Platz in meinem Herzen gerückt, wo sie immer schon hingehört hätte: eine nette, bewundernswerte Kollegin. In Saoirse hatte ich mich richtig verliebt, in einer Weise, die ich vorher noch nicht gekannt hatte.

Professor Miller hatte gehofft, wie er mir erklärte, dass nach dem immer noch unaufgeklärten Mord an Charlotte Kurasek bald wieder ein kreativer Gleichlauf ins Institut einziehen würde. Forschung brauchte Ruhe und Beständigkeit, Störungen förderten die ebenso notwendige Kreativität nur in seltenen Ausnahmefällen. Wie hieß es so schön: Genie besteht zu einem Prozent aus Inspiration und zu neunundneunzig Prozent aus Transpiration. Forschen, das bedeutet Arbeit, Arbeit und noch einmal Arbeit. Miller wollte nicht, dass seine Leute weiterhin dabei gestört würden. Der Einbruch bei mir zu Hause hatte nicht gerade zur Ruhe im Institut beigetragen. Deshalb war dem Professor der erneute Besuch durch die

Kriminalpolizei, als ich gerade bei ihm war, alles andere als willkommen. Alois Huber hatte die beiden Beamten heraufbegleitet und verabschiedete sich sofort wieder.

»Ich hoffe, Sie bringen gute Nachrichten«, sagte er zu der großgewachsenen Kommissarin mit den kurzen schwarzen Haaren. »Haben Sie den Mord an Dr. Kurasek aufklären können?«

»Wir gehen im Moment noch vielen verschiedenen Ermittlungsansätzen nach«, sagte Beate Wendel.

»Diese Formulierung ist vermutlich eine diplomatische Umschreibung der Aussage: Wir tappen im Dunkeln.«

»Nun, so würde ich das nicht formulieren. Wir sehen in dem Dunkel verschiedene Lichtpunkte. Aber welcher zielführend ist, das wissen wir noch nicht.«

»Ich kann Ihnen wohl nicht helfen, sehe ich das richtig?«, sagte der Professor freundlich.

»Wir melden uns, wenn wir Ihre Hilfe brauchen«, meinte Kommissarin Wendel ein wenig verkniffen. »Aber wir kommen aus einem anderen Anlass zu Ihnen, der jedoch unter Umständen mit dem Tod von Frau Dr. Kurasek zu tun haben könnte.«

Miller schaute sie fragend an.

»Heute Morgen wurde eine andere Ihrer Mitarbeiterinnen tot in ihrem Bett aufgefunden. Es handelt sich um Magda Schubert. Eine Ingenieurin, wenn ich richtig informiert bin.«

Miller schaute erschrocken in die Ferne. »Wurde sie auch ermordet?«, fragte er zaghaft.

»Das wird noch untersucht. Auf den ersten Blick gibt es keine Anzeichen von Gewalt. Es könnte sich um

Selbstmord handeln, denn es wurden Tabletten auf ihrem Nachttisch gefunden. Wir müssen auf die Ergebnisse der Obduktion warten.«

»Wer hat sie gefunden?«

»Ihre Nachbarin, die ihr jeden Morgen die Zeitung vom Vortag bringt. Frau Schubert meldete sich auf ihr Klingeln hin nicht. Sie vermutete Frau Schubert unter der Dusche, also öffnete sie mit ihrem Schlüssel, den sie für alle Fälle bekommen hatte, die Wohnung, um die Zeitung abzulegen. Die Tür war zugezogen, aber nicht verschlossen. Etwas ungewöhnlich. Wie gesagt, wir untersuchen das wie bei jedem Toten, der so aufgefunden wird.«

»Wir bräuchten ein paar Informationen zu Frau Schubert«, sagte Kommissar Schuff.

»Meine Mitarbeiterin, Frau Sorglos, kann Ihnen nachher die Personalakte mitgeben«, sagte Professor Miller. »Wir brauchen die dann aber wieder zurück.«

Er war aufgestanden und lief in seinem Arbeitszimmer hin und her.

»Was kann ich Ihnen zu Frau Schubert sagen? Sie war eine ausgesprochen fitte Mitarbeiterin. Wurde bei uns als Technikerin geführt, nicht als Ingenieurin. Sie hatte ihren Abschluss noch zu DDR-Zeiten gemacht. Der wird bei uns nicht vollumfänglich anerkannt. Sie wollte jedoch das westdeutsche Diplom nicht nachmachen. Also blieb es bei der Technikerin statt der Ingenieurin. Sie arbeitete unten in den Laboren bei Aufbau und Kontrolle der Versuchsanlagen. Sie hat ihre Arbeit ordentlich gemacht, war ziemlich kommunikativ und lebenslustig. Mehr weiß ich auch nicht.« Miller schüttelte den Kopf.

»Könnte das, woran Frau Schubert gearbeitet hat, für andere interessant gewesen sein?«, fragte die Kommissarin.

»Das meiste, was wir hier so machen, ist für andere interessant. Grundlagenforschung eben. Nicht immer direkt verwertbar, aber prestigeträchtig. Wir arbeiten mit einer nur mittleren Sicherheitsstufe, weil unsere Forschungen nicht militärisch genutzt werden können. Aber im Wettlauf um Ansehen gibt es schon den einen oder anderen Staat, der gerne schneller wäre als wir. Erst vor Kurzem hatten wir den Verdacht, Ergebnisse unserer Arbeit könnten in die Hände der chinesischen Staatsforschung gelangt sein. Aber das ist bisher nur eine Vermutung.«

»Wir müssen uns ein Bild von Magda Schuberts Leben machen«, sagte der Kommissar. »Wen könnten wir da am besten befragen?«

»Gehen Sie nach unten zum Laborleiter. Herr Huber kann Sie zu ihm bringen. Der kann Ihnen sagen, woran Frau Schubert gearbeitet hat und mit wem sie hier im Haus am meisten in Kontakt stand. Aber bitte seien Sie vorsichtig und zurückhaltend. Bei uns kehrt nach dem Tod von Dr. Kurasek erst langsam wieder Ruhe ein. Ruhe, die wir dringend brauchen. Und wenn ich Sie richtig verstanden habe, dann könnte es auch Selbstmord gewesen sein.«

»Da haben Sie völlig recht«, sagte die Kommissarin. »Falls es kein Selbstmord war, könnten Täter und Motiv auch im privaten Bereich zu suchen sein. Wir sind noch am Anfang.«

Die beiden verließen das Büro, Professor Miller lehnte sich mit einem unüberhörbaren Seufzer in seinem

Schreibtischstuhl zurück, schaute aus dem Fenster und schien fieberhaft darüber nachzudenken, was in seinem Institut los war. Ich ließ ihn alleine.

Saoirse und ich nahmen uns am Abend ‚Die Buddenbrooks' und ‚Der alten Mann und das Meer' vor. Saoirse suchte in den Buddenbrooks. Sie hatte eine ungefähre Ahnung, wo das Zitat zu finden sei. Es musste ziemlich in der Mitte des Buches sein, so im fünften oder sechsten Teil. Tony Buddenbrook ist bereits von Bendix Grünlich geschieden, Thomas und Gerda Buddenbrook haben ihre Hochzeitsreise nach Italien hinter sich, Tony verreist für eine gewisse Zeit nach München und lernt den Herrn Permaneder, einen Hopfenhändler, kennen. Das geht zwar auch nicht gut aus, aber der Text musste aus diesem Teil des Buches stammen. Saoirse arbeitete sich in ihrem Exemplar der Buddenbrooks vor.

»Heureka«, rief sie plötzlich und ich schreckte vom alten Mann und dem Meer auf. »Ich habe es.«

Sie nahm sich den Ausdruck der Dateien und markierte die Abweichungen. Schließlich legte sie mir das Blatt vor.

»Schau dir das mal an!«

Und dann erkundigte er sich, obgleich Tony ihm schon bei Niederpaurs in München die Geschichte ihrer Ehe ziemlich genau erzählt hatte, noch einmal genau nach allem und erfragte eingehend und mit ängstlich teilnehmendem Blinzeln alle Einzelheiten bei dem <u>Verrat.</u>

Er war ein böser Mensch, Herr Permaneder, sonst hätte mein Vater mich ihm nicht wieder weggenommen, *das können Sie mir glauben. Nicht alle Menschen haben auf Erden immer ein gutes Herz, das hat das Leben mich gelehrt, wissen Sie, so jung wie ich für eine Person, die seit Jahren Witwe oder etwas Ähnliches ist, noch bin. Er war böse <u>und hatte seine Geheimnisse,</u> und Kesselmeyer, sein Bankier, der obendrein so albern war wie <u>Mandy,</u> sein junger Hund, war noch böser. Aber das soll nicht heißen, dass ich mich selbst für einen Engel halte und aller Schuld bar erachte – missverstehen Sie mich nicht! Grünlich vernachlässigte mich, und wenn er einmal bei mir saß, so las er die Zeitung <u>oder sein geliebtes Buch über China,</u> und er hinterging mich und ließ mich beständig in Eimsbüttel sitzen, weil ich in der Stadt von dem Morast <u>demnächst</u> hätte erfahren können, darin er steckte. Aber ich bin auch nur eine schwache Frau und habe meine Fehler und bin ganz sicher nicht immer richtig zu Werke gegangen.*

»Die Abweichungen des Textes von Dr. Kurasek vom Original habe ich unterstrichen. Was könnte das bedeuten? Warum hat sie das gemacht?«

»Listen wir die Stichworte doch einmal auf«, sagte ich und schrieb:

Verrat
Geheimnisse
Mandy
Buch
China
demnächst

»Vielleicht gibt das einen Sinn? Man könnte ja einmal probieren, einen Satz daraus zu bilden«, schlug Saoirse vor. Wir versuchten uns mit verschiedenen Kombinationen der Wörter.

Ein Verrat von Geheimnissen findet sich in Mandys Buch über China. Erscheint demnächst.
Chinas Geheimnisse werden demnächst in Mandys Buch verraten.
Mandys Geheimnis wird demnächst in einem Buch über China verraten.
Mandys Buch der Geheimnisse erscheint demnächst in China.
Chinas Buch der Geheimnisse liegt demnächst bei Mandy.
In dem nächsten Buch von Mandy verrät sie Chinas Geheimnisse.

»Lassen wir mal Buch weg. Vielleicht brauchen wir aus der Veränderung des Originaltextes nur das Wort China«, schlug Saoirse vor.

Demnächst verrät Mandy Chinas Geheimnisse.
China verrät demnächst Mandys Geheimnisse.
Mandys Verrat der Geheimnisse an China geschieht demnächst.

»Okay, das würde dazu passen, dass die Chinesen unseren Versuchsaufbau vor uns veröffentlicht haben.«
»Aber wer zum Teufel ist Mandy?«, fragte Saoirse.

»Vielleicht ein Akronym für einen Satz wie zum Beispiel: *Meine Arbeit nötigt dich…*«

»Wird schwierig mit dem Ypsilon«, meinte Saoirse. »Was für Wörter gibt es schon mit Ypsilon?«

»Yacht, Yoghurt, Yankee, Yuccapalme.«

»Ich sag es dir jetzt schon: Der Duden wirft dir Yacht und Yoghurt als veraltet raus.«

»Bleiben noch Yankee und Yuccapalme.« Ich musste lachen.

»Yankee könnte Sinn machen, als Bezeichnung für Amerikaner oder für die USA.«

»Dann versuchen wir es einmal. *Yankees* bildet den Schluss.«

»Das M könnte für Miller stehen.«

»Fehlen noch a und n.«

»*Miller abhaut nach den Yankees*«, schlug Saoirse wenig überzeugt vor.

»*Miller arbeitet neben den Yankees.*«

Wir versuchten es noch eine Weile, vertagten jedoch schließlich das Problem. Wir hatten schon viel herausgefunden und widmeten uns nun den anderen Texten.

Irgendwann in der Nacht reichte es uns, wir fielen erschöpft ins Bett, aber nicht zu erschöpft, um nicht doch noch unserer Freude aneinander freien Lauf zu lassen.

15

Es kam keine Ruhe ins Institut. Die Obduktion von Magda Schubert hatte ergeben, dass sie nicht an den auf ihrem Nachttisch befindlichen Tabletten, sondern an einer Überdosis Heroin gestorben war. Außerdem ließen sich in ihren Atemwegen noch Reste von Chloroform nachweisen, sodass die Polizei davon ausging, dass sie erst betäubt wurde und dann die tödliche Spritze gesetzt bekam. Wäre sie nicht obduziert worden, wäre dieser Mord als Suizid durchgegangen.

Zwei Morde an Institutsmitarbeiterinnen innerhalb eines kurzen Zeitraums. Auch wenn er auf den ersten Blick nicht zu erkennen war, es musste einen Zusammenhang geben. Das war mir klar.

Das Brettschneider-Vermächtnis hatte trotz aller Beunruhigung eine völlig neue Dynamik in die Arbeit des Instituts gebracht. Die drei Arbeitsgruppen unter der Leitung von Dr. Li, Dr. Langlotz und mir hatten getagt und neue Ideen entwickelt. Die Diskussion in der großen Runde aller wissenschaftlichen Mitarbeiterinnen und Mitarbeiter lief diszipliniert ab. Die Anspannung von Professor Miller kam dem zugute. Er war weniger tolerant als sonst gegenüber nicht stringent an der Materie der Diskussion orientierten Äußerungen, was nach einigen mahnenden Bemerkungen seinerseits zu einer konzentrierten und konstruktiven Atmosphäre führte. Schwätzer, die sich gerne reden hörten, blieben sowieso nicht lange im Institut. Aber an diesem Tag tolerierte der Professor noch nicht einmal die eine oder andere witzige Zwischenbemerkung. Die ließ er sonst durchgehen, wenn sie seiner Meinung nach das Diskussionsklima positiv beeinflussten.

Aus der Vielzahl der möglichen Weiterentwicklungen der Versuchsaufbauten wurden drei ausgewählt. Die wurden wiederum eine Woche lang von allen Arbeitsgruppen durchdiskutiert. Beim nächsten Treffen schied eine der drei aus, die beiden anderen schienen gleichwertig zu sein, waren jedoch in wichtigen Details noch nicht geklärt. Für mich bedeutete das täglich vierzehn Stunden Arbeit bis zum Termin – ohne einen freien Tag. Charlotte Kuraseks Disketten mussten warten.

Die Untersuchungen zum Einbruch bei mir zu Hause waren erfolglos geblieben. Die Kriminaltechnik hatte zwar Fingerabdrücke gefunden, die sie nicht mir oder anderen Personen aus meinem Umfeld zuordnen konnten. Sie waren jedoch auch nicht anderweitig zu identifizieren. Es dauerte fast vierzehn Tage, bis ich den Abschlussbericht erhielt. Erst jetzt fiel mir wieder ein, was Saoirse und ich vermutet hatten, dass der Einbrecher es auf die 8-Zoll Disketten abgesehen haben könnte. Es machte jedoch keinen Sinn, mit dieser Annahme zur Polizei zu gehen, bevor wir nicht die Texte auf den Disketten entschlüsselt hatten.

Josef Li empfand es als eine besondere Ehre, dass der Professor sich so viel Zeit für ihn genommen hatte. Er berichtete mir ganz begeistert am nächsten Tag von dem abendlichen Treffen und dem in seinen Augen äußerst interessanten Gespräch.

»Der Einfluss von etwas Geistigem auf Materielles ist eine Hypothese, die sich« nicht falsifizieren lässt«, sagte Professor Miller, als Josef Li mit ihm beim Essen saß. Seit jenem Abend mit Alois Huber schlug Dr. Li immer diese Gaststätte vor, wenn er sich mit jemandem treffen wollte oder er eingeladen wurde. Für den Abend vor der Besprechung, in der die endgültige Entscheidung darüber fallen würde, welcher Versuchsaufbau weiter verfolgt werden sollte, hatte Professor Miller seinen koreanischen Mitarbeiter zum Essen eingeladen, damit sie einmal in Ruhe miteinander reden konnten. Dieses Mal hatte Josef Li sich nur eine Schweinshaxe bestellt – mit reichlich Knödeln und Rotkraut. Gleich zu Beginn hatte er ein nicht ganz leichtes Thema angeschnitten, das ihm offenbar auf der Seele lag.

»Oder, um es ganz präzise zu sagen: Es lässt sich kein wiederholbares Experiment konstruieren, mit dem sich diese Hypothese überprüfen lässt – also ein Experiment, das eine aus dieser Annahme ableitbare Vorhersage bestätigt oder nicht bestätigt.«

Dr. Josef Li hatte sich bei uns allen ein hohes Ansehen erworben. Er war einfach ein sympathischer Mensch, der sich bei seinen vergeblichen Versuchen, akzentfreies Deutsch zu sprechen, auch selbst auf den Arm nehmen konnte. Zudem war er fachlich höchst qualifiziert und brachte mit seinen Einwänden und Vorschlägen die Forschungsarbeit am Institut deutlich voran. Mit einer Eigenart verunsicherte er jedoch sein berufliches Umfeld – mit seiner häufigen Thematisierung der Frage nach dem Zusammenhang von Geist und Materie. In der Axion-Forschung hatte Geist – was immer auch damit gemeint sein mochte – nichts zu suchen. Es ging um Materie, um deren Zusammensetzung und Interaktion, um die Theorie von den Elementarteilchen und deren experimentellen Nachweis. Das Institut betrieb keine Hirnforschung, deshalb war die Frage nach Geist nicht Gegenstand unserer Arbeit.

»Für Sie gibt es also nur Materie und alles, was wir als geistig wahrnehmen, ist ein Produkt dieser Materie«, hakte Dr. Li nach.

»Ja, für mich gibt es nicht so etwas wie einen den Universum durchziehenden Geist«, sagte Miller, »oder auch nur einen auf der Erde wirkenden Geist, der nicht an Materie gebunden ist. Aus guten Gründen haben wir in der Physik den Gedanken aufgegeben, das Universum sei von so etwas wie einem Äther durchzogen, über den sich das Licht und die Kräfte der Gravitation fortsetzen.«

»Dafür sprechen wir heute von Feldern, dem Higgs-Feld, dem Gravitationsfeld und anderen. Sie sind überall präsent, jedoch nur dort nachweisbar, wo sie nicht den Wert Null haben.«

»Ja, aber auch dann gehen wir davon aus, dass es messbare Wechselwirkungen gibt. Wenn es Wirkungen des Geistes auf die Materie gibt, so müsste ein Experiment entwickelt werden können, mit dem sich das nachweisen lässt.« Professor Miller deutete mit dem Zeigefinger auf Dr. Li. »Und ›Geist‹ müsste definiert werden, Herr Kollege.«

»Fangen wir einmal damit an, Geist als Gedanken zu definieren«, setzte Josef Li ein. »Ein Gedanke entsteht in einem menschlichen Gehirn. Nehmen wir nun einmal zwei recht unterschiedliche Gedanken: die Einsteinschen Feldgleichungen und die Idee von der Gleichheit der Menschen vor dem Gesetz. Beides Gedanken, die keineswegs immer selbstverständlich waren, nun aber weitgehend akzeptiert sind. Es gibt keine materielle Verbindung zwischen zwei Gehirnen und trotzdem kann durch mündliche oder schriftliche Kommunikation der Gedanke des einen den anderen überzeugen.«

»Das ist aber doch nichts anderes als Lernen und ist nicht frei von physikalischer Interaktion. Sehen, Lesen, Hören, alles das sind letztlich physikalische Vorgänge. Ich sehe etwas, mein Gehirn macht daraus ein Bild, speichert es ab und erkennt es wieder.«

»Gedanken, Ideen sind aber etwas anderes als sinnliche Eindrücke«, wandte Dr. Li ein. »Wie muss ich mir den Ablauf vorstellen?«

»Ich halte das nicht für so schwierig«, meinte Professor Miller. »Die Einsteinschen Feldgleichungen nehme ich optisch wahr. Das Bild trifft in meinem Gehirn auf bereits Gelerntes, sonst könnte ich die Gleichungen gar nicht verstehen. Es findet in meinem Gehirn ein Abgleich zwischen dem bereits Gelernten und den in Formeln ausgedrückten Behauptungen statt. All das geschieht auf der Ebene physikalisch nachweisbarer Verknüpfungen der Nervenzellen des Gehirns. Ich suche nach Fehlern in diesen Behauptungen, und wenn ich keine finde, muss ich sie wohl oder übel oder auch mit viel Freude akzeptieren.« Professor Miller dachte nach und nahm einen großen Schluck aus seinem Weißbierglas. »Bei der Idee der Gleichheit ist es genauso. Auch dieser Gedanke trifft im

Gehirn auf bereits vorhandene Werte, Ideen, Vorstellungen, die allesamt an der Materie des Gehirns festgemacht sind. So wie beim Erlernen des Laufens oder Sprechens neue Verbindungen im Gehirn geschaffen werden, so kann die Auseinandersetzung mit einer Idee zu neuen Verbindungen der Nervenzellen des Gehirns führen. Und wenn die alten Verbindungen besonders solide sind, lassen sie sich schlechter auflösen. Tiefsitzende Vorurteile sind bekanntlich schwer zu verändern. Aber alles ist Physik.«

Die beiden aßen in Ruhe weiter und dachten nach.

»Was es meiner Meinung nach nicht gibt«, sagte Miller, »ist die Interaktion zweier Gehirne ohne physikalisch messbare Vorgänge. Gedankenlesen geht zum Glück nicht.«

Dr. Li schwieg.

»Worum geht es Ihnen eigentlich bei dieser Diskussion, Kollege Li?«, fragte der Professor. »Das scheint eines Ihrer Lieblingsthemen zu sein, wie ich von den anderen im Institut gehört habe.«

»Ich gehöre zu Hause einer christlichen Gemeinde an«, sagte Josef Li nachdenklich, »und hatte große Probleme mit meinen Eltern, aber auch mit anderen Gemeindegliedern, als ich mich zum Physikstudium entschloss. Das ging bis zu der Behauptung, die Fakultäten für Physik seien Hochburgen des Atheismus, von denen ich mich fernzuhalten habe.« Er machte eine kurze Pause, die er mit einem Biss in einen Knödel füllte. »Aber schon in der Schule begeisterte ich mich für Physik, und wollte das unbedingt studieren. Genauso wichtig war mir mein Glaube. Mit dieser Spannung komme ich nicht so gut zurecht. Welches Bild von der Welt stimmt? Das der Physik, die keinen Gott braucht, oder das der Religion?« Er stocherte in seinem Rotkraut herum.

»Ich kann das ein wenig nachvollziehen«, sagte Professor Miller nachdenklich. »Wie die meisten meiner Generation bin ich kirchlich sozialisiert. Meine Mutter war eine fleißige Kirchgängerin, ich war im Religionsunterricht. Für mich ist das meiste heute allerdings nur noch Tradition und ich denke zugegebenermaßen wenig darüber nach.« Es klang, als wollte er sich entschuldigen. »Ich würde als Physiker auch nicht so weit gehen, Gott auszuschließen. Er fällt halt aus unserem Weltbild heraus. Ich meine auch nicht wie Professor White, dass Gott ein Produkt des menschlichen Gehirns ist. Es ist eben so, dass ich nicht so viel darüber nachdenke. Das muss ich schon zugeben.«

»Ich kenne die These von Professor White. Er geht davon aus, dass das Gehirn ein Überlebensinstrument ist, das sich im Laufe der Evolution herausgebildet hat und der menschlichen Gattung deutliche Wettbewerbsvorteile gegenüber Nahrungskonkurrenten und Fressfeinden brachte.« Josef Li machte eine Pause und setzte neu ein: »So weit gehe ich mit ihm mit. Er geht aber auch davon aus, dass das Gehirn mit allen seinen Möglichkeiten *nur* auf Überlebensvorteile ausgerichtet ist. Andere Fähigkeiten des Gehirns, die nicht im Überlebenskampf nützlich waren, haben sich seiner Meinung nach im Laufe der Evolution zwangsläufig zurückentwickelt. Da möchte ich ihm widersprechen. Ich würde so weit gehen zu behaupten, das menschliche Gehirn hat Fähigkeiten entwickelt, die über die Sicherung eines Überlebensvorteils hinausgehen. Zum Beispiel die Wahrnehmung einer geistigen Dimension.«

»Falls es diese gibt«, wandte der Professor ein.

»Ich würde sogar so weit gehen«, sagte Dr. Li, »zu behaupten, dass die Tatsache, dass das menschliche Gehirn eine geistige Dimension wahrnehmen kann, ein Hinweis auf deren Existenz ist. Oder anders ausgedrückt: Der Mensch bildet sich das Geistige nicht ein, wie Professor White behauptet, nein, er nimmt es genauso wahr wie Licht, Gravitation und Beschleunigung. Die konnten wir bereits messen.«

»Eine interessante Hypothese – und wie wollen Sie die überprüfen?«, fragte Professor Miller zurück.

»Zunächst einmal durch einen Analogieschluss: Das Auge ist ein Hinweis auf die Existenz von Strahlung in einem bestimmten Frequenzbereich, die Wärmesensoren der Haut auf die Strahlung einer anderen Frequenz und die Hände auf die Existenz von Gegenständen mit einer gewissen Dichte. Genauso ist das Gehirn ein Hinweis auf die Existenz von etwas Geistigem. Der Mensch nimmt nichts wahr, was es in der Welt um ihn herum nicht auch tatsächlich gibt.«

»Da bin ich nicht ganz mit zufrieden. Den Rückschluss von Sinnesorganen auf etwas, das sinnlich wahrnehmbar ist, den kann ich noch akzeptieren.« Professor Miller stützte nachdenklich sein Kinn in die Hände. »Aber das Gehirn ist eben kein Sinnesorgan, es ist vielmehr der Teil des Körpers, in dem unter anderem die Sinneseindrücke verarbeitet werden. Es nimmt selbst jedoch nichts wahr.«

»Das können wir nicht ausschließen«, wandte Dr. Li ein. »Es nimmt doch zum Beispiel sich selbst wahr.«

»Richtig, ausschließen können wir das nicht. Die Tatsache, dass das Gehirn Gedanken und Vorstellungen produzieren kann, die mit der Außenwelt nichts zu tun haben – nämlich im Schlaf beim Träumen –, lässt mich allerdings äußerst kritisch gegenüber der Zuverlässigkeit unserer Gehirne sein. Unser Gehirn kann einfach zu viel Fantasie entwickeln, als dass man alles, was es denkt, für bare Münze nehmen darf.«

»Darüber werde ich nachdenken«, sagte Josef Li. »Vielen Dank für das Gespräch.« Er machte ein sehr ernstes Gesicht: »Ich habe aber noch ein anderes Problem, bei dem ich Ihre Hilfe bräuchte.«

»Das klingt jetzt aber nach einer großen Sorge«, meinte Professor Miller.

»Ja«, sagte Josef Li und schaute den Professor ganz ernst an, »es geht um die Frage: Wieso tragen die Bayern angeblich so gerne Lederhosen?«

Professor Miller lachte lauthals los. »Das ist eine gute Frage, die ich Ihnen nicht beantworten kann. Und die zum Glück nicht einmal halb so ernst ist wie die unserer bisherigen Diskussion.«

Dr. Li erwiderte mit gespielter Enttäuschung: »Was soll ich denn da nun machen, wenn nicht einmal Sie mir diese Frage beantworten können?«

»Erzählen Sie mir lieber etwas über Ihre Heimat und Ihre Familie«, sagte Miller. »Auch Ihre Zeit in Indien würde mich sehr interessieren.«

Die Entscheidung war gefallen. Das ganze Institut wurde im Bereich der Axion-Forschung neu ausgerichtet. Wir waren auf einem vielversprechenden Weg. Das Land und die Deutsche Forschungsgemeinschaft hatten zusammen noch einmal fünfzig Prozent der Summe des Brettschneider-Vermächtnisses dazu gegeben. Über so viel Geld hatte das Institut in seiner Geschichte noch nie verfügt. Nun konnte es losgehen. Die Aufregung war mit den Händen zu fassen.

»Es ist so schade, dass Charly das nicht mehr erleben darf«, sagte Dr. Langlotz am Ende der Besprechung zu mir, während sie ihre blonde Mähne zurecht schüttelte. »Sie war mir eine liebe Kollegin, und Sie mochten sie doch auch besonders gerne, nicht wahr?«

Einen Augenblick zuvor war ich noch von der allgemeinen Euphorie beseelt gewesen. Damit war es jetzt schlagartig vorbei. Sie hatte recht, die Frau Dr. Langlotz, aber das Bedauern konnte ich ihr nicht abnehmen. Es erschien mir – milde ausgedrückt – verlogen. Ich hatte sie bisher als sehr qualifiziert und genauso gefühlskalt erlebt. Wie kam sie jetzt auf Charlotte? Weil sie deren Konkurrenz nun nicht mehr zu befürchten hatte? Warum fragte sie nach meiner Beziehung zu ihr? Ich konnte diese Bemerkung nur als eine unfreundliche Stichelei auffassen.

»Da haben Sie recht. Aber mir kommt gerade eine Idee: Vielleicht sollten wir ihr zu Ehren das neue Projekt ‚Charlotte‘ oder ‚Charly‘ nennen. Für was das dann als Abkürzung steht, das können wir uns später überlegen. Oder wir nennen es das ‚Kurasek-Projekt‘.«

Dr. Langlotz schien etwas sagen zu wollen, aber es fiel ihr wohl nichts ein, sodass sie sich wortlos umdrehte und den Raum verließ.

1 : 0 für mich, dachte ich.

»Wir müssen uns noch einmal die Dateien vornehmen.« Saoirse hatte sich bei mir untergehakt und wir verließen gemeinsam den Besprechungsraum, als ich sie ansprach. »Was hältst du davon, wenn wir es gleich übermorgen, am Samstag machen?«

»Finde ich prima«, antwortete sie. »Und dem schalten wir einen schönen Freitagabend am Ammersee und eine kuschelige Nacht in deinem Apartment voran. Das haben wir uns verdient, nachdem dein Projektaufbau angenommen worden ist.«

16

Das Wetter am Freitagabend war herrlich gewesen, die Nacht lau und gegen Mittag des Samstags saß Saoirse im Schneidersitz auf dem Boden meines Apartments und hatte die Ausdrucke der Texte auf den Disketten vor sich. Sie notierte die aufgespürten Veränderungen. Bis auf einen Text hatten wir alle auffinden können, aber auf den einen würde es nicht ankommen. Wir waren gerade damit fertig geworden, die von Dr. Kurasek an den Originalzitaten vorgenommenen Veränderungen auf etwas kleinere Zettel zu schreiben, und versuchten nun, sie auf dem Boden in eine sinnvolle Reihenfolge zu bringen.

Da war zunächst das Zitat aus den Buddenbrooks:
Verrat
Geheimnisse
Mandy
Buch
China
demnächst

‚Der alte Mann und das Meer' hatte folgende Stichworte über sich ergehen lassen müssen:
Miller
Monat
Zantgoll
Versuch
Brief

In den anderen Textauszügen sah es ähnlich aus. Es war jeweils eine Mischung aus Begriffen oder Namen, die wir leicht zuordnen konnten, und alltäglichen Begriffen, denen keine besondere Bedeutung zuzukommen schien. Darüber hinaus tauchten Begriffe oder Namen auf, mit denen wir absolut nichts anfangen konnten. Einige andere Wörter konnte man als Zeitangaben verstehen.

Saoirse schrieb die Namen auf: Miller, Mandy, Huber, Kim.

Dann die unverständlichen Wörter: ZANTGOLL, NOXIA, GADAM.

Die Namen und auch die drei eigentümlichen Wörter waren zumeist so gut in den vorgegebenen Text integriert, dass sie bei schnellem Lesen nicht unbedingt aufgefallen wären. Wir hatten jedoch die Ausdrucke von den Disketten und die Originale Wort für Wort verglichen und somit alle Veränderungen entdeckt. Nur war uns nicht klar, was das bedeuten sollte.

»Am leichtesten scheint es mit den Namen zu sein«, meinte Saoirse, »die lassen sich lebenden Personen zuordnen. Alle arbeiten oder arbeiteten im Institut.«

»Ja«, meinte ich und kaute auf einem Nussriegel herum – in der Hoffnung, dass er meinem Gehirn auf die Sprünge helfen würde, »bis auf Mandy. Die gibt es nicht.«

»Vielleicht ist Sandy gemeint«, mutmaßte Saoirse.

»Charlotte hat in den Texten möglicherweise Informationen über diese Personen versteckt – in Gestalt weiterer Stichworte.«

»Für wen war das gedacht?«, fragte Saoirse. »Hat sie das nur für sich gemacht, sozusagen als Memos? Macht nicht viel Sinn. Das hätte sie sich auch einfacher merken können. Es sind ja keine schwierigen Zahlen oder Begriffe dabei.«

»Bis auf diese drei komischen Wörter: Zantgoll, Noxia, Gadam. Aber auch die hätte sie sich merken können.«

»Waren das Botschaften, die sie bekommen hatte? Oder die Kopien von Botschaften, die sie irgendjemandem zukommen ließ?«

»Wir kommen da nicht viel weiter, bevor wir diese ‚Botschaften‘ nicht aufgeschlüsselt haben. Um was es geht und was das Ganze soll, können wir frühstens dann verstehen, wenn wir die kompletten Texte kennen.«

»Dann nichts wie ran!«, rief Saoirse und sprang auf.

»Das kann doch noch ein bisschen warten«, meinte ich. »Ich schlage vor, wir essen erst einmal und dann holen wir etwas von dem nach, was wir in den vergangenen zwei Wochen so sträflich vernachlässigen mussten. Du weißt, was ich meine?« Ich versuchte es mit einem verführerischen Lächeln.

»Ich weiß, was du meinst, mein Liebling«, grinste Saoirse mich an.

»Lässt sich Liebe eigentlich physikalisch nachweisen?« Zwei Stunden später saßen wir bei einer Tasse Kaffee am Küchentisch. Es war schön, allein zu sein und Zeit füreinander zu haben.

»Du meinst, wie müsste das Experiment aussehen, mit dem sich Liebe nachweisen ließe?«, fragte Saoirse zurück.

»Ja, wäre das möglich? Wir sollten das einmal ausarbeiten und dem CERN vorlegen. Und wenn es klappt, gibt es dafür sicher einen Nobelpreis.«

»Den Nobelpreis der Liebe«, lächelte Saoirse, »das wäre doch mal was.«

»Nein, aber jetzt mal ernsthaft. Was lässt sich an der Liebe naturwissenschaftlich experimentell nachweisen?«

»Das finde ich jetzt aber ausgesprochen unromantisch.«

»Nur kurz, bitte, dann werde ich sicher wieder romantisch«, bettelte ich.

»Okay, weil du es bist, cuisle mo chroidhe!«

Ich schaute sie fragend an.

»Du Puls meines Herzens, heißt das. Sagt man so bei uns, wenn man es romantisch sagen möchte«, lächelte Saoirse mich an.

»Eine grundlegende im Gehirn genetisch angelegte Disposition ermöglicht unter bestimmten hormonellen Bedingungen eine Fixierung auf ein Gegenüber, dessen konkrete Gestalt durch frühkindliche Erfahrungen mit dem – in der Regel – gegengeschlechtlichen Elternteil vorgeprägt ist. Oder so ähnlich.«

»Oder so ähnlich. Stimmt. Könnte man vermutlich noch mehrfach differenzieren und präzisieren«, meinte sie.

»Zudem müsste man es von der biologischen über die chemische auf die physikalische Ebene herunterbrechen.«

»Bei manchen schlägt die Liebe ein wie ein Blitz. Das wäre dann rein physikalisch.«

»Liebe als Synapsenfeuer, auch eine Perspektive.« Ich dachte nach. »Aber letztlich ist es doch nichts anderes als die menschliche Variante des auch bei Tieren vorhandenen Fortpflanzungstriebes.«

»Wobei der auch schon eine ziemlich komplexe Sache ist. Stimmt wahrscheinlich.« Saoirse schaute mich vielsagend an. »Die Weibchen bei den Tieren lassen auch nicht jeden ran.«

»Ich weiß«, sagte ich und lächelte, »nur die Schönsten und Stärksten.«

»Genau wie bei uns«, antwortete Saoirse und gab mir einen Kuss.

»Bei alledem haben wir das subjektive Erleben noch gar nicht betrachtet.«

»Und dann noch die anderen Formen der Liebe, die der Eltern zu ihren Kindern, die Nächstenliebe und was es noch so gibt.«

»Die vermutlich im Laufe der Evolution entstanden sind, weil sie der menschlichen Gattung einen Überlebensvorteil gebracht haben.«

»Vermutlich ja«, meinte Saoirse.

»Na ja, und dann zum Beispiel noch die Frage, warum verliebt er sich in diese und nicht die andere?«

»Die ist leicht zu beantworten«, sagte Saoirse mit ernstem Gesicht. »Wegen ihrer Sommersprossen und weil sie so nett ist.«

»Genau!«, sagte ich ebenso ernst. »Aber nicht alle Männer mögen Sommersprossen.«

»Du irrst, mein Lieber. Meiner Erfahrung nach mögen alle Männer Sommersprossen. Das ist vielleicht ein Problem für dich, nicht jedoch für mich.« Um die damit deutlich gewordene weibliche Überlegenheit nicht allzu schmerzhaft für mich werden zu lassen, bekam ich wieder einen Kuss.

»Das diskutieren wir bei Gelegenheit noch einmal aus.«

»Oder wir machen einfach ein Experiment. Du wirst sehen, ich behalte recht.«

»Ich bin mir nicht so sicher, dass ich wirklich experimentell überprüfen möchte, ob deine Sommersprossen allen Männern gefallen.«

»Ich stelle mir das recht abwechslungsreich vor«, lächelte Saoirse.

»Wir sollten uns wieder unseren eigentlichen Aufgaben zuwenden.«

»Ob sich da mein biologisches Ich und mein physikalisches Ich mit meinem investigativen Ich einig sind, weiß ich nicht so recht.«

»Auf, es geht an die Entschlüsselung der Botschaften auf den Disketten.«

»Sofern sie Botschaften enthalten und nicht nur eine wilde Sammlung von mehr oder weniger lesbaren Stichwörtern.«

Es dauerte bis in die Nacht, bis wir mit einem einigermaßen akzeptablen Ergebnis aufwarten konnten. Der schwierigste Punkt war die Aufschlüsselung der eigentümlichen Buchstabenreihungen: Z A N T G O L L, N O X I A , G A D A M.

Am leichtesten war es mit N O X I A. Wir gingen davon aus, dass man die Buchstaben dieses Wortes nur anderes reihen müsste. Dabei half der Buchstabe X, der nicht allzu oft Verwendung fand. Am Ende einiger Würfelrunden mit den Buchstaben ergab sich als sinnvollste Reihung: A X I O N.

Z A N T G O L L schien eine Umstellung von L A N G L O T Z zu sein und G A D A M ließ sich als M A G D A lesen.

Die veränderten Texte enthielten verschlüsselte Botschaften zu Dr. Sandy Langlotz und Magda Schubert in Bezug auf das Axion. Das war unsere Hypothese und die war an sich schon brisant. Warum empfing Dr. Kurasek Botschaften zu den beiden Kolleginnen oder gab solche weiter? Dass der Begriff Axion wiederholt vorkam, deutete auf die Forschungstätigkeit am Institut hin. Hatte sie die beiden Kolleginnen ausspioniert? War sie also diejenige gewesen, die Informationen an die Chinesen weitergegeben hatte?

»Oder es war genau umgekehrt«, meinte Saoirse. »Sie hat Informationen über die beiden und deren mögliche Spionagetätigkeit weitergegeben.«

»Das haben die beiden herausbekommen und sie dann ermordet«, sagte ich. »Solche Schweine!« Einen Moment lang erschien mir das äußerst plausibel. Vielleicht war es aber zu kurz gedacht.

»Aber warum wurde dann Magda Schubert getötet?«

»Das werden wir herausfinden – obwohl ich gar nicht so genau weiß, ob ich das überhaupt herausfinden will.« In mir stieg ein eigentümliches, sehr unangenehmes Gefühl auf. Eine Mischung aus Angst, Mutlosigkeit und Wut.

»Es könnte noch mehr passieren, weitere Spionage, noch ein Mord«, sagte Saoirse. »Ich bin der Meinung, wir sollten das den Profis überlassen.«

»Weibliche Vorsicht dämpft männlichen Tatendrang. Wie so oft.«

»Nicht oft genug, sonst hätte es weniger Kriege gegeben.«

»In die hinein manche Mütter und Frauen voll Stolz ihre Söhne und Männer geschickt haben.«

»Stimmt – solche Frauen gab es auch.«

»Machen wir uns also an die Arbeit!«

Eine gute Stunde später hatten wir die Disketten, die Ausdrucke und die möglichen Botschaften zusammengestellt. Wir fertigten von allem mehrere Kopien an, steckten die Originale in einen großen Umschlag und machten uns auf den Weg zum Polizeipräsidium, um ihn abzugeben.

Der Mord an Charlotte Kurasek lag inzwischen über acht Wochen zurück, Magda Schubert war vor knapp drei Wochen getötet worden. Die oder der Schuldige war noch nicht gefunden. Für die Mitarbeiter und Mitarbeiterinnen im Institut war das eine Belastung, die angesichts der vielen Arbeit ihre zermürbende Wirkung im Hintergrund entfaltete und an manchen Tagen heftig durchbrach. Der Spätsommer war in den Herbst übergegangen und mit dem November kamen die ersten kalten Tage – und die alljährliche Verleihung der Nobelpreise – wie immer mit großer Spannung von uns erwartet. Den Preis gab es nicht für den Versuch, das Axion nachzuweisen, möglicherweise irgendwann für das gelungene Experiment. Professor Miller stand noch nicht auf der Liste der Kandidaten. In ein paar Jahren könnte das so sein. Die geheime und in Stockholm real vorhandene Liste sorgte in den Instituten und an den Universitäten der Welt immer für Diskussionen. Das war bei uns in München nicht anders. Nie war es offizielles Thema einer dienstlichen Besprechung, fast immer aber bei den informellen Gesprächen danach.

Dieses Mal standen wir nach Ende des Meetings auf dem Flur vor dem Konferenzraum in Gruppen zusammen. Das alte Gebäude war für unser Institut inzwischen zu klein geworden. Alle freuten sich auf den Bezug des Neubaus. Aber in einer Hinsicht war man bei der Konzeption des Altbaus großzügig gewesen – man hatte mit breiten Fluren und weiten Treppenhäusern geplant. Durch die große Fensterfront auf der Eingangsseite wurden die Gänge und Treppen über alle Stockwerke von Licht durchflutet. Hier hielt man sich gerne auf, traf sich schon mal zu einem Pläuschchen oder setzte sich in der Mittagspause auf einen der Stühle und las zur Entspannung einen Krimi. Nach dem engen und niedrigen Konferenzraum hatte man hier auf dem Flur ein Gefühl von Freiheit.

»Es wäre ein Ding, wenn die Chinesen dieses Jahr den Preis bekämen für eine Versuchsanordnung, die sie uns geklaut haben«, meinte die Doktorandin mit den kurzen blonden Haaren, deren Namen ich mir leider nicht merken konnte.

»Vielleicht geklaut haben«, korrigierte Albert Weinstein.

»Nur für eine Versuchsanordnung hat es noch nie den Preis gegeben«, schaltete sich Dr. Langlotz ein. »Das Experiment muss schon erfolgreich gewesen sein, sonst tut sich da gar nichts.«

»Wie könnt ihr nur über den Nobelpreis reden, und wir wissen noch nicht einmal so richtig, was mit den beiden Kolleginnen passiert ist.« Eine Doktorandin, die im Team von Charlotte gearbeitet hatte, schrie dazwischen und verließ dann weinend den Raum.

»Na, na«, sagte Albert Weinstein. »Man muss es auch nicht übertreiben.«

»Ich verstehe sie schon«, sagte die Doktorandin mit den kurzen blonden Haaren. »Ich glaube, das geht vielen hier so. Diese Unsicherheit zerrt an den Nerven. Es muss doch einer von uns gewesen sein – oder eine. Dann kommen zur Trauer noch das Misstrauen und das Warten auf die Ergebnisse der polizeilichen Untersuchungen.«

»Es muss nicht eine von uns gewesen sein«, sagte Dr. Langlotz. »Es könnte aber.«

»Wir werden warten müssen«, mischte ich mich ein. Die Ungewissheit belastete auch mich. Ich ertrug solche Diskussionen in jenen Wochen nur schwer.

»Und? Wie ist es? Weiß jemand, wer auf der Liste steht?« Albert Weinstein versuchte das Thema zu wechseln. Erfolgreich, wie sich zeigte.

»Ich denke, diesmal ist wieder ein Theoretiker dran«, meinte Dr. Langlotz. »Der letzte Nobelpreis für Physik ging an zwei Experimentalphysiker, der davor auch. Sie werden dieses Mal wieder einen aus der theoretischen Physik nehmen. Da bin ich ziemlich sicher.«

»Ist eigentlich eine ziemlich ungerechte Arbeitsteilung«, meinte ich und versuchte ein wenig zu lächeln. »Die theoretischen Physiker entwerfen mit ihrer Mathematik Modelle und machen Prognosen, und wir Experimentalphysiker dürfen dann die Nachweise erbringen.

Die arbeiten am Schreibtisch, wir müssen ins Labor. Die brauchen für ihre Arbeit keine Drittmittel und wir kommen nur voran, wenn wir eine Erbschaft machen oder ein großer Konzern in uns investiert. Ich glaube, ich wechsle mal die Seiten.«

»Wenn du gut genug in Mathematik bist, dann bitte«, grinste Albert.

»Da sehe ich kein Problem«, gab ich zurück.

»Das ist schon ein Problem«, mischte sich Professor Miller, der kurz zuvor zu unserer Gruppe gestoßen war, ins Gespräch. »Mit den mathematischen Berechnungen kann man in Dimensionen vorstoßen, die experimentell nie zu überprüfen sein werden. Auch die Prognosen zur weiteren Entwicklung des Weltalls in einigen Milliarden Jahren werden wir nicht verifizieren können.«

»Welche Aussagekraft haben mathematische Modelle, die nicht experimentell überprüft werden können?«, fragte Albert. »Sollte man derartige Gedankenspiele nicht lieber lassen? Ich finde, sie bieten allenfalls Stoff für Sciencefiction Literatur und bringen die ernsthafte Physik in Verruf.«

»Man kann die Menschen nicht daran hindern, immer weiter zu denken«, sagte der Professor. »Und man sollte es auch nicht. Keiner zwingt uns, derartige Modelle zu akzeptieren. Wir müssen uns noch nicht einmal damit beschäftigen, wenn wir nicht wollen.«

»Aber von Laien und Hobbyphysikern werden wir immer wieder darauf angesprochen«, wandte Weinstein ein.

»Das stimmt – und dann kann man ja sagen, was man darüber denkt«, antwortete der Professor.

»Dass die Mathematik eine selbstreferenzielle Disziplin ist, die ihre Voraussetzungen selbst definiert und sich
daraus ihre eigene Welt baut.« Ich überspitzte meine Aussage bewusst.

»Ein bisschen böse ist diese Formulierung schon, finde ich«, meinte Dr. Langlotz. »Denn ihre Vorhersagen
konnten oft schon verifiziert werden.«

»Wenn die Mathematik sich an der vorfindlichen Natur orientiert und nicht ihre eigenen Dimensionen
schafft«, schränkte ich ein.

»Und leider hilft sie wenig, wenn ich wissen möchte,
wer Charlotte Kurasek und Magda Schubert getötet hat«,
mischte sich die Doktorandin mit den kurzen blonden
Haaren ein.

»Logik hilft da schon«, versuchte ich sie zu beruhigen.

»Das jedoch können die Philosophen besonders gut«,
gab die Doktorandin zurück. »Die sich übrigens fragen,
inwieweit die Mathematik tatsächlich die Wirklichkeit
abbildet oder nur die Denkstruktur des menschlichen Gehirns.«

»Unser Gehirn, ein Organ, das sich sowohl als Überle-
benshilfe in der afrikanischen Savanne als auch im Bereich von Wissenschaft, Musik und anderen kulturellen
Errungenschaften recht gut bewährt hat«, wandte der Professor ein.

»Womit wir wieder bei einem unserer Lieblingsthemen wären«, sagte Dr. Langlotz und hielt dozierende einen Finger in die Höhe. »Was können wir erkennen, was
gibt es wirklich und was bilden wir uns nur ein?«

»Jetzt sollten wir etwas essen gehen, damit unsere kleinen grauen Zellen genügend Glukose zur Verfügung gestellt bekommen, um am Nachmittag weiterarbeiten zu können«, sagte der Professor und wies mit dem Arm zur Ausgangstür.

17

In der folgenden Nacht stellte die IT-Abteilung einen Angriff auf die Server des Instituts fest. Nach der Veröffentlichung des ursprünglichen Versuchsaufbaus durch die Chinesen und dem Verdacht der Wissenschaftsspionage waren innerhalb von drei Tagen die Firewall verstärkt und weitere Sicherheitsfunktionen eingebaut worden. Wir hofften, dadurch für eine gewisse Zeit nicht mehr von außen angreifbar zu sein. Damit einher ging eine deutliche Verschlechterung für die Mitarbeitenden, die nun nur noch sehr umständlich an ihre Daten kamen, wenn sie von zu Hause aus arbeiteten oder auswärts auf einem Kongress waren. Manche griffen zum lange überholten Datentransport mit USB-Sticks, was jedoch nicht den neu erlassenen Richtlinien entsprach. Als ein Mitarbeiter der IT-Abteilung dann auf die Idee kam, eine Überwachungssoftware zu installieren, die es jedes Mal anzeigte, wenn Daten auf einen Datenträger heruntergeladen wurden, kam auch diese Möglichkeit der Arbeitsvereinfachung zu ihrem Ende. Alle warteten sehnsüchtig auf das neue Sicherheitssystem, das eine höhere Sicherheit bei gleichzeitiger Bequemlichkeit für die Nutzer versprach.

Außerdem war in dieser Nacht in mein Büro eingebrochen worden. Ich sage das so beiläufig, aber wieder kam dieses Gefühl, persönlich verletzt worden zu sein, auf. Die verschlossene Tür war aufgedrückt, einige Schubladen waren offensichtlich durchsucht worden. Ob etwas fehlte, konnte ich so schnell nicht feststellen. Wenn es so war, dann konnte es sich nur um einzelne Akten oder Unterlagen handeln.

Die IT-Abteilung stellte noch im Laufe des folgenden Tages fest, dass das Ziel des Zugriffs auf das System des Instituts sehr eng begrenzt war. Es handelte sich um die Dateien, zu denen alleine ich Zugang hatte. Nur an diesen schien ein Interesse bestanden zu haben.

Frau Sorglos rief mich an und bat mich, am Nachmittag zu Professor Miller zu kommen.

»Haben Sie eine Idee, was die bei Ihnen gesucht haben?«, fragte Miller. Er hatte mir einen seiner unbequemen Besucherstühle und einem Kaffee angeboten. »Das ist jetzt schon der zweite Einbruch bei Ihnen, nach dem in Ihrer Wohnung. Sie arbeiten doch an nichts anderem als die übrigen Mitarbeiter auch. Gibt es irgendetwas bei Ihnen zu holen?« Ich meinte, eine gehörige Portion Misstrauen aus den Worten des Chefs heraus zu hören. Es war mir sehr unangenehm.

»Ich denke nicht. Was die Arbeit des Instituts betrifft, so befindet sich in meiner Datenablage nichts, was nicht auch bei anderen sein könnte.« Jetzt musste ich es ihm wohl erzählen. »Es gibt da nur eine Sache, von der ich Ihnen bisher nicht berichtet habe, weil ich mir selbst keinen Reim darauf machen kann.« Ich wusste nicht so recht, wie ich es ihm sagen sollte. Vielleicht hatte ich schon viel zu lange damit gewartet.

»Die Eltern von Charlotte Kurasek hatten mich gebeten, ihr heimisches Arbeitszimmer durchzuschauen, ob da etwas wäre, was ins Institut gehört oder was man an interessierte Kolleginnen oder Kollegen weitergeben könnte. Das habe ich gemacht, aber nichts Bedeutendes gefunden. Anschließend haben die Eltern den Rest fortgeworfen. In dem Arbeitszimmer waren – in einem Ordner abgeheftet – einige von diesen alten 8-Zoll-Disketten, ein dazugehöriges Laufwerk fand sich im Keller. Die Dateien konnte ich nicht öffnen, deshalb habe ich beides mit nach Hause genommen. Mithilfe von Saoirse McBrian und Magda Schubert habe ich sie aufbekommen. Sie enthielten Zitate aus einigen bekannten Werken der Weltliteratur, in der Regel noch nicht einmal eine Seite lang. Wie wir dann festgestellt haben, waren diese Zitate jedoch verändert. Es waren Wörter eingearbeitet, die mit der Arbeit am Institut zu tun haben könnten. Zum Beispiel die Buchstabenreihe N O X I A, die auch als AXION gelesen werden konnte. Aber McBrian und ich sind letztlich nicht ganz schlau daraus geworden, außerdem hatten wir in den letzten Wochen wenig Zeit. Also habe ich die Disketten mit den Ausdrucken und den markierten eingeschleusten Wörtern an die Polizei gegeben. Das liegt nun schon ein paar Tage zurück. Gehört habe ich bisher nichts.«

»In Ordnung, aber das hätten Sie mir wirklich früher sagen sollen«, antwortete Miller mit einem unüberhörbaren Vorwurf im Unterton. »Ich bin ganz gerne darüber informiert, was in meinem Institut abläuft.« Er schüttelte verständnislos den Kopf.

»Ja, Sie haben sicher recht. Aber wir wussten wirklich nichts mit diesen Dateien anzufangen. Und wir wollten auch keine weitere Aufregung verursachen. Davon hatten wir in den letzten Wochen schon genug.«

»Sie meinen also, der Zugriff auf den Server und der Einbruch in Ihr Büro könnten mit dieser Sache zu tun haben?«

»Vielleicht, jedenfalls fällt mir keine andere Erklärung ein.«

»Wen vermuten Sie hinter der Angelegenheit?«

»Das ist der zweite Grund, warum ich diese Dateien nicht an die große Glocke hängen wollte. Es könnte doch sein, dass Charlotte Kurasek eine Spionin war. Dass sie mithilfe dieser Disketten verschlüsselte Informationen über die Arbeit des Instituts weitergegeben hat.«

»Mit so alten Disketten?«

»Das wäre ungewöhnlich, originell und damit auch unerwartet. Solche Disketten kann man prima in einen Brief zwischen ein paar Seiten Papier legen, ohne dass es groß auffällt. Sie hinterlassen so keine elektronisch nachvollziehbaren Spuren. Wer käme schon auf die Idee, diesen Weg zum Transport von Nachrichten zu überprüfen?«

»Sie wollten also Dr. Kurasek schützen?« Der Ton des Professors wurde milder.

»Ich wollte sie nicht ungeprüft einem Vorwurf aussetzen. Und ja, es stimmt, ich konnte mir nicht vorstellen, dass sie so etwas getan haben sollte. Ich habe sie immer als äußerst loyal erlebt – im Gegensatz zu anderen.« Hoffentlich gelang es mir, den richtigen Ton zu treffen.

»Ich schätze Dr. Kurasek genauso ein wie Sie. Wen meinen Sie mit den anderen?«

»Eine Zeit lang hatte ich Magda Schubert im Verdacht. Sie hat sich zu sehr für diese Disketten interessiert. Sie hatte mir geholfen, die richtigen Treiber für dieses alte Laufwerk zu besorgen. Am liebsten hätte sie die Disketten jedoch mit zu sich nach Hause genommen.«

»Magda Schubert ist auch tot. Wie passt das ins Bild?« Der Ton des Professors hatte den Einschlag ins

Vorwurfsvolle verloren und klang nun angespannt und interessiert.

»Das könnte ins Bild passen, wenn die Sache genau umgekehrt lag. Wenn Magda Schubert die Spionin war und Dr. Kurasek diese Information weitergegeben hat.«

»Aber an wen?«

»Das weiß ich auch nicht. Vielleicht ist die Sache noch eine ganze Nummer größer, als ich bisher gedacht habe. Deshalb habe ich die Disketten der Polizei übergeben. Erstens wollte ich mich nicht dem Vorwurf ausgesetzt sehen, ich hätte Dr. Kurasek geschützt, und zweitens verfüge ich nicht über den Apparat und die Verbindungen, die es braucht, um die Sache aufzuklären. Deshalb die Polizei.«

»Und Sie meinen, die Münchener Polizei sei dafür der richtige Ansprechpartner? Ist das nicht auch für die eine Nummer zu groß?«

»Ich hatte keine Alternative. Sollte ich mich an den Verfassungsschutz wenden wegen möglicher Spionage? Da kenne ich niemanden, und am Ende gerate ich an den Falschen und die Unterlagen verschwinden. Hätte ich mich ans Kultusministerium gewandt oder ans Innenministerium, wäre die Situation ähnlich gewesen. Also die Polizei. Kommissarin Wendel wirkte auf mich nicht wie eine Dorfpolizistin.«

»Da haben Sie vermutlich recht.« Der Professor schürzte nachdenklich die Lippen. »Die Dateien sind jetzt also alle bei der Polizei? Sie haben nichts mehr?«

»Doch, ich habe an verschiedenen Stellen Kopien hinterlegt. Jedoch nicht auf unserem Server und nicht in meinem Büro oder meiner Wohnung.«

»Wo denn?«, wollte der Professor wissen.

Ich schaute ihn an, ohne ein Wort zu sagen.

»Sie haben recht«, meinte Professor Miller. »Es ist besser, wenn ich nichts weiß.«

Er schwieg einen Moment. Dann stand er auf und sagte: »Sie haben das richtig gut gemacht, Dr. Rasch. Meine Anerkennung! Und vielen Dank, dass Sie die Diskretion gewahrt haben. Das hat dem Institut genutzt.« Er reichte mir zu Bekräftigung die Hand. »Wir sollten uns mit der Polizei in Verbindung setzten. Es wird Zeit, dass Licht in die Angelegenheit kommt und wir die Schuldigen finden.«

Professor Miller stand auf und wollte sich in der ihm eigenen Geschäftigkeit gleich der nächsten anliegenden Aufgabe zuwenden. Ich hatte jedoch noch eine Frage.

»Herr Professor, ich weiß, Sie haben viel zu tun, ich möchte Sie jedoch um ein Gespräch bitten.«

»Aber gerne«, antworte der Professor und nahm einen Stapel Papier von seinem Schreibtisch. »Für Sie habe ich immer Zeit. Na, sagen wir mal: fast immer. Machen Sie doch einfach mit Frau Sorglos einen Termin aus.«

»Es muss nicht gleich in den nächsten Tagen sein. Es muss auch nicht hier im Institut sein. Ich kann auch gerne mal am Wochenende zu Ihnen kommen. Es wäre nur wichtig, dass Sie etwas Zeit hätten.«

»Geht es um Ihre Karriere?«, fragte der Professor interessiert. »Haben Sie neue Pläne? Ich helfe Ihnen da gerne.«

»Nein mit meiner Karriere hat es nichts zu tun. Auf jeden Fall nicht direkt. Es ist mehr so eine grundsätzliche Frage nach dem, was wir hier tun.«

»In Ordnung«, sagte der Professor. Er schaute mich mit einem eigentümlich sorgenvollen Gesicht an. »Ich weiß nicht genau, was Sie meinen. Aber es scheint wichtig zu sein.« Er nahm sein Handy vom Schreibtisch. »Lassen Sie mich schauen, wie das Wochenende aussieht. Ich weiß, beruflich liegt da nichts an, aber was wir sonst geplant haben, weiß ich nicht auswendig.« Sein Zeigefinger fuhr über das Display. »Wir wollen am Samstag die Eltern meines Mannes besuchen. Am Sonntagnachmittag kommen ein paar Freunde. Was halten Sie davon? Sie kommen am Sonntagvormittag so gegen halb elf zu uns zu einem späten Frühstück. Dann habe ich Zeit und wir können reden.«

Das ging deutlich schneller, als ich gedacht hatte, und ich spürte, wie mich der Mut verließ. Aber so schnell würde sich keine neue Gelegenheit bieten, und ich wusste wirklich nicht, mit wem ich sonst über das reden sollte, was mich seit Wochen beschäftigte. Charlotte war tot, Saoirse wollte ich nicht belasten, meine Eltern würden mich nicht verstehen. Also sagte ich zu und bedankte mich.

Pünktlich um halb elf stand ich an einem noch sonnigen Novembersonntag vor dem renovierten Bauernhaus einige Kilometer südlich des Münchener Flughafens. Kaum hatte ich geklingelt, öffnete mir schon Henry Schmid, der Ehemann von Professor Miller, die Tür und begrüßte mich mit dem Satz: »Je früher der Vormittag, desto netter die Gäste. Kommen Sie herein. Brian wartet schon auf Sie.« Der Lektor hatte eine abgewetzte Jeans, ein verwaschenes T-Shirt und eine dicke Wolljacke an, alles durch eine imposante große grüne Gärtnerschürze geschützt. »Ich bin gerade im Garten. Wissen Sie, ich kann nicht so lange schlafen, da gehe ich sonntags früh gerne raus und schau nach dem Rechten. Jetzt fahre ich aber gleich los und hole die Brötchen. Haben Sie besondere Wünsche? Bei unserem Bäcker gibt es fast alles. Sehr zu empfehlen sind die Semmeln mit dem Kartoffelmehl. Oder mögen Sie lieber Vollkorn? Oder mit Körnern?« Er redete ohne Unterbrechung. »Ach, wissen Sie was, ich kaufe einfach eine Auswahl von allem. Was wir nicht brauchen, das friere ich dann ein. Aber Kaffee trinken Sie doch? Oder lieber Tee? Das können Sie mir aber auch nachher noch sagen. Gehen Sie erst einmal durch. Brian sitzt im Wohnzimmer. Bei dem schönen Wetter könnten wir fast noch draußen frühstücken. Aber es ist vielleicht doch schon ein bisschen zu kühl. Also, kommen Sie herein.«

Ich brachte gerade noch ein »Vielen Dank!« heraus, da war der schlanke blonde Mann auch schon verschwunden, nicht ohne mit einem Arm den Weg zum Wohnzimmer zu weisen. In seiner Dynamik war er eine bemerkenswerte Ergänzung zu dem so bedächtigen Professor.

Das Haus war sehr geschmackvoll eingerichtet. Zu einem alten Bauernhaus passend waren da alte Bauernschränke, eine Truhe und ein weiß getünchter Dielenboden – als Kontrast dazu ein Designertisch, leichte Ledersofas mit Edelstahlgestellen und moderne Drucke an den Wänden

Professor Miller saß mit Blick in den Garten, aber einer Zeitung vor den Augen. Er stand auf, als ich näher kam und wies auf eines der grauen Ledersofas. »Nehmen

Sie Platz. Die wichtigsten Fragen zum Frühstück sind geklärt, wie ich gehört habe. Möchten Sie schon einmal ein Glas Orangensaft? Oder Wasser?«

Ich entschied mich für das Wasser, nahm Platz und wusste nicht, wie ich anfangen sollte.

»Sie wollten mit mir sprechen.« Der Professor baute mir eine Brücke. »Und Sie sagten, es ginge im weitesten Sinne um Ihre Karriere, so habe ich Sie verstanden.«

»Ja«, sagte ich und biss mir unwillkürlich auf die Unterlippe, »im weitesten Sinne. Eigentlich geht es um die Frage, ob Physik überhaupt noch etwas für mich ist?«

Miller schaute mich erstaunt an. »Das überrascht mich. Sie sind doch ein hervorragender Physiker, im wahrsten Sinne des Wortes. Sie ragen mit Ihren Fähigkeiten und Leistungen heraus. Sie sind besser als die meisten anderen. Sie können das. Warum soll das nichts für Sie sein?«

»Wissen Sie...?« Wie sollte ich es nur sagen? »Ich frage mich manchmal, warum wir das eigentlich machen. Warum *ich* das mache – mit einem riesigen Aufwand nach einem Elementarteilchen suchen, während Kolleginnen ermordet werden, Eltern verzweifeln, Töchter trauern. Und das ist nur das, was ich erlebe, direkt erlebe. Wir geben hier Unsummen an Geld aus, und es gibt Menschen auf dieser Erde, die nicht genug zu essen haben. Kinder, denen Medikamente fehlen, die in keine Schule gehen können.« Ich schaute am Professor vorbei in den Garten hinaus, der direkt in die abgeernteten Felder überzugehen schien.

»Ich glaube, ich verstehe, was Sie meinen«, sagte Miller nachdenklich. »Man kann sich für unsere Arbeit be-

196

geistern, aber manchmal stellt sich schon die Frage, wie sinnvoll das ist.«

»Vor allem, wenn man sieht, dass es an allen Ecken und Enden an Geld fehlt und an Menschen, die sich für andere einsetzen.«

»Das ist ein Problem der Grundlagenforschung, die wir betreiben, dass sie nicht unmittelbar umgesetzt werden kann. Manchmal dauert es Jahrzehnte, bis unsere Erkenntnisse einen praktischen Nutzen bringen. Oft sogar erst nach dem Tod dessen, der die Entdeckung gemacht hat.«

»Ja, das ist das eine Problem«, sagte ich. »Und manchmal habe ich ein Problem mit der Physik überhaupt. Was soll das? Wozu ist die von mir so geliebte Physik überhaupt nützlich?«

»Keine Autos ohne Physik, keine Computer, keine modernen medizinischen Geräte, keine Telekommunikation, kein Flug zum Mars«, sinnierte Professor Miller.

»Ob der Flug zum Mars so sinnvoll ist, frage ich mich auch oft.« Ich fühlte mich nicht wohl und rutschte unruhig auf dem Sofa hin und her. »Aber ich meine das noch anders. Mit der Physik kann ich nicht die trauernden Eltern von Charlotte Kurasek trösten oder ihre Tochter Mia. Mit Physik komme ich nicht gegen den Hass oder die Gier an oder was auch immer hinter den beiden Morden stecken mag. Mit der Physik mache ich die Welt kein Stückchen besser.«

»Das wäre auch ein sehr hohes Ziel, die Welt besser zu machen. Es ist schon viel erreicht, so denke ich, wenn es uns gelingt zu verhindern, dass sie schlechter wird. Aber schauen Sie doch mal!« Der Professor schien nach

Worten zu suchen. »Die Erkenntnisse der Physik haben das Leben um vieles leichter gemacht, als es noch vor zwei- oder dreihundert Jahren war: die Elektrizität, die Verkehrsmittel, Solartechnik. Die Menschen leben länger und leiden weniger, auch durch die Forschungen der Physik. Vielleicht wird sogar unsere jetzige Arbeit am Institut irgendwann einmal den Alltag der Menschen leichter machen.«

»Und bis dahin? Was ist bis dahin?« Wie sollte ich es formulieren? Der Professor ließ mir die Zeit zum Nachdenken.

»Man stellt sich doch irgendwann einmal die Frage, ob das, was man macht, wirklich das Richtige ist?«, sagte ich schließlich.

»Ja, die Frage stellt man sich immer wieder einmal im Leben«, stimmte der Professor zu.

»Und es gibt keine Gleichung der theoretischen Physik, mit der man diese Frage klären kann. Für die Hypothese, dass ich meine Lebenszeit am besten mit Physik verbringe, gibt es kein nachvollziehbares Experiment, um sie zu überprüfen«, sagte ich. Ich vermute, ich sah ein wenig verzweifelt aus.

»Das stimmt, man muss sich entscheiden und sein Leben leben und kann nie überprüfen, ob man in der Zeit besser ein anderes Leben gelebt hätte.«

»Man könnte es mit mehreren Varianten nacheinander versuchen: Physiker, Jurist, Schreiner, Müllwerker, Pfarrer. Der Aufwand wäre groß und hinterher wüsste man auch noch nicht, ob man nicht doch an seinem eigentlichen Leben vorbeigelebt hat.«

»Weil es eben keine Formel für das eigentliche, für ein gelungenes Leben gibt. Da haben Sie recht.« Professor Miller nickte bedächtig.

Wir schwiegen. Das diente Millers Ehemann als Einsatz. Er hatte den Esszimmertisch mit einem großen Brötchenkorb und allem anderen, was man seiner Meinung nach zum Frühstücken brauchte – das war nicht wenig und schloss Weißwürste und Brezeln ein – liebevoll gedeckt.

»Ich hoffe, das betretene Schweigen hat nichts mit mir zu tun?«, frotzelte er.

»Wie kommst du da drauf?«, sagte Miller. »Wir suchen gerade nach der Lebensformel sozusagen. Nach der Gleichung für gelungenes Leben.«

»Das hätte ich nicht gedacht, dass ihr Physiker euch einmal mit den wirklich wichtigen Fragen des Lebens befasst. Alle Achtung!«

»Ja, Henry, lästere du nur!«, sagte Miller und wand sich zu mir. »Wissen Sie, er ist richtig gut darin, mich mit unserer so wichtigen Wissenschaft aufzuziehen.«

»Ein Mann wie du muss immer wieder neu geerdet werden, damit er nicht aus Versehen den Boden unter den Füßen verliert und unsere Milchstraße verlässt«, sagte der Lektor. »Aber, Herr Dr. Rasch, ich schlage vor, wir widmen uns erst einmal der Zufuhr von Kohlehydraten sowie anderen Grundnahrungsmitteln und verschieben die Sinnfrage auf nachher.«

Wir frühstückten ausgiebig und mit Hunger. Anschließend brachten wir zusammen das Geschirr in die Küche und trafen uns wieder im Wohnzimmer.

»Und?«, fing Henry Schmid an. »Wie ist das nun mit dem Sinn des Lebens, Herr Dr. Rasch? Haben Sie die Formel gefunden?«

»Es gibt keine Formel, denke ich. Aber was mich ganz schön ins Nachdenken gebracht hat, war der Vortrag von Professor White vor einigen Wochen bei uns im Institut.«

»Meinen Sie Julian White?«, fragte Schmid. »Von dem habe ich doch vor Kurzen ein Buch gelesen.«

»Ja«, sagte Miller, »er schreibt viele populärwissenschaftliche Bücher. Fällt also in dein Fachgebiet.«

»Genau, wir hatten überlegt, ob wir die Übersetzung seines neuesten Buchs verlegen. Er bezeichnet sich doch als radikalen Reduktionisten, nicht wahr?«

»Ja«, sagte ich, »er geht davon aus, dass alles auf physikalischer Ebene abläuft. Physik als Grundlage für Chemie, Leben und Bewusstsein. Die Vorgänge auf physikalischer Ebene determinieren alles andere.«

»Der macht doch dieses Gedankenspiel auf, dass, wenn irgendwann in einer sehr fernen Zukunft sich zufällig die Elementarteilchen wieder in derselben Zusammensetzung und Anordnung wie bei einem jetzt existierenden Menschen zusammenfinden, es der gleiche Mensch mit dem gleichen Wissen und Bewusstsein sein werde. Denn das Sein bestimmt das Bewusstsein.«

»Das hat ein anderer gesagt«, meinte Miller, »aber genau genommen ist es das.«

»Wenn die Vorgänge auf physikalischer Ebene alles bestimmen, dann müsste es doch eine Formel für Glück und ein sinnerfülltes Leben geben«, warf ich ein.

»Sie meinen also«, sagte Henry Schmid, »wenn die Vorgänge auf physikalischer Ebene mein Denken und

Fühlen bestimmen, dann auch die Empfindungen für Sinn und Glück, und man müsste nur berechnen, wie die physikalischen Vorgänge auszusehen haben, die zu diesen Empfindungen führen.«

»Das ergibt sich doch zwangsläufig aus der Position von White, oder nicht?«, fragte ich.

»Man müsste noch nicht einmal die Physik bemühen«, sagte Miller verschmitzt. »Ein paar Hormone täten es auch – oder ein paar Opioide.«

»Die Glücksdroge. Wie in ‚Schöne neue Welt‘ von Aldous Huxley«, ergänzte Schmid. »Aber dann sind Menschen keine Menschen mehr. Wie erzählt Huxley noch? Der Wilde aus dem Reservat für Menschen fordert sein Recht auf Schmerz und Unglück. Das gehört zum Menschsein dazu, meint er.«

»Ich finde den Gedanken von White auch aus physikalischer Sicht nicht sehr hilfreich«, sagte Brian Miller. »Wir Physiker machen uns ein Bild von der Welt, dem Universum, der Materie und den Zusammenhängen und wie sich das auf mathematischer Ebene und mit unseren Experimenten nachvollziehen lässt. Wir können gar nicht den Anspruch erheben, alles zu wissen. Bis heute wissen wir noch nicht, wie die Gravitation genau funktioniert – und die ist immerhin eine der vier grundlegenden Kräfte.«

»Wie war das noch mit der Masse?«, fragte Henry Schmid dazwischen. »Du hast mir das doch einmal erklärt. Die Protonen und Neutronen erhalten neunundneunzig Prozent ihrer Masse durch die Bindungsenergie der Quarks, die wiederum von masselosen Austauschteilchen erzeugt wird. War das nicht so?«

»Ja«, meinte Miller, »von den Gluonen, den Austauschteilchen der starken Wechselwirkung.«

»Das heißt dann doch«, sagte Henry, »dass meine Masse, die jetzt nach dem Essen noch einmal messbar größer ist als vor dem Frühstück, zu neunundneunzig Prozent aus Energie besteht. Ich bin also im Wesentlichen eine Ansammlung von Energie, und bei euch ist das nicht anders. Ihr seid Energie in einem anfassbaren Zustand.« Er lächelte. »Das macht mich fassungslos.«

»Ich finde das irgendwie beruhigend«, warf ich ein. »Alles geht ineinander über – Energie, Masse, Materie, Leben. Alles fließt ineinander über.«

»Panta rhei, alles fließt, das sagte schon der alte Heraklit von Ephesus fünfhundert Jahre vor unserer Zeitrechnung«, fügte Henry Schmid an.

»Dann lass doch noch mal zum Abschluss etwas in unsere Gläser fließen«, sagte Brian Miller und hielt seinem Mann das Glas hin.

18

Am nächsten Tag schlug das Wetter um. Der Sonne gelang es nicht mehr, den Nebel aufzulösen. Es blieb trübe, die feuchte Kälte drang durch die Kleidung. Ich meinte, es auch dann noch zu spüren, wenn ich mich in den wohltemperierten Räumen des Instituts befand.

Passend zum heraufziehenden Winter begann im Institut nun eine andere Arbeitsphase. Es wurde ein wenig ruhiger, die wichtigsten Entscheidungen waren gefallen. Nun war es an Professor Miller, das geänderte Programm für die nächsten zwei Jahre nach außen zu kommunizieren. Die drei Arbeitsgruppen unter der Leitung von Dr. Sandy Langlotz, Dr. Josef Li und mir hatten begonnen, je ihren Teil des Versuchsaufbaus im Detail zu planen und das benötigte Material sowie die notwendige Energie zu berechnen und alles zusammenzustellen. Das würde erfahrungsgemäß einige Monate in Anspruch nehmen. Diese Arbeit musste sehr sorgfältig gemacht werden und erforderte eine Unmenge von Berechnungen. Es hätte sich als in jeder Hinsicht kontraproduktiv erwiesen, wenn man diese Phase des Projektes unter Zeitdruck gesetzt hätte.

An einem Mittwochmorgen dieses nun trüben Novembers meldete sich Kriminalhauptkommissarin Wendel bei Frau Sorglos zu einem Gespräch an. Sie wolle mit ihrem Kollegen kommen und lediglich mit Professor Miller und mir sprechen. Der Professor war gerade unterwegs, aber am späten Nachmittag des darauffolgenden Freitags konnte das Gespräch stattfinden.

Frau Sorglos machte – wie immer, ohne zu murren – Überstunden und sorgte dafür, dass die Gäste nicht ohne Getränke und ein paar Kekse blieben. Nach kurzer Zeit durchzog Kaffeeduft das Büro. Als sie den Sitzungsraum verlassen hatte, setzte die Kommissarin an.

»Was die beiden Tötungsdelikte angeht, sind wir leider noch nicht wirklich weiter gekommen, auch wenn sich aus dem, was wir Ihnen nun berichten möchten, eine neue Richtung für unsere Nachforschungen ergeben hat.«

Professor Miller und ich nickten verständig und gespannt.

»Es geht um den Einbruch bei Ihnen zu Hause, Herr Dr. Rasch«, setzte nun Kommissar Schuff ein. »Wir hatten dabei Fingerabdrücke und DNA gefunden, die wir nicht zuordnen konnten. Sie erinnern sich?«

Wir nickten wieder.

»Nun, im Zusammenhang mit den Ermittlungen zum Mord an Magda Schubert wurden auch deren Fingerabdrücke und DNA genommen und gespeichert. Bei einem Routinedurchlauf in einem anderen Fall hat sich herausgestellt, dass wir die Spuren aus Ihrer Wohnung Magda Schubert zuordnen können. Wenn also Frau Schubert nicht irgendwann einmal bei Ihnen zu Besuch gewesen ist, könnte sie die Einbrecherin sein. Das hätte wiederum Konsequenzen für die Suche nach ihrem Mörder.«

Einerseits war ich überrascht, dass die Polizei auf diesem Weg zu neuen Spuren gekommen war, andererseits ließen die sich leicht erklären.

»Frau Schubert war wenige Tage vor dem Einbruch bei mir zu Besuch. Zusammen mit Frau McBrian wollte sie mir helfen, die Disketten zu entschlüsseln, die ich Ihnen übergeben habe. Haben Sie damit übrigens etwas anfangen können?«

»Dazu vielleicht gleich noch«, sagte Kommissarin Wendel. »Frau Schubert war also zusammen mit Frau McBrian bei Ihnen zu Besuch.« Die Kommissarin lächelte. »Ich möchte Ihnen nicht zu nahe treten, aber gehe ich nun recht in der Annahme, dass Frau Schubert nicht in Ihrem Schlafzimmer gewesen ist?«

Der Professor musste trotz der ernsten Situation schmunzeln. Ich riss mich zusammen und antwortete völlig ernsthaft: »Sie liegen richtig mit Ihrer Annahme.«

»Das haben wir vermutet«, mischte sich der Kommissar ein. »Jedoch wurden Spuren von Frau Schubert in Ihrem Schlafzimmer gefunden. Die hat sie vermutlich beim Durchwühlen der Schränke hinterlassen.«

»Nun, in meinem Schlafzimmer war sie nicht in meiner Anwesenheit«, sagte ich, »also, es könnte sein, dass sie die Einbrecherin war. Das sehe ich genauso.« Ich zögerte einen Moment. »Dann war meine Vermutung richtig, dass sie sich für den Inhalt der Disketten interessierte.«

»Allerdings kann sie nicht diejenige gewesen sein, die letzte Woche in Dr. Raschs Büro eingebrochen ist«, meinte der Professor.

»Genau da wollen wir ansetzen«, sagte Kommissarin Wendel. »Dieser Einbruch in Ihr Büro und der Versuch des Zugriffs auf Ihre Daten auf dem Server, Herr Dr. Rasch, legen die Vermutung nahe, dass Magda Schubert nicht für sich gehandelt hat, als sie bei Ihnen einbrach. Da sind noch andere, die an die Daten wollen.«

»Die dann auch als Mörder von Frau Schubert infrage kommen könnten?«, fragte ich.

»Das ist zumindest eine Richtung, in der wir suchen müssen«, antwortete die Polizeibeamtin.

»Und in dieser Richtung würden wir vielleicht auch die Mörder von Frau Dr. Kurasek finden«, ergänzte Kommissar Schuff, der wie meist mit einem Kugelschreiber spielte.

»Das sind völlig neue Perspektiven«, meinte Professor Miller. »Ich nehme an, Sie durchleuchten nun noch einmal intensiver das Leben von Frau Schubert und Frau Dr. Kurasek außerhalb des Instituts.«

»Das ist richtig«, antwortete Kommissarin Wendel. »Aber genauso eindeutig erscheint uns, dass alles mit der Arbeit hier im Institut zusammenhängt. Denn es ist zumindest der jetzige Stand der Ermittlungen, dass Magda Schubert und Charlotte Kurasek außerhalb des Instituts nichts miteinander zu tun hatten.«

»Innerhalb des Instituts waren die Berührungspunkte auch nur wenige«, sagte der Professor. »Sie haben nie für eine längere Zeit zusammengearbeitet. Die Techniker für die Projekte von Dr. Kurasek waren andere.«

Einen Moment lang herrschte Schweigen in dem Büro. Draußen begann es dunkel zu werden. Der Professor machte das Deckenlicht an. Schlagartig wich die milde Abendstimmung der Kälte des Lichtes der Leuchtstoffröhren.

»Haben Sie denn etwas mit den Texten auf den Disketten anfangen können?«, fragte ich ungeduldig. Die neuen Erkenntnisse und Vermutungen der Polizei hatten mich irritiert. War Charlotte dadurch entlastet oder eher noch belastet? War sie die Spionin der Chinesen oder schied sie nun aus?

»Es handelt sich mit hoher Wahrscheinlichkeit um Informationen an Dritte«, sagte Polizeihauptkommissarin Wendel ernst. »Wir wissen allerdings noch nicht, für wen sie bestimmt waren.«

»Wohl doch für Dr. Kurasek, bei der sie gefunden wurden«, vermutete der Professor.

»Nein, es sind eher Informationen über Geschehnisse im Institut, die für Außenstehende bestimmt sein mussten.«

»Also Geheimnisverrat?«

»Nicht unbedingt. Informationen über ihre Forschung konnten wir nicht finden. Es geht mehr um das Handeln von Personen.« Die Kommissarin schien unsicher zu sein, was sie sagen sollte. »Es geht um das Handeln von Dr. Langlotz und Magda Schubert, vermuten wir.«

»Informationen, die Frau Dr. Kurasek von außen erhalten hat?«, fragte ich.

»Wie gesagt, vielleicht waren es doch eher Informationen, die nach außen gegeben wurden. Aber wir wissen es noch nicht genau.«

Der Professor stand auf. »Auf jeden Fall muss ich mich bei Ihnen bedanken, dass Sie uns informiert haben. Auch wenn diese Informationen zunächst einmal viele neue Fragen aufwerfen.«

Ich schwieg und blieb sitzen. Ich musste nachdenken. Die beiden Polizeibeamten jedoch erhoben sich. »Das kann ich verstehen«, sagte die Kommissarin. »Wir hoffen, demnächst ein bisschen klarer zu sehen. Ich möchte Sie aber bitten, niemanden über unser Gespräch zu informieren. Wir wissen zurzeit nicht, ob nicht vielleicht noch andere Mitarbeiterinnen oder Mitarbeiter des Instituts von der Angelegenheit betroffen sind.«

Professor Miller nickte und begleitete die beiden hinaus. Als er zurück in den Sitzungsraum kam, setzte er sich wieder und sagte nachdenklich: »Dr. Kurasek eine Spionin, das kann ich mir nicht vorstellen.«

»Ich auch nicht«, sagte ich, »aber ich muss das Ganze erst verdauen.« Ich reichte dem Professor die Hand und ging in mein Büro.

Die Sache setzte mir ungeheuer zu. Mein Gehirn kam nicht zur Ruhe. Dauernd kamen neue Ideen und Gedanken auf. Ich konnte nicht schlafen. Am Morgen ging es mir ausgesprochen schlecht und ich wollte eigentlich nur meine Ruhe.

Als Saoirse am nächsten Vormittag auf die Klingel mit dem Namenszug »Dr. Rasch« drückte, fand sie somit einen Sebastian vor, wie sie ihn seit Wochen nicht mehr erlebt hatte.

»Ich habe eigentlich keine Lust zum Wandern«, sagte ich schon im Flur. Ich war noch im Schlafanzug, die Haare wirr nach allen Seiten stehend und unrasiert.

»Wie kommt denn das?«, fragte Saoirse, wollte mir einen Kuss auf den Mund hauchen, aber ich hatte mich schon umgedreht und ging ins Wohnzimmer.

»Ich kann es dir nicht sagen«, antwortete ich. »Möchtest du einen Kaffee? Ich hatte noch keinen.« Ich setzte mich auf das Sofa und starrte vor mich hin.

»Bist du krank?«, wollte sie wissen.

»Nee, ich glaube nicht.« Ich stierte auf den Teppich und zählte die Wiederholungen des Musters.

»Und sonst?«

»Was und sonst?«

»Na ja«, fragte sie, »bedrückt dich irgendetwas? Hast du schlechte Nachrichten bekommen? Ist etwas mit deinen Eltern?«

»Nein.«

»Okay?«

»Ich bin irgendwie durcheinander.«

»Das scheint mir auch so.« Saoirse schaute mich ziemlich besorgt an. »Hattest du nicht etwas von einem Kaffee gesagt?«

»Könntest du ihn machen?« Ich konnte mich nicht bewegen und rührte mich nicht vom Platz.

»Aber du willst schon noch, dass ich bleibe?«, fragte sie verunsichert.

»Doch, doch. Du kannst gerne bleiben«, sagte ich, ohne aufzuschauen.

»Aber es würde dich auch nicht stören, wenn ich wieder gehe. Sehe ich das richtig?« Der Ton ihrer Stimme machte deutlich, wie verletzt sie sich fühlte.

»Weißt du, mach, was du willst, mir ist es egal!« Ich sprang auf, stellte mich ans Fenster und starrte in die Ferne. In diesem Moment war mir alles zu viel.

»Mir ist es aber nicht egal, dass dir das egal ist«, sagte Saoirse beleidigt. »Sag mal! Was ist mit dir los?«

Sie kam zu mir, nahm mich bei den Schultern und drehte mich zu sich um. »Ist das deine Art, mit einer Beziehung Schluss zu machen? Oder was soll das? Bin ich dir plötzlich wirklich egal?« Ihre Worte überschlugen sich und ihr irischer Akzent gab ihnen eine ganz eigene, in diesem Fall keineswegs angenehme, Melodie.

»Nein, du bist mir nicht egal.« Ich schaute an ihr vorbei zur Tür. »Mir geht es nicht gut. Ich bin durcheinander.«

»Dann sag schon, was los ist! Ist da eine andere, die dich durcheinandergebracht hat? Wo warst du gestern Abend? Angeblich hattest du einen Termin mit Professor Miller und deshalb keine Zeit für mich.« Sie wurde lauter und klang verzweifelt.

»Jetzt sei doch nicht eifersüchtig! Ich kann dir nicht sagen, was los ist.«

Saoirse drehte sich wütend um. »Sag mir, was los ist, oder ich gehe wieder.«

»Ich kann es dir nicht sagen.«

Saoirse schlug die Wohnungstür hinter sich zu.

Das war kein guter Samstagmorgen. Ich wollte hinter ihr her laufen. Aber mir fehlte die Kraft. Zudem wusste ich nicht, wie ich es anstellen sollte, ihr meinen Zustand zu erklären, ohne das weiterzugeben, was ich von der Kriminalkommissarin gehört hatte. Vielleicht, so dachte ich, kann ich es morgen noch einmal bei Saoirse versuchen. In dem Moment kreisten jedoch die Gedanken in einer Weise in meinem Kopf, dass mir schwindelig wurde.

Es ergab sich kein klares Bild. Was sollten diese verschlüsselten Nachrichten? Auf welcher Seite hatte Charlotte gestanden? Sie hatte ein zweites Leben geführt, das war die Formulierung ihrer Mutter gewesen. Wie hatte dieses zweite Leben ausgesehen? Ich müsste herausbekommen, was Charlotte in den Zeiten des Jahres gemacht hatte, von denen angeblich niemand wusste, wo sie da gewesen war. Ich hatte nur einen Ansatzpunkt: Mia.

Sie lebte jetzt bei ihren Großeltern in Erding. Ich rief dort an. Mia nahm ab und begrüßte mich freudig. Als ich sie bat, bei den Großeltern nachzufragen, ob ich am Nachmittag mal vorbeikommen könnte, war sie begeistert. Entweder war es Mias Gefühlsüberschwang, der sie dazu brachte, oder Charlottes Eltern freuten sich tatsächlich, auf jeden Fall luden sie mich mit der Bemerkung ein, ich solle ordentlich Hunger auf Kuchen mitbringen.

Also ließ ich das Mittagessen ausfallen und machte mich am Nachmittag auf nach Erding in die Sackgasse mit den Reihenhäusern aus den siebziger Jahren. Mia hatte ihre langen brünetten Haare in sanfte Locken gelegt und fiel mir um den Hals, nachdem sie die Tür geöffnet hatte.

»Das ist eine tolle Idee von dir, uns zu besuchen. Die Großeltern freuen sich sehr.« Sie stockte. »Und ich mich auch!«

»Kommen Sie herein, Herr Dr. Rasch!«, sagte Charlottes Vater, reichte mir die Hand und führte mich an den Esstisch. Der wurde dominiert von einer Schwarzwälder Kirschtorte und einem gedeckten Apfelkuchen, neben dem sich eine Glasschale mit klassisch geschlagener Sahne befand. Charlottes Mutter teilte gerade die eine Hälfte des Apfelkuchens in sechs gleichgroße Stücke, schaute auf, wischte sich die rechte Hand an der Schürze ab und hielt sie mir hin.

»Schön, dass Sie uns einmal besuchen. Ich hoffe, ich habe mit den Kuchen Ihren Geschmack getroffen.«

»Zu hundert Prozent. Allem mit Sahne und Früchten kann ich nicht widerstehen«, sagte ich und setzte mich auf den mir zugewiesenen Platz.

In der nächsten Stunde kam ich mir vor wie der verlorene Sohn, der nach Hause zurückgekehrt war. Frau Kurasek ergötzte sich daran, dass mir der Kuchen schmeckte, Herr Kurasek fragte mich über die Arbeit im Institut aus und Mia strahlte mich an. Der Ton wurde ernster, als Frau Kurasek fragte: »Hat Ihnen die Polizei schon etwas zu Charlottes Tod gesagt?«

Ich konnte ehrlich sagen, dass auch ich noch nicht wisse, wer der Täter oder die Täterin sei. Aber ich erzählte nichts von dem, was ich auf den Disketten gefunden hatte, von den Einbrüchen bei mir zu Hause und in meinem Büro und von dem eigentümlichen Tod von Magda Schubert.

»Es ist schrecklich, das eigene Kind zu verlieren«, sagte Herr Kurasek, »noch schlimmer ist es bei einem gewaltsamen Tod. Aber nicht zu wissen, wer Charlotte, Mia und uns das angetan hat, das zermürbt mich.«

»Mein Mann kann kaum noch schlafen«, setzte Frau Kurasek hinzu. »Bei mir ist es nicht viel besser.«

Mia sagte gar nichts, aber ich sah ihre feuchten Wangen.

»Ich setze darauf, dass die Polizei gute Arbeit macht«, sagte ich und versuchte ihnen Mut zuzusprechen. »Damit versuche ich mich zu trösten.«

Alle vier saßen wir um den Tisch herum und schwiegen.

Nach einigen Minuten schlug Frau Kurasek vor: »Wollt ihr nicht ein bisschen spazieren gehen, während ich hier aufräume? Es ist zwar kühl heute, aber die Sonne scheint.«

»Für mich ist das im Moment nichts«, sagte Herr Kurasek. »Mein linkes Knie plagt mich. Ich muss das Bein etwas hochlegen. Aber Mia, du könntest doch mit Herrn Dr. Rasch ein paar Schritte gehen.«

Mia war begeistert, und ich war froh, die Gelegenheit zu bekommen, alleine mit ihr zu reden. Am Ende der Sackgasse schwenkten wir auf die angrenzenden Felder. Es wehte ein sanfter Wind, die Sonne konnte sich gegen die kühle Luft durchsetzen. Wir gingen nebeneinander her und sagten zunächst nichts.

»Erzähl mal!«, begann ich. »Wie geht es dir?«

Mia zögerte mit der Antwort. »Sie fehlt mir sehr«, sagte sie schließlich, »auch wenn die Großeltern sich viel Mühe geben. Sie fahren mich jeden Morgen mit dem Auto an meine alte Schule, damit ich dort bleiben kann. Eine Stunde hin, eine zurück. Mit den Öffentlichen wäre das gar nicht zu machen. Auch wenn ich jemanden besuchen will, fahren sie mich. Nächstes Jahr kann ich den Führerschein machen, dann wird es einfacher für sie.«

»Bei uns fehlt sie auch«, sagte ich. »Sie war so was wie ein guter Geist im Institut. Eigentlich mochten sie alle.« Ich musste trotz allem lächeln, als ich an Dr. Kim dachte. »Sie hat übrigens einen interessanten Nachfolger bekommen. Einen Koreaner, der Bayern so liebt, dass er am liebsten in Lederhosen zur Arbeit kommen würde.«

Mia schmunzelte. »Und wie geht es dir?«, fragte sie.

»Na ja. Ich muss oft an sie denken. Da ist irgendwo ein Loch in mir drin.«

Mia schaute verschlossen unter sich und sagte nach ein paar Schritten: »Ich bin mir nicht sicher, ob ich wirklich wissen will, wer es gewesen ist.«

Wir gingen weiter auf die Felder hinaus. Die meisten waren abgeerntet, auf einigen spross die Wintersaat und überzog den Boden mit einem grünen Schimmer. In den aufgebrochenen Ackerfurchen sah man ab und zu einen Vogel, der nach Würmern und Insekten suchte, die sich trotz der kühlen Witterung noch nicht in die Tiefe zurückgezogen hatten. Es war eine weite Ruhe. Nur ganz in der Ferne spielten zwei Hunde miteinander, zu hören waren sie nicht.

»Warst du eigentlich in den Ferien immer bei deinen Großeltern?«, fragte ich.

»Nein, nicht immer. Manchmal bin ich mit meiner Mutter weggefahren. Aber wenn sie keinen Urlaub mehr hatte und ich noch Ferien, dann bin ich zu den Großeltern gefahren.«

»Ist deine Mutter oft alleine in Urlaub gefahren?«

»Schon, manchmal. Aber das waren immer nur ein paar Tage. In ein Wellnesshotel zum Beispiel. Das mochte sie irgendwie. Außerdem war sie natürlich ziemlich oft auf Tagungen. Musste wohl so sein.«

»Aber deine Großmutter hat mir gesagt, deine Mutter hätte dich oft alleine bei ihnen gelassen und sie hätte dann nicht gewusst, wo sie gewesen sei.«

»Na ja, Oma sieht das ein bisschen streng. Sie fand es nicht gut, dass Mama überhaupt alleine weggefahren ist. Mama hat aber immer gesagt, wo sie hinfuhr. Nur konnte Oma damit nichts anfangen. Oma war schon ziemlich alt, als meine Mutter geboren wurde. Deshalb habe ich auch keine Onkel oder Tanten.« Mia lächelte. »Die ist noch aus einer anderen Welt.«

»Und dein Opa?«, fragte ich.

»Der sieht das nicht so schlimm. Aber natürlich hat er Oma immer zugestimmt und gesagt: ‚Ja, ich verstehe das auch nicht, warum das Kind das macht.‘ oder so was Ähnliches. An anderen Tagen hat er wieder gesagt: ‚Nun lass dem Kind doch seine Freiheit. Sie hat doch wirklich mal ein paar ruhige Tage verdient.‘ Das war so ein Dauerthema zwischen den beiden.«

»Du hattest also nicht das Gefühl, dass deine Mutter ein Geheimnis aus dem machte, wo sie an diesen Tagen war?«

»Sie hat nicht viel erzählt. Das stimmt. Aber ein Geheimnis? Das würde ich nicht sagen. Ich konnte sie immer auf dem Handy anrufen, wenn ich wollte. Aber meistens hat sie angerufen.«

Wir hatten einen Wirtschaftsweg erreicht und bogen ab, um wieder zur Reihenhaussiedlung zurückzukehren.

»Schön, dass du uns besucht hast«, sagte Mia. »Kommst du bald wieder? Ich würde mich freuen.« Sie schaute mich mit großen Augen an. Ihre Schminkkünste waren inzwischen fortgeschritten, und es war ihr gelungen, mit dunklen Strichen an den richtigen Stellen die Augen noch größer erscheinen zu lassen.

»Ja, gerne«, sagte ich, meinte dann aber aus pädagogischen Gründen noch nachschieben zu müssen. »Wie sieht es eigentlich mit einem Freund aus? Läuft da was?«

»Die Jungen in meiner Klasse sind nicht so toll«, sagte Mia und verzog das Gesicht.

»Und die in den höheren Jahrgängen?«, setzte ich nach.

»Da sind schon ein paar Nette dabei.« Kurze Pause. »Aber an die kommt man schlecht ran.«

»Ich bin ja jetzt schon ein alter Mann«, sagte ich und grinste. »Aber damals, vor einer Reihe von Jahren, als ich achtzehn war, da hättest du mir gefallen. Ich denke, du hast gute Chancen bei den Jungs.«

Mias Gesicht nahm trotz der Kühle eine gesunde, rosige Farbe an.

»So alt bist du gar nicht«, gelang es ihr, doch noch zu sagen.

»Aber für dich zu alt. Da stehen glaube ich schon ein paar Jüngere in der Schlange. Glaub mir.«

Den Rest des Spaziergangs verbrachten wir schweigend.

Bei den Großeltern angekommen, wollte Herr Kurasek mich zu einem Schnaps überreden, aber dafür war es ein bisschen früh am Tag. Wir setzen uns noch für eine halbe Stunde ins Wohnzimmer, dann brach ich auf.

Auf der Rückfahrt wurden mir zwei Dinge klar: Erstens musste ich mich so schnell wie möglich bei Saoirse melden und zweitens war das ‚zweite Leben‘, von dem Charlottes Mutter gesprochen hatte, keineswegs so umfänglich, wie wir vermutet hatten, und deshalb vielleicht auch nicht so geheimnisvoll. Ich war erleichtert. Dennoch, da blieben viele Fragen. Zunächst einmal aber blieb eine Aufgabe – die Versöhnung mit Saoirse.

19

Ich hatte Saoirse am Sonntag telefonisch nicht erreicht, ihr aber eine Nachricht auf dem Anrufbeantworter
hinterlassen. Ich würde mich gerne am nächsten Nachmittag mit ihr treffen, es täte mir leid und ich wolle mit
ihr reden.

Die Reaktion ließ auf sich warten. Den ganzen Sonntag meldete sie sich nicht, auch nicht am Montagvormit-
tag. Sie ging mir scheinbar aus dem Weg und schickte
mir erst am späten Nachmittag eine Nachricht auf mein
Handy – dass es an dem Tag nicht mehr ginge, ich mich
aber gerne am folgenden Vormittag noch mal melden
könne.

Sie war am Montag im Institut gewesen, wie ich von
Albert Weinstein erfuhr, der mir am Nachmittag unbedingt eine Begebenheit aus der Mittagspause erzählen
wollte.

In der Cafeteria eine Zeitschrift herumgereicht worden. Auf dem Cover war eine junge Frau zu sehen. Nicht
nur der Mund lachte, die kleinen Falten um die Augen
lachten mit. Die langen dunkelblonden Haare fielen mit
der Neigung des Kopfes auf die linke Schulter, auf der
rechten Seite waren sie hinters Ohr geschoben. Das breit
ausgeschnittene Shirt ließ eine Schulter frei, die Spitzen
des dunklen BHs bildeten den unteren Bildrand. »Me«
stand ganz groß in der linken oberen Ecke, der Titel der
Zeitschrift. Die Zeilen in kleinerer Schrift verrieten, dass
es auf den folgenden Seiten um eine zeitgemäße Selbst-

gestaltung ging, um psychische Optimierung, wie man Freunde gewinnt und Menschen beeinflusst. Und dass es sich bei dem Foto um das Playmate des Jahres handelte.

Irgendjemand hatte dieses Exemplar der neuen In-Zeitschrift auf dem kleinen Tischchen der Sitzgruppe im Foyer des Instituts liegen gelassen. Von dort war es auf unbekanntem Weg in die Kantine gelangt und wurde nun beim Mittagessen hin und her gereicht. Eine Gruppe von Doktoranden saß dort mit Dr. Weinstein zusammen.

»Das könntest du auch,« frotzelte einer der Männer die Doktorandin mit den kurz geschorenen blonden Haaren. »Playmate des Jahres.«

»Willst du mich beleidigen oder soll das etwa ein Kompliment sein?«, fragte sie zurück.

»Wenn, dann bestimmt ein Kompliment!«

»Nur mit den Haaren wird es schwierig«, meinte der Doktorand mit den langen, lockigen Haaren.

»Du könntest mir ja deine leihen,« gab die Doktorandin zurück.

»Psychische Optimierung, das fehlt uns hier«, meinte der Erste. »Wir optimieren hier alles, nur nicht uns selbst.«

»Wie man Freunde gewinnt und Menschen beeinflusst«, las der Langhaarige vor. »Vielleicht gar nicht unwichtig. Ob das schwieriger ist, als Axione zu beeinflussen?«

»Zeitgemäße Selbstgestaltung«, zitierte der Erste. »Das wäre was für dich. Mal eine andere Frisur.«

»Hast du was gegen lange Haare bei Männern?«

»Aber wieso? Wie sagte meine Oma?! Wenn sie ordentlich gewaschen sind, geht das schon in Ordnung.«

»Ihr Männer könntet mal was für euren Körper tun«, sagte eine der Frauen. »Ist auch eine Form von Selbstoptimierung. Wenn ich da so an den knackigen Polizeikommissar denke – der hatte schon einen gut geformten Body.«

»Jetzt sollen wir auch noch schön sein«, meinte ein Mann. »Wir sind doch schon klug.«

»Das Auge möchte sich auch freuen, liebe Kollegen, nicht nur der Verstand.«

»Saoirse, du bist so schweigsam«, sagte die Doktorandin mit den kurzen blonden Haaren. »Was hältst du von Selbstoptimierung und langen Haaren bei Männern?«

Saoirse hatte schweigend dabei gesessen und auf ihren Teller gestarrt. Ihre Kollegin hatte sie im Laufe des Vormittags schon mehrfach angesprochen, aber nicht aus ihr herausbekommen, was mit ihr los war.

»Also«, sagte sie, »Männer mit langen Haaren finde ich gar nicht so schlecht. Vor allem, wenn sie so schön gelockt sind.«

»Lass das nicht deinen Sebastian hören«, kam es von der anderen Tischseite.

Saoirses Gesicht versteinerte sich. Dann sagte sie aber doch: »Was die zeitgemäße Selbstgestaltung und die psychische Optimierung betrifft, so finde ich, dass das sehr gefährliche Wörter sind.«

»Wieso, es gibt doch immer Luft nach oben.«

»Ja, ich finde es gut, wenn man etwas aus seinem Leben macht, und es ist auch gut, an sich selbst zu arbeiten. Ängste abbauen, mit den Aggressionen umgehen lernen, Geduld entwickeln. Da gibt es vieles, was man an sich verbessern kann. Ich finde es prima, wenn man versucht, neue Fähigkeiten auszubilden, ein neues Hobby auszuprobieren, es vielleicht einmal in einer Laienschauspielgruppe versucht.« Saoirses Ton wurde heftiger.

»Aber meine Selbstgestaltung muss nicht zeitgemäß sein, sondern mir entsprechen. Und optimal kann ich nie werden. Beides setzt die Leute unheimlich unter Druck. Was da steht, das ist für mich Manipulation. Da wollen Leute ihre Geschäfte machen – der Zeitschriftenverlag, Therapeuten, Coachs, Personal-Trainer und wer auch immer.«

Es war einen Moment ganz ruhig am Tisch.

»Du bist ja ganz schön geladen«, sagte der Doktorand mit den langen lockigen Haaren.

»Gibt es so etwas in Irland nicht?«, fragte die blonde Doktorandin.

»Doch, doch«, sagte Saoirse. »Bei uns gibt es den gleichen Schwachsinn wie überall. Eine meiner Schulfreundinnen ist auf einem solchen Selbstoptimierungstrip. Sie bekommt nichts mehr zustande, weil ihr alles, was sie macht, nicht gut genug ist. Je mehr sie diese blöden Zeitschriften liest, umso kleiner wird ihr Selbstbewusstsein. Und ich fand immer, dass sie ein ganz tolles Mädchen war. Jetzt komme ich nicht mehr an sie heran.«

»Hängt der Haussegen schief?«, fragte Alois Huber am nächsten Morgen, als ich bei ihm den Kaffee trank. »Du wirkst niedergedrückt.«

»Ein bisschen.«

»Krach mit Saoirse?«

»Ja, so ähnlich. Ich war am Samstagvormittag nicht ganz bei mir. Die Polizei war doch am Freitag da. Das ist mir ziemlich nachgegangen. Als dann Saoirse kam, habe ich sie meine schlechte Laune spüren lassen. Dann ist sie wieder gegangen und hat die Tür hinter sich zugeschlagen.«

»Irisches Temperament!«

»Ich kann sie verstehen. Ich war wirklich nicht nett.«

»Und nun?«

»Ich wollte sie gestern sehen. Sie konnte nicht. Vielleicht geht es heute.«

»Viel Erfolg, mein Junge. Sie ist wirklich eine Nette.«

Das fand ich auch. Sie war nicht nur nett. Ich mochte sie ausgesprochen gern und sie fehlte mir. Wenn nicht ein solches Gefühlschaos in mir gewesen wäre, hätte ich das, was ich fühlte, Liebe genannt. Wie weiß man, ob das, was man fühlt, Liebe ist? Aber was soll es sonst sein, wenn man immer an einen Menschen denken muss, mit ihm zusammen sein will, alles andere weniger wichtig ist? Ich hatte das große Wort noch nicht benutzt und sie auch nicht. Aber es würde etwas klarstellen. Es würde deutlich machen, dass mein Verhältnis zu ihr anders ist als das zu allen übrigen Menschen. Anders als zu den anderen Kolleginnen, anders als zu meinen Eltern, auch anders als es zu Charlotte gewesen ist.

In meinem Büro angekommen, versuchte ich es noch einmal mit einer Textnachricht. Die Antwort ließ wieder auf sich warten, aber dieses Mal war sie positiv. Ich könne mich am Nachmittag um 16.45 Uhr mit ihr vor dem Institut treffen. Dann könne man spazieren gehen.

Das war ein deutlicher Rückschritt in der Beziehung, dachte ich. Einmal die starre Zeitangabe – wohl der Versuch einer gewissen Dominanz. Dann das Spazierengehen – da kann sie den Abstand selbst bestimmen, anders als in einem Café. Saoirse hatte ihren Stolz, merkte ich. Es war ihr Recht, mich das spüren zu lassen. Ich wollte ihr zunächst zurückschreiben: »Unterwerfe mich allen Bedingungen, wenn ich dich nur sehen kann.« Aber dann dachte ich, das könnte missverstanden werden, und schrieb: »Prima! Ich freue mich auf dich.« Eine weitere Reaktion blieb aus.

Ich war pünktlich am vorgegebenen Treffpunkt. Saoirse kam fünf Minuten später und sagte mit ausdruckslosem Gesicht lediglich: »Wir gehen Richtung Isar.«

Wir gingen eine Weile schweigend nebeneinander her.

»Es tut mir leid, wie ich mich verhalten habe«, sagte ich nach ein paar Hundert Metern. Mir war klar, dass ich den Anfang machen musste, und das wollte ich auch. »Ich war noch völlig besetzt von dem Gespräch mit der Polizei am Freitagabend.«

»Von dem du mir angeblich kein Wort erzählen durftest.«

»Miller und ich wurden ausdrücklich gebeten, nichts davon weiterzusagen.«

»Auch mir nicht?«

»Niemandem heißt: auch nicht dir.« Nach einem Augenblick setzte ich hinzu: »Ich würde es dir aber erzählen, wenn du es möchtest. Ich weiß, dass es bei dir sicher ist.«

Das Gespräch stockte für eine Weile. Wir gingen nebeneinander her und sahen uns nicht an. Dann begann Saoirse: »Du hast recht. Du solltest mir das nicht sagen.

Du musst es mir auch nicht sagen und ich will es auch gar nicht wissen. Ich vertraue dir.«

Wir gingen weiter. Langsam wurde mir klar, dass es eigentlich anders war. Ich wollte gar nicht schweigen.

»Ja, ich habe den beiden von der Polizei versprochen, mit niemandem darüber zu reden«, sagte ich. »Aber ich will mit jemandem darüber reden. Ich muss mit jemandem darüber reden, sonst würde ich noch verrückt werden. Der einzige Mensch, mit dem das geht, bist du, Saoirse.«

Sie blieb stehen und schaute mich ein wenig skeptisch durch ihre Sommersprossen an.

»Ich habe in den vergangenen beiden Tagen viel nachgedacht«, sagte ich. »Mir geht die Sache mit Charlotte Kurasek sehr nach. Das ist sicher auch deshalb so, weil ich sie gerne gemocht habe.« Ich nahm ihre Hände. »Aber mir ist ebenso klar geworden, wie viel du mir bedeutest. Saoirse, ich liebe dich.«

Sie lächelte mich an, schlang ihre Arme um mich und legte ihren Kopf auf meine Brust. »Graim thu.« Ich wusste nicht, was sie gesagt hatte, aber ich verstand es richtig.

Wenig später saßen wir am Isarufer und ich redete und redete mir alles von der Seele. Keineswegs alles war neu für Saoirse, aber ihr wurde nun klar, wie sehr es in mir gearbeitet und wie stark mich das belastet hatte, wie sie mir später einmal sagte.

Nach einer Stunde wurde es uns zu kalt und wir zogen uns in ein Café zurück. Sie bestellte sich eine heiße Schokolade und ich einen Earl Grey. Wir wärmten uns die Hände an den heißen Tassen.

»Das war nun sozusagen dein Liebesbeweis, dass du das alles mit mir besprochen hast?«, fragte Saoirse, als wir auf dem Heimweg waren.

»Sozusagen.« Ich schüttelte skeptisch den Kopf. »Beweis? Es wäre schön, wenn man die Liebe beweisen könnte. Sozusagen mithilfe eines reproduzierbaren Experimentes.«

»Oh je, da kommt schon wieder der Physiker in dir durch. Aber du hast recht, es wäre dann vielleicht manchmal leichter miteinander.«

»Ja, aber beweisen lässt Liebe sich nicht. Für alles, was ich als Beweis tun möchte, kann es auch andere Motive geben.«

»Alles, was man als Liebesbeweis ansehen möchte, könnte auch aus Berechnung, Eigennutz, Eitelkeit oder was weiß ich heraus geschehen. Das stimmt.« Sie drückte meine Hand. »Die Liebe kann man so wenig beweisen, wie man Gott beweisen kann.« Sie hauchte mir einen Kuss zu. »Und doch liebe ich dich.«

20

Der nächste Tag begann eigentlich ganz amüsant. Professor Miller war noch nicht im Institut, also erwarteten Alois Huber und ich, dass Dr. Sandy Langlotz den Motor ihres Wagens erst nach einem unüberhörbaren Gasstoß abstellen würde. So war es auch, jedoch hörte sich das an diesem Morgen nicht wie das sonore Fauchen einer Wildkatze an, sondern wie das heisere Kreischen eines aufgescheuchten Möwenschwarms.

»Hat sie den Jaguar gegen einen Italiener eingetauscht?«, fragte ich, mehr mich selbst als Alois.

»Der neue Jaguar war doch erst ein halbes Jahr alt«, meinte der Pförtner. »Schon wieder ein anderes Auto, das geht aber ganz schön ins Geld.«

»Ob das ein guter Tausch war?«, sinnierte ich. »Andererseits – wohl nicht wenige Frauen würden einen Italiener einem Engländer vorziehen.« Ich musste grinsen und versuchte aus der Pförtnerloge auf den Parkplatz zu schauen. Sandy Langlotz fuhr gerade die Flügeltür ihrer knallgelben Neuerwerbung hoch und entstieg mit einem gekonnten Schwung, der vermuten ließ, dass sie den Ausstieg mehrfach geübt hatte. Ein Druck auf die Fernbedienung und die imposante Tür schloss sich sanft. Dr. Langlotz ging erhobenen Hauptes Richtung Institutseingang, warf noch einen Blick zurück auf die gelbe Flunder, schob die blonden Haare hinter die Ohren und betrat das Foyer.

»Alle Achtung, Frau Dr. Langlotz«, sagte Alois Huber, »der kann es ja noch lauter als der alte.«

»Wenn er auch ein bisschen kreischt«, setzte ich nach.

»Ja, ich finde auch, dass er ein bisschen kreischt«, sagte Dr. Langlotz und warf einen Blick zurück. »Aber bei mehr als sechshundert PS kann man das wohl verzeihen, oder?«, meinte sie und ging mit klackenden Absätzen zum Aufzug.

»So, das hat gesessen«, sagte ich. »Jetzt hat sie es uns endgültig gezeigt. Ihr Wagen hat mehr PS als die Autos aller Doktoranden zusammen.« Ich schüttelte den Kopf und und musste doch lächeln. »Wenn sie ein Mann wäre, würde man das als Potenzprotzerei verstehen.«

»Ja, unsere Frau Doktor ist männlicher als so mancher Mann. Auf jeden Fall ist sie klüger und spitzzüngiger als viele Männer.«

»Und jetzt hat sie auch noch den mit dem größten Motor.«

»Jedem das Seine«, versuchte es Alois Huber mit Altersweisheit.

»Aber die Frage, wie sie den bezahlen konnte, ist schon interessant.«

»Vielleicht hat sie einen reichen Freund.«

»Die ist nicht der Typ, der sich von einem Mann einen Maserati oder Ferrari schenken lässt. Dazu ist sie zu stolz. Das muss selbst erarbeitet sein.«

»Ich wusste gar nicht, dass ihr so viel verdient«, frotzelte Huber.

»Ich auch nicht«, meinte ich. »Aber vielleicht hat sie Einnahmen aus Patenten.«

»Oder von Patentanten«, grinste der Pförtner.

»Der Witz ist schon ein bisschen alt«, sagte ich. »Wenn es jedoch keine Patente sind, dann würde ich schon gerne wissen, ob sie noch einen Nebenjob hat oder wo das Geld herkommt.«

»Ich rate dazu, eventuell aufkommenden Neid im Keim zu ersticken«, sagte Huber mit erhobenem Zeigefinger.

»Sozialer Neid ist angeblich eine der wichtigsten Triebfedern für das Bemühen um sozialen Aufstieg. Sagen die Psychologen.«

»Wenn es jedoch mit dem Aufstieg nicht klappt, artet der Neid in Gewalt aus. Dann sollte man ihn lieber gleich weglassen.«

»Sprach der weise alte Mann.« Ich lachte, legte eine Hand auf Hubers Schulter und ging nun meinerseits zum Aufzug.

Im meinem Büro warteten bereits eine Frau und ein Mann. Ich hatte sie schon vom Flur aus gesehen und mich gewundert, dass der Pförtner mir nichts davon gesagt hatte. Er musste es vergessen haben, denn es kam niemand an Alois Huber vorbei ins Haus. Davon war ich fest überzeugt.

Diese Meinung musste ich in den nächsten Minuten ändern. Beim Betreten des Büros erkannte ich in der Frau die Kriminalhauptkommissarin Wendel. Der Mann, in unscheinbares Grau gekleidet, war mir unbekannt. Frau Wendel stellte ihn als einen Mitarbeiter des Bundesnachrichtendienstes aus Pullach mit Namen Franz Müller vor. Später fragte ich mich, ob dieser Allerweltsname möglicherweise zur Deckung gewählt worden war.

»Bitte nehmen Sie Platz«, sagte ich und deutete auf die beiden Stühle vor meinem Schreibtisch. »Ich bin ganz überrascht. Herr Huber hat Sie mir gar nicht angekündigt.«

»Konnte er auch nicht«, sagte Herr Müller, »er hat uns beim Hereinkommen nicht bemerkt.«

»Ich dachte bisher, das sei unmöglich.«

»Wir haben uns Mühe gegeben und haben da so unsere Mittel und Wege«, sagte Müller mit einem Augenzwinkern. »Sie werden gleich erfahren, warum wir das für notwendig hielten.«

»Ja, also, Herr Dr. Rasch«, begann die Kommissarin und es klang fast ein wenig verlegen, »ich habe bereits gestern Abend mit Professor Miller telefoniert. Er ist über unsere Anwesenheit und deren Grund informiert.« Sie zögerte einen Moment und schaute zu Müller. »Wir sind mit der Auswertung der Disketten ein ganzes Stück weiter gekommen. Das Ergebnis ist – auf einen kurzen Nenner gebracht – zunächst die Befürchtung, dass Sie in Gefahr schweben. Wir möchten Sie bitten, Ihre persönlichen Sachen, die Sie kurzfristig brauchen könnten, hier im Büro zusammenzusuchen und uns anschließend zu begleiten.«

»Sie wollen mich mitnehmen? Bin ich so was wie verhaftet?« Ich wurde unruhig. Was sollte denn das? Stand ich unter Verdacht?

»Nein, selbstverständlich sind Sie nicht verhaftet«, sagte Herr Müller in einer Weise, die mich daran zweifeln ließ, dass er das meinte, was er sagte. »Aber wir möchten Sie gerne an einen sicheren Platz bringen, vom dem niemand etwas erfahren soll. Wir möchten Sie in Sicherheit bringen.«

»Und warum halten Sie das für notwendig?«

»Das wollen wir Ihnen innerhalb dieses Gebäudes nicht erklären. Aber wir werden es tun, sobald Sie in Sicherheit sind.« Der Mann in Grau hatte eine Bestimmtheit im Ton, die jeden Widerstand zwecklos erscheinen ließ.

»Wann kann ich wieder zurück?«

»Das wissen wir noch nicht. Wir hoffen, dass es sich höchstens um ein paar Wochen handelt.«

»Ein paar Wochen?« Ich konnte es nicht glauben. »Das können Sie nicht ernst meinen. Ich kann nicht ein paar Wochen von der Bildfläche verschwinden. Ich habe ein Projekt zu leiten.« Das Ganze hatte etwas von Kidnapping.

»Wie gesagt, Professor Miller ist informiert.«

»Und einverstanden?«

»Ja, er ist einverstanden, und wir hoffen, Sie werden auch zustimmen. Sie können ihn gerne kurz anrufen.«

Ich ließ mich von Frau Sorglos verbinden. Der Professor bestätigte, dass er in Kenntnis gesetzt worden war und riet mir, mit Frau Wendel und Herrn Müller zu gehen. Also suchte ich ein paar Sachen zusammen und fragte mich, womit sie den Professor unter Druck gesetzt hatten. Wir verließen das Gebäude durch einen der Notausgänge.

Von dem Moment an war ich von allen Informationen abgeschnitten. In meinem nicht selbst gewählten Exil, von dem noch zu berichten sein wird, erreichten mich nichts und niemand, weshalb ich mir die Ereignisse der folgenden Wochen aus den späteren Erzählungen von Saoirse und Alois Huber zusammenreimen musste. Ich versuche jedoch, sie um der Verständlichkeit willen der Reihe nach zu erzählen.

Eine knappe Stunde, nachdem ich das Institut mit Wendel und Müller verlassen hatte, stand Saoirse in der Tür zu meinem Büro. Sie wollte sich wie jeden Tag mit mir absprechen, wann wir zusammen zum Mittagessen gehen könnten. Das Büro sah in ihren Augen ungewohnt verlassen aus, so als sei an diesem Tag noch niemand drin gewesen. Saoirse war irritiert. Sie ging durch die anderen Büros und fragte, ob mich jemand an diesem Morgen schon gesehen habe. Niemand hatte mich bemerkt. Sie ging zum Pförtner, der ihr bestätigen konnte, dass ich im Haus sein müsse.

»Aber in seinem Büro sieht es aus, als wäre er heute noch nicht da gewesen. Der PC ist nicht an, die Papiere liegen gut geordnet. Wo könnte er sein?«

»Haben Sie schon in den Technikräumen nachgeschaut?«, fragte Herr Huber.

»Noch nicht, ich hatte ja gedacht, er sei vielleicht gar nicht ins Institut gekommen«, gab Saoirse zurück.

»Ich telefoniere mal ein bisschen herum«, sagte Huber und griff zum Hörer. Er versuchte es in verschiedenen Abteilungen des Hauses, blieb jedoch erfolglos.

»Ich habe heute Morgen mit ihm wie immer einen Kaffee getrunken und habe ihn nicht das Haus verlassen gesehen. Er muss da sein.« Er dachte einen Moment nach. »Ich versuch es einfach mal beim Chef.«

Frau Sorglos bestätigte ihm, dass Herr Dr. Rasch sie am Morgen von seinem Büro aus angerufen und er mit Professor Miller gesprochen habe. »Moment mal«, sagte sie. Für einige Sekunden war die Leitung tot. Huber wartete.

Frau Sorglos meldete sich wieder: »Sie sagten, Frau McBrian sucht nach ihm, Herr Huber? Sie ist doch mit Dr. Rasch liiert, nicht wahr? Sagen Sie ihr, sie soll zu Professor Miller hoch kommen. Er möchte kurz mit ihr sprechen.«

»Sie sollen mal zum Chef kommen«, sagte Herr Huber. »Er hat heute Morgen mit Sebastian telefoniert.« Er schaute sie fragend an. »Na, hoffentlich ist da nichts passiert.«

Das hatte Saoirse schon die ganze Zeit befürchtet. Aber immerhin, der Professor hatte mit mir gesprochen. Da würde sie schon etwas erfahren.

Sie hatte fast den Aufzug erreicht, als Alois Huber hinter ihr her rief: »Bitte sagen Sie mir nachher Bescheid, wenn Sie etwas wissen. Ich mache mir jetzt auch Sorgen.«

»Mach ich«, rief sie, ohne sich umzudrehen.

Frau Sorglos machte kein sorgenvolles Gesicht, als Saoirse eintrat. Das war schon einmal ein gutes Zeichen. Sie klopfte an die Tür zu Professor Millers Zimmer und bedeutet dann Saoirse einzutreten. Der Professor kam ihr entgegen, reichte ihr die Hand und wies auf einen Stuhl.

»Sie sind mit Dr. Rasch befreundet, wenn ich richtig informiert bin?«, begann er.

Saoirse nickte.

»Er musste ganz überraschend für ein paar Tage weg. Das hat sich erst heute Morgen ergeben. Ich weiß nicht, ob er Gelegenheit haben wird, sich bei Ihnen zu melden.

Sie müssen sich jedoch keine Sorgen machen.« Er fügte noch hinzu: »Wobei ich mir denken kann, dass das Ganze für Sie wohl ziemlich überraschend sein wird.«

»Wo ist er denn hin? Und wann wird er wiederkommen?«

Der Professor legte seine Stirn in Falten und fuhr sich mit einer Hand durch das Gesicht. »Da liegt jetzt das nächste Problem. Ich kann es Ihnen nicht sagen.«

»Weil Sie es nicht wissen, weil Sie es nicht sagen wollen oder weil Sie es nicht dürfen?«

Der Professor tat sich schwer damit, sie anzulügen. Deshalb sagte er: »Ich weiß es nicht, und wenn ich es wüsste, dürfte ich es Ihnen nicht sagen.«

»Das klingt ein bisschen geheimnisvoll, finden Sie nicht auch?«, meinte Saoirse und der Zorn war nicht zu überhören.

»Ja, das ist es auch.« Professor Miller zögerte einen Moment. »Ich möchte es einmal so ausdrücken: Die offizielle Version ist, dass ich Herrn Dr. Rasch heute kurzfristig auf eine Dienstreise geschickt habe. Er muss mich auf einem Kongress vertreten, weil ich aus persönlichen Gründen nicht von hier fort kann. Sollte Sie jemand fragen, wohin er geflogen ist, sagen Sie am besten, sie hätten es vergessen. Die inoffizielle Version kennen nur wir beide, wenn ich mich auf Sie verlassen kann.«

Saoirse nickte ihm zu.

»Danach hielten es die Kriminalpolizei und der Bundesnachrichtendienst für besser, Herrn Dr. Rasch für einige Tage an einen unbekannten Ort zu bringen. Seine Nachforschungen im Nachlass von Dr. Kurasek, die Einbrüche in seine Wohnung und sein Büro sowie der Mord an Frau Schubert, all das lässt vermuten, dass es skrupellose Leute gibt, die der Meinung sind, er wisse etwas, das er nicht wissen solle. Er ist also aus Sicherheitsgründen untergetaucht.«

»Es geht also um die Nachrichten, die in den Literaturzitaten verborgen waren.«

»Was wissen Sie denn darüber?«, fragte der Professor erstaunt.

»Wir haben sie zusammen entschlüsselt. Er hat die Unterlagen dann der Polizei übergeben.«

»Wer weiß davon, dass Sie davon wissen?« Der Professor war aufgestanden und um den Tisch herumgegangen.

»Sebastian selbstverständlich – und jetzt auch Sie.«

»Dabei sollte es auch bleiben«, sagte Miller und fügte hinzu: »Zu Ihrer Sicherheit.«

Saoirse ging zu Herrn Huber zurück und sagte ihm, er müsse sich keine Sorgen machen, ich sei im Auftrag von Professor Miller zu einem Kongress geflogen.

»Er hat sich gar nicht verabschiedet.« Alois Huber klang enttäuscht. »Und ich habe nicht gesehen, wie er das Haus verlassen hat.«

»Da würde ich mir aber mal Gedanken machen«, antwortete Saoirse mit dem letzten Rest an Humor, der ihr verblieben war. »Es ist schon bedenklich, wenn Sie nicht alles sehen.« Sie versuchte zu lächeln.

In den folgenden Stunden konnte sie sich kaum auf ihre Arbeit konzentrieren. Für jemanden wie sie, die gerne wusste, woran sie war, bedeutete diese Situation eine Herausforderung. Sie musste dem Professor glauben, dass alles in Ordnung war. Fakt war lediglich, dass ich verschwunden war, nachdem ich am Morgen mit dem Chef telefoniert hatte. Das Telefonat war durch Frau Sorglos vermittelt worden. Was die beiden besprochen hatten, wusste jedoch niemand. Nur der Professor wusste Bescheid. Er konnte sich das, was er ihr gesagt hatte, auch zu ihrer Beruhigung ausgedacht haben. Vielleicht steckte er hinter all den Anschlägen und Morden. Ich hatte den Professor vor ein paar Tagen über unsere Entdeckungen informiert. So viel wusste sie. Wenige Tage später, an diesem Tag, war ich verschwunden. Da könnte auch ein Zusammenhang bestehen und ich wäre in Gefahr.

Sie versuchte trotz aller Aufregung mit dem Verstand einer Naturwissenschaftlerin an die Sache heranzugehen. Wie würde sie die Behauptung von Professor Miller überprüfen können? Nur durch ein Lebenszeichen von mir oder bei meiner Rückkehr. Falls ich zurückkäme. Wie könnte sie Millers Geschichte falsifizieren? Wenn sie mich finden würde. Oder man meine Leiche fände. Soweit die Theorie. Die praktische Umsetzung erschien ihr schwierig. Wenn sie nichts von mir hörte, müsste sie suchen. Aber wo? Ob sie mit der Kriminalkommissarin sprechen sollte? Sie müsste ihr die Geschichte von Professor Miller bestätigen können – wenn sie stimmte. Wenn sie nicht stimmte und vielleicht gar der Professor hinter alldem steckte, dann wäre sie in Gefahr. Sie beschloss, sich krank zu melden und in ihre Wohnung zu fahren. Zunächst einmal nur. Denn falls sie in Gefahr war, wäre sie auch zu Hause nicht sicher.

21

Die Doktorandin mit den kurzen blonden Haaren hatte es übernommen, die Weihnachtsfeier zu organisieren. Feiern, das lag ihr, davon war sie überzeugt. Der Anlass war zweitrangig. Sie tat sich mit drei anderen und Alois Huber zusammen und verteilte die Aufgaben. Zunächst jedoch musste die Form der Feier geklärt werden. Dazu traf man sich an einem Nachmittag am Ort des Geschehens.

Sie sollte wie jedes Jahr in der Cafeteria des Instituts stattfinden. Das war vorgegeben. Zu den festen Traditionen gehörte auch der Weihnachtsbaum. Der wurde schon zur Hälfte der Adventszeit aufgestellt und war Bestandteil der Aufgaben der Hausmeister, wobei Alois Huber immer ein gewichtiges Wörtchen mitzureden hatte. War es doch seiner Initiative vor fast dreißig Jahren zu verdanken, dass es überhaupt einen Weihnachtsbaum im Haus gab. Der damalige Direktor und die Mehrheit seiner Gefolgsleute sahen zu jener Zeit im Institut vor allem eine Arbeitsstätte, die sich durch nüchterne Zweckmäßigkeit auszuzeichnen hatte. Bilder, wenn sie nicht Fotografien von Versuchsanlagen waren, hatten im Haus ebenso wenig zu suchen wie Blumen oder jahreszeitlicher Schmuck zu Ostern oder zu Weihnachten. Es war Herrn Huber gelungen – mithilfe des Putzgeschwaders und einiger niedrig besoldeter Mitarbeiterinnen in der Technikabteilung – durchzusetzen, dass die Cafeteria in der Adventszeit einen Weihnachtsbaum bekam.

»Wenn die Damen und Herren Akademiker das nicht wollen sollten, so ist uns das egal«, hatte er im Vorzimmer des Direktors stehend gesagt. »Wir von den Fußtruppen wollen das. Sonst treten wir in den Streik.«

Das war ein bisschen hoch gegriffen, aber wirksam. Vielleicht auch deshalb, weil Herr Huber in den Tagen zuvor bereits mehrfach darüber geklagt hatte, dass man ständig Arbeiten von ihm erwarte, die nicht in seinem Arbeitsvertrag ständen, weshalb er sich bei der Mitarbeitervertretung zu beschweren gedachte.

Auf jeden Fall gab es in jenem Jahr einen Weihnachtsbaum und fortan alle Jahre wieder. Zugleich gelang es auch, die Damen und Herren Akademiker zum Singen zu bringen. Eigentlich war das zentrale Ereignis der Weihnachtsfeier die Ansprache des Direktors. Sie fand gleich zu Beginn statt und zog sich wesentlich länger hin, als der Inhalt eines Sektkelches Ablenkung bieten konnte. Jedoch wurde aus Prinzip während der Ansprache nicht nachgeschenkt. Ein paar Jahre zuvor war es im letzten Viertel der Rede zu lallenden Zwischenrufen aus der Mitarbeiterschaft gekommen.

Auch in jenem Jahr hatte sich die Ansprache weder durch Kürze noch durch Würze ausgezeichnet, sondern war wieder einmal eine Bestätigung der Erfahrung gewesen, dass mit einer Habilitation und einem Direktorenposten keineswegs automatisch die Gabe der Rede verbunden war. Also hatte man höflich während der Ansprache geschwiegen, hörte sich die letztjährigen Erfolge des Instituts und die neuesten Theorien aus dem Bereich der Plasmaforschung an – dies war das Arbeitsgebiet des damaligen Direktors – und gab anschließend hemmungslos den Bedürfnissen des Körpers nach Essbarem und Trinkwürdigem nach. Das verbesserte die Stimmung, führte jedoch erfahrungsgemäß zu einer Lautstärke, die einer Weihnachtsfeier nicht angemessen war – und zu ebenso unpassenden Gesängen. Herr Huber als ländlich geprägter bayerischer Katholik fand dies jedes Jahr unerträglich und hatte deshalb zusammen mit seinen Verbündeten zur Durchsetzung von Weihnachtsliedern als Bestandteil des Programms eine Art Flashmob geplant. Als sich die Stimmung auf der Feier bedrohlich dem Höhepunkt näherte, liefen die Damen von der Reinigungskolonne durch die Tischreihen und verteilten Blätter mit den Texten der gängigsten Advents- und Weihnachtslieder. Dann stimmte die dunkelhaarige junge Mitarbeiterin aus der Buchhaltung mit engelsgleicher Stimme das erste Lied an, die Nicht-Akademiker fielen ein, eine Reihe der Hochschulabsolventen zog nach, bis sich der ganze Saal dem Gesang hingab. Zwar hatten auch bei diesem Singen einige Teilnehmer alkoholbedingte Probleme mit der Artikulation, aber immerhin passte das, was sie schlecht und unverständlich sangen, in die Kirchenjahreszeit. Fortan wurde jedes Jahr gesungen.

Für die nun anstehende Weihnachtsfeier hatte Herr Huber sich wieder bereit erklärt, die Liedblätter und die Vorsängerinnen zu besorgen. Also musste sich die kleine Truppe unter der Leitung der Doktorandin mit den kurzen blonden Haaren nur noch um Essen, Getränke und mögliche weitere Programmpunkte kümmern. Dazu gehörte selbstverständlich eine Rede des Direktors, aber die fiel bei Professor Miller zum Glück knapp, unterhaltsam und verständlich aus.

Die Verteilung der Aufgaben in der Vorbereitungsgruppe war schnell erledigt. Eine übernahm es, die Einladung für das Intranet sowie auch Handzettel und Plakate, die im Haus aufgehängt werden sollten, zu entwerfen. Man war sich einig, dass traditionelle Motive wie Glocke, grüner Fichtenzweig und Kerze sein müssten. Schließlich sollte sich die Einladung von der zum Sommerfest unterscheiden.

Ein anderer wollte sich um die Musik kümmern. Man diskutierte eine Weile, ob nicht einmal eine kleine Band engagiert werden könnte. Das Problem war der Stil – mehr rockig oder bayerisch, eher gemütlich oder weihnachtlich? Das Engagement eines Alleinunterhalters, der alle diese Stilrichtungen beherrschte, wurde schnell verworfen, ebenso wie der Vorschlag, es doch mal mit einem DJ zu versuchen. Schließlich entschied man sich wie schon in den Jahren zuvor, die durchaus akzeptable Musikanlage, die fest in der Cafeteria installiert war, in Anspruch zu nehmen. Es ging also nur noch darum, die passende Musik mit einigen Alternativen zusammenzustellen.

Blieben noch Essen und Trinken. Bei den Getränken hatte man in den vergangenen Jahren gute Erfahrungen damit gemacht, die sowieso vorhandenen durch die Bestellung bei einem pfälzischen Weingut zu erweitern. Zudem blieb es den Teilnehmern überlassen, gegebenenfalls ihre höher prozentigen Lieblingsgetränke selbst mitzubringen. Bei der Vorbesprechung sah die Gruppe schon den Tisch mit den Mathematikern vor sich, die sich vermutlich auch in diesem Jahr wieder an zwei Flaschen schottischem Whisky guttun würden, sowie den der Damen aus der Verwaltung, die die Eierlikörflaschen kreisen ließen.

Blieb die Frage nach dem Essen. Da gab es keine so festen Traditionen. Mal hatte man einen Caterer bemüht, mal kalte Platten von einem ortsansässigen Metzger. Vor zwei Jahren wurden unter großem Hallo Kartons mit frischer Pizza durch die Reihen gereicht. Nicht so gut geklappt hatte die Mitbringparty. Die Listen für die selbst gemachten Salate wurden nicht voll, sodass man am Ende noch viel hinzukaufen musste.

»Was könnten wir dieses Jahr machen?«, fragte die blonde Doktorandin in die Runde.

»Lamm am Spieß«, schlug einer vor. »War da nicht irgendetwas mit Hirten in der Weihnachtsgeschichte?«

»Lamm passt eigentlich besser zu Ostern«, meinte eine andere. »Denn die Lämmer werden im Frühjahr geboren.«

»Ochs und Esel sollen in dem Stall gewesen sein. Also Ochsenbraten.«

»Ich würde gerne einmal Eselsbraten probieren.« Die anderen starrten den an, der dies mit einem todernsten Gesicht vorgeschlagen hatte.

»Stollen, wie eine Windel gewickelt.«

»Stroh – Strohrum, strohtrockenes Putenfleisch.«

»Ich glaube unser Brainstorming führt auf Abwege. Wir können uns an der Weihnachtsgeschichte orientieren, müssen es aber nicht.«

Schließlich entschied man sich für eine bayerische Schlachtplatte, weil inzwischen das ganze Institut wusste, dass man damit Dr. Josef Li eine Freude machen könnte.

Für die Vegetarier und Veganer sollte es einen Gemüse-auflauf geben.

Saoirse machte sich zu Hause als Erstes einen heißen Kakao. Der tat Leib und Seele gut. Dann überlegte sie, bei wem sie die nächsten Tage unterkommen könnte. Sie wusste nicht, ob sie Professor Miller wirklich vertrauen konnte. Das Institut war ausspioniert worden, zwei Mitarbeiterinnen ermordet. Bis zu diesem Tag hatte die Polizei keine konkrete Spur – und das, obwohl Sebastian und sie einen wichtigen Beitrag geleistet hatten. Wer sagte ihr, dass Miller nicht selbst hinter alldem steckte und er dafür gesorgt hatte, dass Sebastian verschwand? Niemand hatte ihn das Haus verlassen sehen. Auch Frau Sorglos wusste nichts. Sie hatte lediglich einen Anruf durchgestellt. Die Geschichte, die Miller ihr erzählt hatte, musste nicht stimmen. Wenn Sebastian tatsächlich in Gefahr war, wie sie es vermutete, dann könnten seine Entführer bereits wissen, dass sie bei der Entschlüsselung der Texte geholfen hatte.

Ihr Handy vibrierte. Sie nahm es auf. Eine Nachricht. Sie öffnete sie. Von Sebastians Handy. »Mach dir keine Sorgen. Muss für ein paar Tage verschwinden.«

Ihr fiel ein Stein vom Herzen. Millers Geschichte stimmte. Sebastian war in Sicherheit. Was bedeutete das nun für sie? War sie auch in Sicherheit? Niemand außer Professor Miller wusste davon, dass sie an der Auswertung der Texte beteiligt gewesen war. Auf jeden Fall hatte sie es niemand anderem gesagt. Die einzige, die es noch gewusst hatte, Magda Schubert, war tot. Hatte Sebastian vielleicht etwas davon weitergesagt? Das war unwahrscheinlich, denn sie hatten sich vorgenommen, mit niemandem darüber zu sprechen. Schon um zu vermeiden, dass ein Verdacht auf Charlotte Kurasek fiel. Das war Sebastian besonders wichtig. Sie war da etwas weniger emotional. Sebastians Verhältnis zu Dr. Kurasek hatte eben eine unleugbar irrationale Dimension gehabt. Das ließ gelegentlich Eifersucht in ihr aufkommen. Auf eine Tote musste man aber nicht eifersüchtig sein, und den Anspruch, das Herz eines Mannes ungeteilt zu besitzen, hatte sie nie erhoben und wollte sie nie erheben. Man mochte gerne für einen anderen das Ein und Alles sein, aber die meisten Menschen hatten Eltern, Geschwister und Freunde, die ihnen auch wichtig waren. Es wäre unmenschlich und zerstörerisch, den Anspruch zu erheben, der einzige Mensch im Leben eines anderen zu sein. Nur eine weitere Geliebte, das wollte sie nicht. Da war sich Saoirse sicher. Hatte Sebastian noch eine andere Geliebte? War er deshalb für ein paar Tage verschwunden?

Saoirse entschied, dass es genügte, wenn sie gegen Professor Miller Misstrauen gehegt hatte. Sebastian wollte sie vertrauen. Ja, sagte sie sich, das ist eine Entscheidung. Sie basiert auf guten Erfahrungen mit ihm. Es war eine Art Hypothese, mit der sie durchs Leben gehen wollte. Sie hoffte, dass sie nie falsifiziert und Sebastian sie nie enttäuschen würde. Allerdings wusste sie auch, dass diese Hypothese nie verifiziert werden könnte. Es war wie die Geschichte mit den Schwänen und dem Menschen, der am Ufer steht und sie vorbeiziehen sieht. Sie kommen in unregelmäßigen Abständen, aber alle sind sie weiß. So geht er davon aus, dass alle Schwäne weiß sind, und lebt fortan mit dieser Annahme. Bis er dann eines Tages einen grauen Schwan sieht oder vielleicht auch einen schwarzen.

Dann ist sie falsifiziert, seine Hypothese, dass alle Schwäne weiß sind. Bei Schwänen und deren Farbe ist das kein großes Ding. Dann wird die Hypothese eben umformuliert und lautet fortan: »Die meisten Schwäne sind weiß, einige aber auch grau oder schwarz.« Wenn es um das Vertrauen zu einem Menschen geht, wiegt das schwerer. Dann würde aus dem Satz: »Ich kann Sebastian immer vertrauen.«, der neue Satz: »Ich kann Sebastian meistens vertrauen, aber nicht immer.« Das wäre etwas ganz anderes als vorher. Das könnte das Ende einer Beziehung bedeuten. Oder ihre Veränderung.

Vertrauen zu Sebastian zu haben, hieß jetzt, geduldig zu warten, bis er sich wieder melden würde. Zugleich entschied sie sich, davon auszugehen, dass sie selbst nicht in Gefahr schwebte.

Mir war es indessen langweilig. Ich saß in einem hübschen Hotelzimmer in Berchtesgaden mit Blick auf den Watzmann und hatte nichts zu tun. Schloss Elmau wäre eine interessante Alternative gewesen, aber dieses Luxushotel, in dem sich die G7 getroffen hatten, passte nicht in das Budget meiner Beschützer. Ich durfte mit niemandem kommunizieren. Die eine Nachricht an Saoirse hatte ich schreiben dürfen. Danach hatte man mich um mein Handy gebeten und es mitgenommen. Meine Beschützer hatten Angst, es könnte geortet werden. Also wurde es ausgeschaltet und mit nach München ins Polizeipräsidium genommen. Ich bekam ein Prepaid-Handy für alle Fälle, sollte es jedoch möglichst nicht benutzen. Ich hätte mich mit Saoirse in Verbindung setzen können, wurde aber gebeten, es nicht zu tun. Vielleicht wurde auch ihr Handy überwacht und dann hätten meine Verfolger eine Spur, die zu mir an den schönen Alpenrand führte.

Mit dem Arbeiten war es schwierig. Zwar hatte ich meinen Laptop mit, aber ich durfte nicht kommunizieren. Auch nicht mit den Mitarbeiterinnen und Mitarbeitern im Institut. Also nutzte ich die Zeit, mich über das WLAN des Hotels mit Neuigkeiten aus dem Internet zu versorgen. Ich konnte einige Fachzeitschriften online lesen und verfuhr ansonsten nach dem Motto: Suche nach Antworten auf Fragen, die du immer schon einmal stellen wolltest.

Mit der Selbstmotivation haperte es jedoch immer mehr. Mir gingen die Ereignisse der letzten Wochen durch den Kopf, und der Zwang zur Untätigkeit in Bezug auf Charlottes Schicksal lag wie ein körperlich spürbarer Druck auf mir. Arme und Beine waren schwer. Zu den täglichen Spaziergängen musste ich mich zwingen. Am liebsten hätte ich nur im Bett gelegen, wusste jedoch, dass ich auch das nicht aushalten würde. Ich war wie zum Zerreißen gespannt und gleichzeitig durch unsichtbare Fesseln an jeglicher Aktivität gehindert. Ich sehnte mich nach meiner Freiheit, meiner Arbeit und nach Saoirse.

Normalerweise hatte Saoirse mit Dr. Langlotz wenig zu tun. Sie arbeiteten in unterschiedlichen Teams und trafen sich nur bei den Besprechungen für alle Institutsmitglieder. Auch da saßen meist die einzelnen Arbeitsgruppen zusammen, sodass sie Dr. Langlotz nur aus der Ferne sah. Einmal jedoch in den letzten Tagen hatte sie ein paar Worte mit ihr gewechselt.

Ich war seit einer Woche weg und Alois Huber hatte Saoirse am Morgen angesprochen, ob sie etwas von mir gehört habe. Sie schüttelte den Kopf, und auf ihr »Leider nein!« hin lud Herr Huber sie zu einer Tasse Kaffee ein. Nun war sie zwar keine Kaffeeliebhaberin, den Gefallen wollte sie Herrn Huber jedoch tun.

»Wissen Sie«, sagte Alois Huber, »ich koche jeden Morgen immer so viel Kaffee, dass eine Tasse für Sebastian drin wäre. Er könnte doch jeden Tag zurückkommen. Oder nicht?«

»Das tut mir leid, ich weiß es nicht. Ich habe im Moment auch keine Verbindung zu ihm.«

»Das ist aber komisch. Es geht ihm jedoch gut, oder?«

»Doch, doch, da bin ich sicher«, sagte Saoirse und glaubte es sich selbst nicht so ganz. »Wir hätten sonst schon was gehört.«

»Stimmt. Wir sind ziemlich verwöhnt durch die Handys und das Internet. Als ich jung war, da hat man von jemandem, der im Ausland war, oft wochenlang nichts gehört. Briefe dauerten lange. Telefonieren war teuer, kompliziert und oft unmöglich. Sie haben recht, wir machen uns einfach keine Sorgen.«

Wenn das so einfach wäre, dachte Saoirse, und nickte Herrn Huber zu.

Plötzlich hörten sie ein entsetzliches Kreischen. Es kam vom Parkplatz vor dem Haus.

»Was kann das sein?«, fragte sie den Pförtner.

»Das ist der Auftritt von Frau Dr. Sandy Langlotz. Fast jeden Morgen, kurz vor dem Abstellen des Motors ihres Maserati, gibt es noch einen letzten verzweifelten Gasstoß.«

»Das klingt ja fast poetisch, wie Sie das ausdrücken.«

»So beschreibt Sebastian das immer. Er vermutet, sie würde ihr Gefährt am liebsten mit in ihr Büro nehmen. Weil das aber nicht geht, gönnt sie ihm noch einen letzten morgendlichen Schrei.«

»Sie sollte den Antrag stellen, dass der Aufzug vergrößert wird. Dann könnte sie ihren feschen Italiener mit nach oben nehmen.«

»Gute Idee, das sollten wir ihr vorschlagen. Wäre vielleicht auch eine Anregung für den Institutsneubau.« Alois Huber grinste.

Da betrat Frau Dr. Langlotz auch schon das Foyer, klackerte mit ihren Highheels über den gefliesten Boden, grüßte wie jeden Morgen den Pförtner mit einem fröhlichen »Guten Morgen, Herr Huber!« und wollte sich zum Aufzug begeben, als sie Saoirse erblickte und stutzte. Sie ging ganz entgegen ihrer Gewohnheit zurück zur Pförtnerloge.

»Hallo, Frau McBrian. Haben Sie die Rolle von Dr. Rasch übernommen? Was den Morgenkaffee bei Herrn Huber angeht, meine ich.«

Saoirse lächelte sie an und sagte nichts.

»Aber gut, dass ich Sie hier treffe«, fuhr Dr. Langlotz fort. »Ich wollte sowieso heute einmal mit Ihnen sprechen. Wissen Sie, wo Dr. Rasch ist? Er ist seit ein paar Tagen nicht mehr im Institut gewesen, oder?«

»Er ist auf einer Konferenz. Professor Miller hat ihn da hingeschickt. Kam etwas plötzlich.«

»Ja, das habe ich inzwischen auch schon herausbekommen. Aber wissen Sie, wo er ist? Ich müsste ihn sprechen wegen des Versuchsaufbaus. Der Professor ist nicht da und Frau Sorglos weiß nicht, wo Dr. Rasch ist.«

»Tut mir leid«, sagte Saoirse, »das ging alles sehr plötzlich. Ich habe ihn seit dem Tag auch nicht mehr gesprochen.«

»Aber er wird sich doch bei Ihnen gemeldet haben, nehme ich an. Sie stehen sich doch recht nahe, oder nicht?«

»Er hat mir nur eine Nachricht geschickt, dass er heil angekommen ist. Mehr nicht!« Sie schien kurz nachzudenken. »Ich denke, er hat einfach viel zu tun. Sie wissen doch, wie das auf den Kongressen ist.«

»Aber für ein kurzes Telefonat wird doch mal Zeit sein«, insistierte Dr. Langlotz. »Er ist doch wohl nicht den ganzen Tag beschäftigt. Geschweige denn in der Nacht.« Sie lächelte ein wenig zweideutig.

»Nachts wird er schlafen müssen, oder was meinen Sie?« Saoirse begann, sich über Dr. Langlotz zu ärgern.

»Das war nur so dahin gesagt. Ich kann mir eben nicht vorstellen, dass er sich überhaupt nicht gemeldet haben soll. Ich würde gerne einmal kurz Kontakt mit ihm aufnehmen.«

»Tut mir leid, da werden Sie warten müssen, bis er zurückkommt.«

»Wann wird das sein?«, hakte Sandy Langlotz nach.

»Auch das weiß ich nicht – obwohl ich es gerne wüsste.« Saoirse hob bedauernd die Augenbrauen.

»Schade. Nein, eigentlich mehr ärgerlich. Aber wenn Sie etwas von ihm hören, sagen Sie mir bitte Bescheid,

Frau McBrian. Ich bitte darum.« Dr. Langlotz drehte sich auf der Stelle um und ging eiligen Schrittes zum Aufzug.

»Das werde ich bestimmt nicht tun«, sagte Saoirse so leise, dass auch Herr Huber es nicht verstehen konnte.

»Die war ziemlich aufdringlich«, meinte Alois Huber und nahm einen Schluck aus seiner Tasse.

»Fand ich auch. Ist sie immer so?«

»Nein, eigentlich ist sie die Höflichkeit in Person. Auch wenn sie in den Fachgesprächen wohl ziemlich deutlich werden kann«, sagte der Pförtner und setzte hinzu: »Habe ich gehört.«

»Stimmt, sie hat den Ruf, gerne Klartext zu sprechen. Umso mehr wundere ich mich, dass sie eben so herumgeeiert hat. So sagt man doch, oder? Sie hat es ziemlich dringlich gemacht.« Saoirse bemühte sich um eine klare Aussprache, doch ihr Ärger ließ ihrem irischen Akzent freien Lauf.

Je öfter Saoirse während des Tages über das Gespräch am Morgen nachdachte, umso mehr ärgerte sie sich. Was sollte diese Anspielung auf die Nächte? Wollte Frau Langlotz einen Keil zwischen sie und mich treiben? Und wenn ja, warum wollte sie das? Um Saoirse zu verunsichern, damit sie doch etwas preisgab? Sie war froh, dass sie nichts verraten konnte, weil sie nichts wusste. Es war allerdings schwer zu ertragen, tagelang nichts zu hören, und es wurde durch dieses Gespräch nicht leichter.

Wollte Dr. Langlotz mich wirklich wegen der Versuchsanordnung sprechen oder wollte sie nur herausbekommen, wo ich war? Welches Interesse könnte sie daran haben? Saoirse musste mit jemandem darüber sprechen, aber mit wem? Sie durfte keine weitere Person einweihen. Also blieb nur Professor Miller. Falls sie ihm trauen könnte. Saoirse fühlte sich allein und hoffte, dass ich so schnell wie möglich wiederkäme.

22

Es war Dezember geworden und die Landschaft mit Schnee bedeckt. Unten im Tal lagen die Temperaturen tagsüber oberhalb des Gefrierpunktes, sodass sich der Schnee in Matsch verwandelte, der in der Nacht dann wieder gefror. Schön war es nicht auf den Straßen und Gehwegen. Die schmutzigen Schneehaufen von der letzten Räumung schmolzen vor sich hin und sonderten graubraune Rinnsale ab, die sich den Weg in die Kanalisation suchten. Die neblige Luft drang durch die Kleidung und transportierte die Kälte bis auf die Haut.

Den Anblick des Watzmann konnte ich nicht länger ertragen. Ich war es über, jeden Tag den gleichen Berg vor dem Fenster zu haben. Andere hätten das vielleicht schön gefunden, wären allein wegen dieses Blicks nach Berchtesgaden gefahren und hätten viel Geld für ein Hotelzimmer mit Watzmannblick ausgegeben. Ich hatte genug davon und wollte zurück nach München und vor allem zurück zu Saoirse. Ich begann daran zu zweifeln, dass es die richtige Entscheidung gewesen war, den Vorschlag von Kommissarin Wendel anzunehmen und mich hier zu verbergen. Ich bezweifelte zudem immer mehr, dass es überhaupt notwendig war, mich zu verstecken. Wenn die Leute, die hinter den beiden Morden standen, auch mir etwas tun wollten, dann hätten sie das schon in München machen können.

Die Kommissarin rief mich alle zwei Tage an und erkundigte sich, wie es mir ging. Ich durfte zum Glück mein Hotelzimmer verlassen und im Ort spazieren gehen.

So hatte ich mir wenigstens ein paar Bücher kaufen können. Aber Kommissarin Wendel weigerte sich, die Nummer des Prepaid-Handys an Saoirse weiterzugeben. Sie könne nicht ausschließen, meinte sie, dass diejenigen, die hinter mir her waren, auch Saoirse ausspionierten und über ein Telefonat schnell die Verbindung zu mir fanden.

Ich ging immer nur kurze Strecken durch das dunkle Berchtesgaden. Zur Buchhandlung, zum Café, zum Tabakladen, denn ich hatte in der Verbannung wieder angefangen, Zigarillos zu rauchen. Mit denen stellte ich mich auf den Balkon meines Hotelzimmers und dachte darüber nach, ob der Genuss des würzigen Tabaks die feuchte Kälte aufwiegen würde, die mich da draußen umfing. Ganz abgesehen davon, dass ich damit erneut zum Raucher geworden war, was sich in meiner Gesundheitsbiografie nicht gut machte.

Die Stadt war vorweihnachtlich geschmückt. Die vielen Lichter konnten ein wenig die Dunkelheit vertreiben, nicht jedoch den kalten Nebel. Zunehmend musste ich damit kämpfen, nicht in Trübsal zu versinken. So wenig Kommunikation mit anderen Menschen war ich nicht gewohnt. Es gab die Wortwechsel mit dem Hotelpersonal beim Essen, die kurzen Gespräche in den Geschäften und mal ein paar Sätze in einem Café. Die Kommunikation am Arbeitsplatz, den morgendlichen Plausch mit Alois Huber und das Zusammensein mit Saoirse konnten sie jedoch nicht ersetzen.

Dann waren da noch diese merkwürdigen Wahrnehmungen, von denen ich nicht wusste, ob sie real waren oder auf Einbildungen beruhten. Ich machte sie vor allem gegen Abend, wenn ich mich zu einem Einkauf oder letzten Spaziergang in dem Städtchen bewegte. Es waren diese Gestalten, immer dunkel gekleidet und die Gesichter kaum zu erkennen, die mich zu begleiten schienen. Vielleicht verfolgten sie mich auch. Sie kamen nie näher, blieben auf Distanz, aber ständig an mir dran. Sie betraten nie das Hotel. Ob Kommissarin Wendel mir Personenschutz zugeteilt hatte? Möglich wäre es, aber sie hatte nichts davon gesagt. Oder die anderen hatten mich gefunden, die, vor denen ich geflüchtet war. Warum blieben sie auf Distanz? Wollten sie mich nur kontrollieren? Egal wer sie waren, es machte mich unsicher. Wenn ich nach den Abendessen auf mein Zimmer ging, schloss ich es ab und stellte noch einen Stuhl unter die Klinke. Das allabendliche Glas irischen Whiskeys half mir, mich zumindest zum Schlafen zu entspannen. In den Träumen jedoch spiegelten sich die Enge meiner Behausung, die Langeweile und die Unsicherheit wider. Es wurde Zeit, dass mein Exil zu Ende ging.

Dr. Langlotz versuchte es noch zweimal. Saoirse wusste nicht, wie sie es einordnen sollte. Einmal trat sie wie eine ältere Freundin auf, die sich Sorgen um die Jüngere machte, deren Freund nun schon über eine Woche nicht mehr aufgetaucht war. Sie strapazierte Saoirses Nerven und forderte ihre Geduld heraus. Sie bot sich an, Nachforschungen anzustellen, wo denn der Kongress stattfände, falls Saoirse sich Sorgen mache. Sie mache sich keine Sorgen, gab diese zurück. Männer seien eben ein unzuverlässiges Geschlecht, meinte Dr. Langlotz, da hätte sie schon schlechte Erfahrungen gemacht. Eigentlich dürfe man ihnen nicht trauen. Ja, meinte dann Saoirse, manche von den Frauen hätten wirklich kein glückliches Händchen bei der Wahl ihrer Männer.

Das nächste Mal versuchte sie es mit der mütterlichen Variante. Sie mache sich Sorgen um Saoirse, die immer so nachdenklich, ja fast traurig wirke. Die Sache mit Sebastian ginge ihr sicher an die Nieren. Wann sie denn das letzte Mal von ihm gehört habe und wo er da gewesen sei, wollte sie wissen. Er müsse sich doch inzwischen gemeldet haben. Sie könne es ihr ruhig sagen. Und wenn es Saoirse zu viel würde, sie hätte immer ein offenes Ohr für sie, sie könne jederzeit zu ihr kommen oder sie anrufen. Sie legte ihr die Visitenkarte mit der privaten Handynummer hin. Saoirse fand die Frau ausgesprochen lästig, hatte aber das Gefühl, dass es besser wäre, nicht auf Konfrontation zu gehen. Vielleicht wäre es klüger gewesen, Dr. Langlotz irgendeine schwer überprüfbare Geschichte zu erzählen, dann hätte sie ihre Ruhe gehabt. Aber auf die Idee kam sie zu jenem Zeitpunkt nicht.

Es war ein Mittwoch, der Tag, an dem Saoirse nach Arbeitsende zum Yogakurs ging. Sie hatte damit angefangen, weil ihr zu Hause in Irland eine Freundin gesagt hatte, das müsse sie unbedingt einmal ausprobieren. Das wäre im Kommen. Gegen Ausprobieren hatte sie nichts, auch wenn sie mit Yoga nichts Positives verband. Von den eigentümlichen Namen der Übungen hatte sie gehört – der aufschauende Hund und die hängende Schlange oder so ähnlich. Von den Chakren wollte sie nichts wissen, das fand sie esoterisch und versponnen. Der Freundin zuliebe war sie jedoch mitgegangen und fand es dann gar nicht so schlecht. Die Bezeichnungen für die Übungen waren ulkig, bei der Erklärung der Chakren hatte sie weg gehört, aber Yoga tat ihr gut. Es war eine sanfte Art, den Körper zu formen und zu trainieren und gleichzeitig innerlich zur Ruhe zu kommen. Außerdem waren die meisten Frauen in dem Kurs nett. Als sie dann nach München wechselte, suchte sie sich wieder ein Yogastudio und ging fast jeden Mittwochabend dorthin.

Seit ich verschwunden war, bewegte sich Saoirse nicht mehr gerne abends alleine durch die Stadt. Jetzt im Dezember wurde es zudem früh dunkel. Sie hatte sich schon dabei erwischt, hinter sich Schritte zu hören, wo niemand gewesen war. Dann produzierten die Scheinwerfer der vorbeifahrenden Autos Schattenmuster an den Hauswänden, die sie verunsicherten. Mal sahen sie aus wie vorbei marschierende Soldaten, dann wieder wie große, vom Himmel stürzende Vögel. Am liebsten wäre sie abends nicht mehr ausgegangen, aber es tat auch gut, bei der Yogastunde mit ein paar anderen Menschen zu sprechen.

Als sie an diesem Abend nach Haus kam, fand sie ihre Wohnung verändert vor. Auf jeden Fall hatte sie den Eindruck. Zunächst bemerkte sie nichts. Die Tür war abgeschlossen wie immer, im Flur und im Wohnzimmer wirkte alles aufgeräumt. Nur stand die Teemaschine nicht genau dort, wo sie sich normalerweise befand, auch wenn es nur ein paar Zentimeter waren. Die Zeitschriften waren ordentlicher gestapelt als sonst, der Subwoofer hatte Streifen in seiner Staubschicht, die Tür des Wäscheschranks war geschlossen und nicht nur angelehnt wie üblich. Es waren alles nur Kleinigkeiten, aber es war nicht die Wohnung, die sie kurz zuvor verlassen hatte. Es war ein verdammt unangenehmes Gefühl.

In der gläsernen Schale auf der Theke des Küchenblocks sammelte sie Notizen, Visitenkarten und Erinnerungen. Dort musste auch die Karte der großen schwarzhaarigen Polizeikommissarin sein, die mit ihrem Kollegen im Institut gewesen war. Saoirse kramte sie heraus und wählte die Nummer. Eine halbe Stunde später war die Kommissarin bei ihr, eine weitere halbe Stunde die Männer und Frauen in den weißen Overalls und suchten nach Spuren eines Einbruchs.

»Es war auf jeden Fall richtig, dass Sie mich angerufen haben«, sagte Kommissarin Wendel. Eine gute Stunde lang untersuchte der kriminaltechnische Dienst die Wohnung, fand aber nur die Fingerabdrücke von Saoirse. »Die Auswertung möglicher DNA-Spuren dauert etwas länger. Es kann jedoch gut sein, dass wir nichts finden.«

»Sie meinen, hier hat kein Einbruch stattgefunden?«, fragte Saoirse vorsichtig.

»Ich weiß es nicht. Es könnte sein, dass Sie nicht bemerkt haben, dass Sie manches ein wenig anders hingestellt haben, als Sie es sonst tun. Nach dieser ersten Untersuchung ist es aber gut möglich, dass kein anderer Mensch außer Ihnen in der Wohnung war.«

»Dann sehe ich schon Gespenster.« Saoirse schüttelte den Kopf. »Ich beginne, an mir selbst zu zweifeln.«

»Ich kann Sie gut verstehen«, sagte Frau Wendel. »Das müssen Sie aber nicht. Es war eine große Belastung für Sie in den letzten Wochen.« Sie schaute Saoirse nachdenklich an. »Ich hätte es Ihnen wohl auch etwas leichter machen können. Aber ich wollte jeden Kontakt mit Ihnen vermeiden.«

Saoirse runzelte die Stirn und schaute die Polizistin fragend an.

»Nun ja«, sagte die Kommissarin und es klang wie eine Entschuldigung, als sie fortfuhr. »Sie sind die Freundin von Dr. Rasch, nicht wahr? Er ist seit bald zehn Tagen fort, und Sie wissen nicht, wo er ist. Ich möchte Ihnen immer noch nicht sagen, wo er ist. Zu seinem Schutz, wohlverstanden. Aber ich kann Ihnen so viel sagen, dass er in Sicherheit ist und gesund. Dass ihm lediglich die Warterei, bis er wieder zurück kann, langsam schwerfällt. Ich rufe ihn alle zwei Tage an.«

»Kann ich ihn auch anrufen?«, fragte Saoirse nahezu flehend.

»Er hätte das gern, aber dann müsste ich Ihnen seine neue Handynummer geben. Falls diejenigen, die hinter den Morden im Institut und den Einbrüchen bei Dr. Rasch stehen, Sie observieren, könnten die vielleicht über Sie auf die Spur zu ihm kommen. Wir brauchen noch etwas Zeit, sind aber schon deutlich vorangekommen.« Sie zögerte einen Moment. »Leider darf ich ihnen auch nicht mein Handy zur Verfügung stellen. Unsere Vorschriften sind in dieser Hinsicht äußerst streng.«

»Und das meinen Sie jetzt alles ernst?« Saoirse war entrüstet, das war unübersehbar und unüberhörbar.

»Ich bitte Sie!«, sagte die Kommissarin, und nun klang sie flehend. »Wir müssen diese Situation durchhalten, sonst ist alle Arbeit umsonst gewesen und die Verantwortlichen entwischen uns.«

Keine der beiden Frauen wirkte zufrieden mit der Situation.

»Ich habe mich die ganze Zeit nicht bei Ihnen gemeldet, weil ich jeglichen Kontakt vermeiden wollte, um Sie nicht aus dem Schatten herauszuholen, in dem ich Sie wähnte. Wenn das heute ein Einbruch war und wenn er von denselben Leuten durchgeführt worden ist, die auch bei Dr. Rasch eingebrochen sind, dann hat man Sie sowieso schon im Visier, und die wissen nun, dass wir Kontakt haben. Aber, wie gesagt, ich glaube das nicht.« Ihre Stimme sollte wohl beruhigend klingen. »Der Stil der Einbrüche wäre völlig unterschiedlich und das hier war vermutlich gar kein Einbruch. Wenn wir weg sind, können Sie die Kette an der Wohnungstür einhängen und beruhigt schlafen.«

Am nächsten Tag erschien Saoirse nicht zu Arbeit, am übernächsten auch nicht. Sie hatte sich nicht abgemeldet und niemand wusste, wo sie war.

23

Die Stimmung im Institut angespannt zu nennen, wäre ein Euphemismus gewesen. Zunächst waren es die Kolleginnen und Kollegen aus dem Team von Saoirse und mir, die sich Sorgen machten. Nach und nach, je mehr Gespräche beim Essen oder auf den Fluren geführt wurden, griff die niederdrückende Stimmung auf die gesamte Belegschaft über.

Für meine Abwesenheit gab es eine Erklärung. Ich nahm angeblich in Vertretung von Professor Miller an einem Kongress teil. Wo wusste niemand. Es war schwierig, vom Professor eine Bestätigung dieser Information zu bekommen, denn er war viel unterwegs, kaum zu erreichen. Das passte zu der Aussage, er habe nicht an dem Kongress teilnehmen können, denn er war offensichtlich gut beschäftigt. Von Frau Sorglos war nichts Genaues zu erfahren. So wurde man bei Nachfragen innerhalb des Instituts immer wieder auf die gleichen Gerüchte verwiesen.

Für die Abwesenheit von Saoirse gab es schlichtweg keine Erklärung. Sie war nicht da und niemand wusste warum. Der Professor war möglicherweise informiert, aber er war nicht zu erreichen. Frau Sorglos wusste definitiv nichts. Die meistdiskutierte Frage war, ob die Polizei eingeschaltet werden sollte. Man wollte jedoch gleichzeitig vermeiden, dass Saoirse irgendwelche Schwierigkeiten bekäme.

»Ich habe eigentlich überhaupt keine Lust auf diese Weihnachtsfeier.«

Die Vorbereitungsgruppe hatte sich noch einmal für letzte Absprachen getroffen. Sie saßen in der Cafeteria und starrten vor sich hin.

»Der Professor wird bis dahin zurück sein.« Die Doktorandin mit den kurzen blonden Haaren fuhr fort: »Diesbezüglich hat Frau Sorglos Entwarnung gegeben. Aber was ist mit Dr. Rasch und Saoirse McBrian? Keiner weiß, wo die sind!«

»Wenn wir wenigstens wüssten, dass alles in Ordnung ist. Man muss ja nicht unbedingt wissen, wo die beiden sind«, meinte Alois Huber.

»Sie meinen, die machen sich ein paar schöne Tage und nennen das dann Teilnahme an einem Kongress?«, frotzelte einer.

»Das finde ich gar nicht lustig. Wenn es nicht den Mord an Charlotte Kurasek und den Tod von Frau Schubert gegeben hätte, dann könnte man das vielleicht zu Recht vermuten. Aber so muss man doch eher Angst haben, dass ihnen etwas passiert ist.«

»Vielleicht tauchen sie in den nächsten Tagen wieder auf. Es sind immerhin noch drei Tage bis zur Weihnachtsfeier.«

»Apropos Weihnachtsfeier. Geht eigentlich alles klar?«

»Die Plakate hängen seit fast zwei Wochen. Genauso lange steht die Einladung im Intranet.«

»Die Musik ist organisiert.«

»Das Programm ist fertig und wird noch gedruckt.«

»Mit dem Caterer habe ich heute Morgen noch einmal gesprochen. Er hat versprochen, eine Stunde vorher da zu sein und alles aufzubauen.«

»Die Getränke werden am Vormittag vor der Feier aufgefüllt, und nein, der Getränkehändler kommt dem Caterer nicht in den Weg. Das ist besprochen.«

»Dann ist ja alles prima«, fasste die Vorbereitungsgruppenleiterin zusammen. »Alles bis auf die Frage nach Saoirse und Dr. Rasch.«

Dieses Mal war es Alois Huber, der sich auf die Suche machte. Nun war auch Saoirse verschwunden. Er hielt es in seiner Pförtnerloge nicht mehr aus. Sie kam ihm wie ein Gefängnis vor. Er wollte etwas tun, wusste jedoch nicht was. Zumindest bewegen musste er sich. So verbrachte er mehr Zeit vor der Pförtnerloge als in dem kleinen Zimmer dahinter. Das Telefon hatte er sich auf die Theke gestellt und bediente es von außen. Die Besucher begrüßte er schon in der Nähe der Tür, geleitete sie zu der Tafel mit der Skizze der verschiedenen Abteilungen und führte sie dann zum Treppenhaus oder zum Aufzug, nachdem er ihnen den Weg beschrieben hatte. Auf diese Weise konnte er seine Nervosität ein wenig in Bewegung umsetzen.

Zu Hause kam er auch nicht recht zur Ruhe, wollte jetzt im Dezember am liebsten den Garten umgraben. Seine Frau meinte allerdings, es würde genügen, wenn er endlich einmal das Gartenhäuschen mit den Werkzeugen und dem Dünger aufräumte. Die Unruhe blieb. Ohne eine zweite Flasche Bier am Abend fand er nicht in den Schlaf.

Er versuchte es bei der Polizei. Er verlangte Frau Kriminalhauptkommissarin Wendel zu sprechen. Man teilte ihm mit, sie sei für mehrere Tage auf einem Einsatz außer Haus – zusammen mit Kommissar Schuff. Er solle es in der nächsten Woche noch einmal versuchen. Der Kommissar war seine zweite Hoffnung gewesen, aber die wurde ihm auch genommen.

Er überlegte, ob er eine Vermisstenanzeige machen sollte, ließ dies jedoch letztendlich. Welche Berechtigung sollte ein Pförtner haben, eine Vermisstenanzeige zu erstatten, nur weil eine Mitarbeiterin seit ein paar Tagen nicht zu Arbeit erschienen war? Er würde vermutlich Erzählungen über vorgetäuschte Krankheiten, spontane Liebesheiraten mit anschließendem Durchbrennen des Paares und von Arbeitsplatzwechseln ohne vorherige Kündigung hören – alles Geschichten, die die Vermisstenstelle schon erlebt hatte.

Selbstverständlich versuchte er es täglich auf Saoirses und meinem Handy. Beide waren ausgeschaltet, auf jeden Fall nicht zu erreichen. Er kochte nach wie vor jeden Morgen eine Tasse Kaffee zu viel, wurde sie aber nicht los.

Zwei Tage vor der Weihnachtsfeier kam endlich Professor Miller ins Institut zurück. Wer ihn auf dem Flur oder in der Cafeteria traf, fragte nach Saoirse McBrian und mir. Was mich betraf, versuchte er alle zu beruhigen. Er wisse, dass es mir gut ginge, ich hätte an den Kongress noch den Besuch bei Kollegen eines befreundeten Instituts angeschlossen. Wann ich genau zurückkäme, wisse er nicht. Er habe mir aber gesagt, ich könne mir Zeit lassen, weil meine Arbeitsgruppe im Moment sowieso nur mit Routineaufgaben beschäftigt sei, die sie auch ohne mich erledigen könnte. Diese Informationen sprachen sich langsam herum und sorgten für eine gewisse Entspannung.

»Ich habe keinen Grund anzunehmen, dass die Aussagen von Professor Miller nicht der Wahrheit entsprechen«, antworte Dr. Langlotz, als die Doktorandin mit den kurzen blonden Haaren sie fragte, ob die Sache mit mir nicht ein bisschen ungewöhnlich sei. Jemanden so lange von den Aufgaben im Institut freizustellen, das habe der Professor bisher noch nie gemacht.

»Und was ist mit Saoirse?«, fragte die Doktorandin.

»Dazu kann ich Ihnen nichts sagen.« Dr. Langlotz klang verärgert und drehte auf dem spitzen Absatz um.

Die meisten im Institut vertrauten den Aussagen des Professors und begannen sich um Saoirse weniger Sorgen zu machen. Zum einen fehlte sie noch nicht lange, zum anderen konnte man annehmen, dass, wenn mit mir alles in Ordnung war, es auch bei Saoirse so sein würde.

Den meisten ging es so, nicht jedoch Alois Huber. Die Nervosität stieg von Tag zu Tag, sodass seine Frau ihn morgens, bevor er das Haus verließ, mahnte: »Und fang nicht wieder an, Gespenster zu sehen. Du weißt, dass deine Fantasie mit dir durchgeht, wenn du angespannt bist.« Sie kannte ihn. So wie jetzt war er jedes Mal vor der Geburt ihrer Kinder gewesen und hatte alle möglichen Unheilanzeichen entdeckt. Er war ihr bei der Geburt keine große Hilfe gewesen. Als ein anderes Mal die Polizei ihn vorlud, weil sein Wagen angeblich an einem Tatort gesehen worden war, konnte er zwei Tage nach dem Gespräch nicht mehr schlafen, obwohl er eindeutig nachgewiesen hatte, dass er und sein Auto an jenem Abend überhaupt nicht in der Stadt gewesen waren. Er wurde nervös und bekam Schuldgefühle, obwohl die Polizisten ihm gesagt hatten, es müsse sich um ein Missverständnis gehandelt haben. Zum Glück kam Alois Huber nur selten in diesen seelischen Ausnahmezustand, aber wenn, dann waren es schwere Tage für seine Frau. In diesem Fall hatte sie ihm vorgeschlagen, sich lieber krank zu melden, als in diesem Zustand zur Arbeit zu gehen.

Er war jedoch nicht davon abzuhalten, in aller Frühe die Eingangstür des Instituts und die Pförtnerloge aufzu-schließen und Kaffee zu kochen, denn Saoirse und ich konnten jeden Tag zurückkommen. Darauf hoffte er, davon war er überzeugt. Wir kamen nicht, aber dafür ein würfelförmiges Päckchen für Saoirse, mit dessen Absen-der Herr Huber nichts anfangen konnte. Es war für seine Größe ungewöhnlich schwer, fand er, und außerdem machte ihn dieser altmodische Aufdruck »Handle with Care« misstrauisch.

Der Absender hätte, so meinte der Mann von der Poli-zei am späten Nachmittag, besser »Vorsicht! Zerbrech-lich!« oder etwas Ähnliches darauf schreiben sollen, auf jeden Fall auf Deutsch. Denn als die Damen vom Reini-gungstrupp den Schreibtisch in der Pförtnerloge, auf dem Herr Huber das Päckchen abgelegt hatte, säuberten, wa-ren sie nicht vorsichtig genug und es fiel zu Boden. Dabei riss die Verpackung auf und ein Metallkasten mit einigen Drähten wurde sichtbar. Für Alois Huber war die Angele-genheit klar. Seine Frau hätte ihm vermutlich gesagt, er sähe mal wieder Gespenster. Er war sich jedoch sicher, dass er eine Paketbombe vor sich hatte. Eine Alternative gab es nicht.

Der Mann von der Polizei kam erst, als die meisten Angestellten das Institut verlassen hatten. Die Idee von Huber fand er zwar ungewöhnlich, aber nachdem der ihm erzählt hatte, was in den letzten Monaten schon alles passiert war, nicht abwegig. Die Zeit des Wartens auf die Polizei war für den Pförtner nervenzermürbend gewesen, aber dann ging alles schnell. Es dauerte nur eine halbe Stunde, bis eine Sprengstoffspezialistin vor Ort war, die der Hypothese Hubers zustimmte, sie auf jeden Fall für überprüfenswert hielt. Man einigte sich darauf, zwei weitere Spezialisten zu Hilfe zu rufen und zwischenzeitlich das Gebäude räumen zu lassen. Das war jetzt, am späten Nachmittag, wenig aufwendig, denn außer dem Pförtner befanden sich nur noch der Institutsleiter und Frau Sorglos im Haus. Die beiden bemühten sich, die Arbeit, die während der langen Abwesenheit des Professors liegen geblieben war, aufzuarbeiten.

Also warteten Professor Miller, Frau Sorglos, Herr Huber und zwei Polizisten im Garten des Instituts darauf, dass die Bombe entschärft würde – wenn es sich denn um eine Bombe handelte. Da es so kurz vor Weihnachten recht ungemütlich war, wurde das Warten in eine nahe gelegene Gaststätte verlegt, in der man zudem zu Abend essen konnte.

Gegen 22.00 Uhr wurden sie über das Ergebnis der Untersuchung informiert. Herr Huber hatte richtig vermutet. Es handelte sich um eine Paketbombe von einer Stärke, die alles im Umkreis von fünf Metern hätte töten können.

»Interessant ist der Zündmechanismus«, sagte der Mann vom Entschärfungskommando. »Das ist kein Zeitzünder, sondern ein Handy, das bei einem Anruf den Zündmechanismus ausgelöst hätte. Weil die Sprengkraft vergleichsweise gering ist, macht ein solcher Auslösevorgang nur Sinn, wenn derjenige, der die Explosion durch einen Anruf auslöst, genau weiß, dass sich die Empfängerin des Päckchens in dessen Nähe befindet. Er müsste also nahezu Sichtkontakt mit ihr haben oder sicher sein, dass sie in ihrem Büro ist. Mit anderen Worten: Bei dieser Konstruktion zur Auslösung der Bombe muss sich der Auslösende im Haus befinden. Er muss Frau McBrian unter Kontrolle haben, wissen, wo sie sich gerade aufhält, damit er sicher sein kann, dass sie an ihrem Schreibtisch sitzt oder wo auch immer das Päckchen abgestellt wurde.«

Professor Miller schärfte Herrn Huber und Frau Sorglos ein, nichts von alledem weiterzusagen. Er wolle das Institut nicht noch mehr verunsichern. Der ermittelnde Beamte stimmte ihm zu: Wenn der Täter oder die Täterin unter den Mitarbeitenden zu vermuten wäre, dann solle er oder sie nicht erfahren, dass man dies wusste.

So ging die Mehrheit der Belegschaft entspannt in die Weihnachtsfeier. Die Vorfreude war unterschiedlich ausgeprägt. Die einen feierten sowieso nicht gerne, weil ihnen Small Talk nicht so recht lag. Die fanden sich dann jedes Jahr nach dem offiziellen Programm an einem Tisch zusammen, an dem es nur um Physik oder Mathematik ging und der von den anderen gemieden wurde. Einige konnten mit Weihnachten nichts anfangen, weil sie es als eine Angelegenheit für Kinder betrachteten. Geschenke waren ganz schön, ein festliches Essen auch, aber Weihnachtsmanngedichte und Christkindllieder waren ihnen grundsätzlich zuwider. Eine andere Gruppe freute sich auf eben diese Lieder und den prächtig geschmückten Weihnachtsbaum. Manche schätzten vor allem die zwanglose Konversation unter den Kolleginnen und Kollegen, die man sonst nicht so oft zu Gesicht bekam. Alle jedoch würden kommen, denn es war eine Selbstverständlichkeit und zählte zur Arbeitszeit. Außerdem wurde man vom Institutsleiter gesehen und konnte einander schöne Weihnachtstage wünschen.

Es sollte eine Weihnachtsfeier voller Überraschungen werden.

24

Was die Musik anging, war es nicht beim Weihnachtsliederstreaming geblieben. Zwar hatte das zuständige Mitglied der Vorbereitungsgruppe bereits die schönsten Playlists unter seinen Favoriten auf dem Handy gespeichert, den Anfang sollte jedoch eine Life-Formation machen. Zwei Angehörige des Teams von Dr. Langlotz hatten sich bei der gemeinsamen Arbeit gefunden – musikalisch. Sie spielte Keyboard, er Elektrogitarre. So begann die Feier mit einem bekannten Weihnachtslied aus europäischer Tradition, die Melodie frei improvisiert auf der mit Verzerrer und Hall verfremdeten Elektrogitarre, begleitet auf dem in allen Klangfarben spielenden Keyboard. Es folgten das unvermeidliche rotnasige Rentier Rudolf und die Erinnerung an das letzte Weihnachtsfest, an dem man sein Herz verloren hatte. Geschickt improvisierend wurde dies in die Stille Nacht überführt. Dann übernahm der von Alois Huber organisierte Chor. Hatten bis dahin die Knie im Takt gewippt, kamen nun selbst bei hart gesottenen Weihnachtsabstinenzlern romantische Erinnerungen auf.

Es folgte die Ansprache des Professors, der die Ereignisse des letzten Jahres zusammenfasste, sich bei allen bedankte, jedoch die Fragen, die in den meisten Köpfen präsent waren, nicht beantwortete.

Die Musik hatte die Mitarbeiterinnen und Mitarbeiter des Instituts aus ihrer Irritation befreit und je nach Temperament mitgerissen, beruhigt oder gerührt. Mit der Rede jedoch kamen die Erinnerungen wieder und mit ihnen die Gefühle, die beiseitegeschoben worden waren. Der Mord an einer der leitenden Physikerinnen, der Spionageverdacht, der eigentümliche Tod der Technikerin und die Tatsache, dass weder ich noch Saoirse McBrian bei der Feier waren, war bei vielen auf die unterschiedlichsten Weisen präsent. Auf unser Fehlen kam Professor Miller nicht zu sprechen, alles andere versuchte er in seiner Rede aufzunehmen. Ansprachen vor einer gefühlsmäßig irritierten Mitarbeiterschaft gehörten nicht zu seinen Kernkompetenzen. Er hätte lieber über ein physikalisches Thema referiert, aber er gab sich große Mühe, und das wurde wahrgenommen.

Nach der Rede des Professors war noch einmal der Chor vorgesehen und dann sollte es unter musikalischer Berieselung mit dem Essen weitergehen. Jedoch, kaum hatte der Professor sich gesetzt, erhob sich zur Verwunderung aller Dr. Josef Li und ging zum Mikrofon. Später gab er mir das Manuskript seiner Rede – er versuchte möglichst akzentfrei abzulesen –, die ich somit wiedergeben kann:

»Liebe Kolleginnen und Kollegen, ich möchte Ihnen keine unangenehme Überraschung bescheren. Davon hatten Sie genug in den vergangenen Monaten. Aber ich möchte ein paar Worte an Sie richten. Einmal aus Dank für die gute Aufnahme hier bei Ihnen und dann, weil dies die erste Weihnachtsfeier in Deutschland ist, die ich miterleben darf.«

Ob dies eine unangenehme Überraschung werden würde, hinge vor allem von der Dauer der Rede ab, dachten sicher einige in der Runde, und damit von dem Zeitraum, um den sich das Warten auf das Buffet verlängerte.

Josef Li hatte sich in den vergangenen Wochen durch sein stetiges Bemühen, Deutsch zu lernen, seinen reizvollen Akzent, mit dem er es aussprach, und seiner nicht verheimlichten Begeisterung für alles das, was man als typisch bayerisch bezeichnete, bei den meisten im Haus große Sympathien erworben. So hatte er das Wohlwollen und auch die Freude über eine Abwechslung im sonst alljährlich gleichen Ablauf der Weihnachtsfeier auf seiner Seite.

»Ich habe Ihnen zwei Krippenfiguren aus meiner Heimat mitgebracht: Maria und Josef. Wie Sie sehen, haben die beiden die gleichen Augen wie ich – koreanische Augen. Die historischen Eltern von Jesus werden anders ausgesehen haben. Eher wie die meisten von Ihnen, was die Augen betrifft. Die Haare werden vermutlich sehr dunkel und die Haut eher etwas getönt gewesen sein. Wie Türken oder Syrer eben.« Im Manuskript war vermerkt: »Lächeln!«

»Nun, wir Christen in Korea wissen, dass die beiden keine asiatischen Gesichter hatten. Aber dass wir sie so darstellen, das bringt uns die beiden etwas näher. Wie wir sowieso versuchen müssen, alles, was in der Bibel steht, für uns neu zu verstehen.

Überhaupt, Weihnachten hat bei uns keine so lange Tradition wie hier bei Ihnen. Es ist noch keine zweihundert Jahre her, dass die ersten Koreaner Christen wurden. Heute sind es nur etwas über dreißig Prozent. Wie es wohl bald auch hier in Deutschland sein wird.

Wir feiern Weihnachten mit Gottesdiensten, Krankenbesuchen und gemeinsamem Essen. Es ist alles ein bisschen amerikanischer als hier, also viel Santa Claus und

Rentiere und so weiter. Der Anlass für dieses Fest ist der gleiche, obwohl wir von der Geburt des Christentums sprechen und Sie von der Geburt Jesu. Die meisten anderen Koreaner sind Buddhisten oder Konfuzianer. Wie Sie wissen, kennen beide Religionen keinen Gott, wie die Juden, Muslime und Christen. Es geht mehr um Lebenshaltung, Weisheit und bewährte Wege, das eigene Leben zu gestalten.

Als Naturwissenschaftler, der ich durch und durch bin, hätte ich es mit dem Buddhismus und dem Konfuzianismus manchmal leichter als mit dem Christentum. Ich müsste mich nicht fragen, wie denn Gott und der Urknall oder Gott und das Standard-Modell der Materie zusammenpassen. Es ist leichter, einer diesen beiden Lebensanschauungen anzuhängen und gleichzeitig ein materialistisches Weltbild zu haben.

Wie ich zu meinem Glauben gekommen bin? Nun, ich habe davon gehört, ich habe es in Kopf und Herz bewegt. Irgendwann bin ich zu der Gewissheit gekommen, dass dieser Gott, von dem die Christen reden, auch für mein Leben wichtig ist. Mir ist es bis heute nicht gelungen, diesen Gott zu verifizieren oder zu falsifizieren. Ich versuche es auch gar nicht mehr. Denn irgendwann habe ich verstanden, dass Gott zu den Teilen unseres Lebens gehört, die etwas mit Vertrauen zu tun haben.

Vertrauen hat man oder man hat es nicht – Vertrauen in den Menschen, den man liebt. Vertrauen darauf, dass es richtig ist, sich für die Menschenrechte, für Gerechtigkeit, für eine friedliche Welt einzusetzen. Vertrauen kann man leider nicht wissenschaftlich betrachten. Es kann weder falsifiziert noch verifiziert werden. Man kann nach

Argumenten dafür oder dagegen suchen und sie auch finden. Dafür, dass dies richtig oder das falsch ist. Allerdings: Was richtig und was falsch war, wird sich erst im Nachhinein erweisen, oft so sehr im Nachhinein, dass wir es nicht mehr erleben. Also fällt man eine Entscheidung – wie zum Beispiel die, darauf zu setzen, dass nicht das Gesetz des Stärkeren der richtige Weg ist, sondern der Weg der Rücksicht auf die Schwachen, der Weg der Solidarität also. Man kann sich auch entscheiden, den Lebensweg mit der Hypothese Gott zu gehen oder ohne.

Mich hat vor allem der Mensch beeindruckt, dessen Geburt wir an Weihnachten feiern. Wie er gelebt und geredet hat, wie er mit den anderen umgegangen ist. Was ihm wichtig war und was er abgelehnt hat, das hat mir als jungem Mann imponiert. Und weil für Jesus aus Nazareth Gott wichtig war, habe ich es auch einmal mit dieser Perspektive versucht und bin bis heute dabei geblieben.

Warum erzähle ich Ihnen das alles – und dann noch außerhalb des Programms? Nun, weil ich mich bedanken möchte: Für das Vertrauen, dass Sie mir entgegengebracht haben. Für die Freundlichkeit, mit der Sie mich aufgenommen haben. Für die Solidarität, die ich gespürt habe. Für die Bereitschaft, mich in die Geheimnisse der bayerischen Kultur einzuführen und vieles mehr. Ich wollte Ihnen etwas zurückgeben an Vertrauen und deshalb von dem erzählen, was mich in meinem Innersten bewegt, wenn Weihnachten vor der Tür steht und bevor ich nachher über die Feiertage zu meiner Familie nach Korea fliege. Herzlichen Dank!«

Während dieser Rede herrschte vollkommene Stille in der Cafeteria. Niemand sprach ein Wort, die einen aus

Höflichkeit, manche aus Betroffenheit, andere, weil ihnen gefiel, was der neue koreanische Kollege von sich gab. Es dauerte einen Moment, dann begann der Applaus in einer Ecke des Raumes und kam schließlich von allen Seiten. Nicht frenetisch, nicht stürmisch, jedoch auch nicht verhalten, eher nachdenklich und dankbar.

Es lag trotz allen Bemühens um weihnachtliche Gestimmtheit eine eigentümliche Stimmung im Raum. Die Rede des Professors war geeignet gewesen, ein wenig Sachlichkeit in die Verunsicherung durch die Ereignisse der letzten Wochen und die unerklärliche Abwesenheit zweier Teammitglieder zu bringen. Dr. Li hatte von Vertrauen geredet. Gerade das hatte Schaden genommen. Wem konnte man vertrauen, wenn irgendwer aus den eigenen Reihen die Ergebnisse jahrelanger mühsamer Arbeit an ein anderes Land verriet, ein Land zudem, bei dem viele sich fragten, welchem Zweck dort letztlich die wissenschaftliche Forschung zu dienen hatte.

Professor Miller gab sein Zeichen, der Chor sang zwei Lieder und das Buffet wurde eröffnet. Essen und Trinken hoben spürbar die Stimmung und wenig später war der Raum von Gemurmel und Geplauder erfüllt.

Wir standen vor der Tür zur Cafeteria und lauschten. Die Musiker hatten gerade wieder zu ihren Instrumenten gegriffen, mit ein paar Tönen die Regelung der Lautstärke überprüft und stimmten das Lied vom Traum einer weißen Weihnacht an, da öffneten wir die Tür.

Wir hatten uns abgesprochen und riefen wie aus einem Mund: »Frohe Weihnachten – und guten Appetit!« Es wurde schlagartig still. Wir schauten in zahlreiche offene Münder, ungläubige und von Sekunde zu Sekunde immer freudigere Gesichter.

Alois Huber fiel die Gabel aus der Hand und mit einem durch den ganzen Raum hörbaren Scheppern auf den Teller. Er stand auf und kam zur Tür. Professor Miller tat es ihm nach und dann machten die anderen ihrer Anspannung durch einen tosenden Applaus Luft.

»Hatte ich doch recht«, sagte eine aus dem Vorbereitungsteam der Weihnachtsfeier zu ihrer Nachbarin. »Die beiden haben sich ein paar schöne Tage gemacht und uns im Ungewissen gelassen. Bin gespannt, was der Professor dazu sagt.«

Der Professor sagte nichts, außer dass er sich freue, dass Frau McBrian und ich wieder da seien und das ganz offensichtlich wohlbehalten. Wir setzten uns zu Alois Huber an den Tisch. Die leicht verzerrte Gitarre intonierte »Süßer die Glocken nie klingen«, das Keyboard legte sich im Stil einer Hammondorgel darunter und zusammen begleiteten sie das Geklapper der Gläser und Teller. Dr. Li kam zu mir, schüttelte mir kräftig die Hand und legte mir in einer völlig unerwarteten Geste einen Arm um die Schultern.

Das hätte nun der erfreuliche, wenn auch noch ungeklärte Ausgang der ganzen Angelegenheit sein können. Aber es fehlte noch etwas Entscheidendes.

Dr. Langlotz blieb an ihrem Platz und wirkte ausgesprochen unsicher. Ich hatte sie gut im Blick und war gespannt, was sie tun werde. Sie starrte vor sich auf den Tisch, und als ihre Tischnachbarin sie ansprach, schüttelte sie nur gedankenverloren den Kopf. Ihr Blick ging quer durch den Raum zu der Gruppe der Doktoranden. Ich folgte ihrem Blick. Dort saß einer ähnlich stumm und schien nicht zu verstehen, wie er das eben Geschehene einzuordnen habe. Dr. Langlotz stand auf, ging zu dem Doktoranden mit den langen Haaren hinüber und tippte ihm mit einem Finger auf den Oberarm. Dann schritten sie auf die Eingangstür zu.

Sie mussten am Buffet vorbei. Dort trafen sie unerwartet auf Professor Miller.

»Auf ein Wort, Frau Dr. Langlotz, Herr Kollege! Ich habe nur noch eine Frage an Sie. Warum? Warum haben Sie es getan?«

Der Doktorand mit den langen Haaren schaute lediglich betroffen unter sich. Sandy Langlotz wandte den Kopf dem Professor zu und schaute an seiner rechten Schläfe vorbei in die Ferne.

»Was meinen Sie, Herr Professor?«

»Sie wissen, was ich meine. Und ich will wissen, warum. Warum dieser Verrat am ganzen Team und an mir? Warum die Ermordung einer beliebten und hochqualifizierten Kollegin? Warum der Tod einer Technikerin, die zudem auf Ihrer Seite stand? Warum das alles?« Die Stimme des Professors war schneidend und verzweifelt zugleich.

Dr. Langlotz schaute ihm mit dem Ausdruck eines trotzigen Kindes in die Augen und sagte: »Die anderen zahlen besser.«

Professor Miller starrte sie an.

Einen Moment zögerte sie und sagte dann: »In dieser unserer Welt geht es darum, sich möglichst teuer zu verkaufen. Meinen Marktwert haben die Chinesen deutlich höher eingeschätzt als Sie und unser Staat. Die Entscheidung war einfach.« Sie schob den Professor mit einer Hand zu Seite. »Und jetzt lassen Sie uns gehen!«

Der Doktorand folgte ihr. Beide erreichten gleichzeitig die Tür, öffneten sie und blieben schlagartig stehen.

»Wo seid ihr die ganze Zeit gewesen?«, wollte am anderen Ende des Raumes Alois Huber von Saoirse und mir wissen. »Und warum habt ihr es nicht für nötig gefunden, euch mal bei mir zu melden? Ihr wisst gar nicht, wie viel Kaffee ich in der letzten Zeit zu viel gekocht habe, nur weil ich gehofft habe, ihr könntet jeden Tag zurückkommen.«

»Wir waren im schönen Berchtesgaden und haben uns vom Watzmann beschützen lassen«, grinste Saoirse.

»Und ihr habt es nicht für nötig gehalten, irgendjemandem Bescheid zu sagen?«

»Wir durften es nicht«, sagte ich, »und es ist uns schwergefallen.«

»Warum durftet ihr das nicht? Und wer hat das überhaupt bestimmt?« Alois klang ein wenig ärgerlich.

»Das ist eine lange Geschichte«, sagte Saoirse mit ihrem charmanten Akzent und lächelte.

»Ich habe Zeit«, meinte Huber und lehnte sich zurück. »Legt los!«

»Erst mal müssen wir etwas essen«, bremste ich ihn. »Ich habe schon gehört, Dr. Li zu Ehren soll es diese ausgezeichneten bayerischen Fleischspeisen geben, die er so schätzt.«

»Nun spannt uns nicht so auf die Folter. Erzählt endlich.«

»Es geht uns gut. Wir sind in Sicherheit. Ganz im Gegensatz zu den letzten Tagen. Das sollte erst einmal genügen.«

Alois Huber wollte gerade wieder ansetzen und mich weiter bedrängen, als es an der Eingangstür laut wurde, und sich die Blicke der meisten dorthin wandten.

Dr. Langlotz und der Doktorand mit den langen Haaren befanden sich vor der geöffneten Tür, in ihr standen die beiden Kriminalbeamten, hinter denen einige Uniformierte. Zwei der Uniformierten traten vor und legten den beiden Handschellen an. Dann entschwanden sie den Blicken der Feiernden.

Professor Miller schaute ihnen hinterher und ging zur Tür. Man konnte sehen, wie er mit den beiden Beamten sprach. Es schien vertraulich und freundlich zu sein. Der Professor zeigte in den Saal und ging dann mit Hauptkommissarin Wendel und Kommissar Schuff zum Mikrofon.

»Ja, liebe Mitarbeiterinnen und Mitarbeiter, das ist eine Weihnachtsfeier der Überraschungen. Die unerwartete Rede des geschätzten Kollegen Dr. Li, die Heimkehr der Vermissten und nun dies. Die Festnahme zweier Mitarbeiter passt nicht in eine solche Feier, und ich bitte Sie, nicht zu erschrecken. Denn die Verhaftung der beiden ist nicht nur überraschend, sondern letztlich auch höchst unerfreulich. Für mich bedeutet sie eine Enttäuschung, über die ich noch lange werde nachdenken müssen. Erfreulich ist jedoch, dass der Spuk nun ein Ende hat. Die schreckliche Ereignisse der letzten Zeit konnten in den vergangenen Tagen durch die Polizei aufgeklärt werden. Deren Arbeit hat ein erfolgreiches Ende gefunden. Im zurückliegenden Jahr wurde eine Kollegin ermordet und auch der zweite Tod einer Mitarbeiterin entpuppte sich als Mord. Bei Dr. Rasch wurde zu Hause und hier im Institut eingebrochen. Bei Frau McBrian vermutlich auch. Vor zwei Tagen erhielten wir eine Paketbombe, die an Frau McBrian adressiert war. Und alles das hängt damit zusammen, dass vertuscht werden sollte, wer für den Geheimnisverrat an die Chinesen verantwortlich ist. Wir werden heute nicht alle Zusammenhänge darstellen können, aber ich möchte Hauptkommissarin Wendel doch Gelegenheit geben, ein paar Worte zu sagen.«

Er überließ das Mikrofon der Kommissarin.

Im Raum herrschte eine angespannte Stille. Dr. Langlotz und ihr Doktorand sollten es also gewesen sein? Die meisten hatten gehofft, dass nicht ein Kollege oder eine Kollegin aus dem Institut für die Morde verantwortlich wäre.

»Sehr geehrte Damen und Herren, Reden vor Publikum gehört nicht zu den Dingen, die wir in unserer Ausbildung lernen. Nicht nur deshalb möchte ich es kurz machen. Heute ist Ihre Weihnachtsfeier und wir können uns gerne im Neuen Jahr noch einmal Zeit nehmen, um den Sachverhalt ausführlicher darzulegen – soweit dies vor einer Gerichtsverhandlung überhaupt zulässig ist. Deshalb also nur kurz: Der Mord an Dr. Kurasek konnte mithilfe von Dr. Rasch und Frau McBrian aufgeklärt werden. Wir suchten nach dem Motiv und entdeckten es schließlich auf einigen eher altertümlich wirkenden Disketten, mit denen Frau Kurasek ihre Beobachtungen im Institut an den Bundesnachrichtendienst weitergegeben hatte. Von dort bekamen wir durch Beschreiten eines langen

Dienstweges letztendlich weitere Informationen. Dr. Kurasek hatte herausgefunden, dass Frau Dr. Langlotz und Magda Schubert hinter dem Geheimnisverrat an die Chinesen standen. Frau Schubert tötete Dr. Kurasek, um weitere Beobachtungen auszuschließen. Das lassen ihre DNA-Spuren am Tatort annehmen. Sie brach bei Dr. Rasch ein, der zwischenzeitlich im Auftrag der Eltern von Dr. Kurasek deren Nachlass sichtete. Auch er schwebte in Lebensgefahr. Wir brachten ihn deshalb in Sicherheit. Frau Schubert wurde wohl von den eigenen Leuten umgebracht. Wir vermuten auf Initiative von Dr. Langlotz. Als diese erfuhr, dass auch Saoirse McBrian informiert sein könnte, wurde es gefährlich und wir schickten Frau McBrian zu Dr. Rasch.

So weit für heute. Wir werden noch einiges aufarbeiten müssen. Mein Kollege und ich wünschen Ihnen eine nun ungestörte Weihnachtsfeier. Vielen Dank für die Aufmerksamkeit und: Frohe Weihnachten.«

Wie am Ende einer Vorlesung wurde auf die Tische geklopft. Die Doktorandin mit den kurzen blonden Haaren zwängte sich zwischen den Stühlen hindurch nach vorne und sagte zu den beiden Beamten: »Im Namen des Vorbereitungskomitees lade ich Sie sehr herzlich ein, noch ein bisschen bei uns zu bleiben.« Dabei schaute sie vor allem Kommissar Schuff an, hakte sich bei ihm unter und zog ihn an ihren Tisch.

Der Professor lächelte, sagte: »Das ist eine ausgezeichnete Idee«, und nahm die Kommissarin mit an seinen Tisch.

Die beiden Beamten schienen sich bei dieser Aktion nicht ganz wohlzufühlen. Ich vermutete, dass sie befürchteten, man könne ihnen eine Vernachlässigung ihrer Pflichten unterstellen, wenn sie nicht gleich mit den Verhören begannen. Vielleicht war es auch nur die für Polizisten etwas ungewohnte Situation, spontan zu einer Feier innerhalb ihrer Dienstzeit eingeladen zu werden. Jedenfalls schlugen die beiden sich tapfer, die Kommissarin am Tisch des Professors und Kommissar Schuff im Kreise der Doktorandinnen.

Dr. Josef Li ging von Tisch zu Tisch und verabschiedete sich, wünschte allen frohe Weihnachten, einen guten Rutsch und alles Gute bis zum Wiedersehen im Neuen Jahr. Dann begann die Gesellschaft sich aufzulösen, fast jeder trug etwas in die Küche oder räumte anderweitig mit auf. Schließlich saßen nur noch Professor Miller, der darauf wartete, dass sein Mann ihn abholte, Alois Huber und wir zwei Heimkehrer zusammen. Die Vorbereitungsgruppe erledigte die letzten Aufräumarbeiten in der Küche.

»Morgen besuchen wir zunächst einmal Charlottes Eltern«, sagte ich. »Auch wenn wir noch nicht alles im Detail wissen, so sollten sie doch darüber informiert sein, dass die Polizei die Mörderin ihrer Tochter gefasst hat. Das wird das Weihnachtsfest nicht wirklich schöner machen, aber vielleicht ein wenig entspannter.«

»Wir können jetzt nichts mehr tun, als zu warten, was die Nachforschungen der Polizei ergeben werden«, sagte Professor Miller. »Für mich ist die große Frage, wie es zu einer Zusammenarbeit von Dr. Kurasek und dem Bundesnachrichtendienst kam – und das in meinem Institut und ohne mein Wissen.«

»Sie war, kurz nachdem sie am Institut angefangen hatte, vom Bundesnachrichtendienst angesprochen worden«, klärte ich ihn auf. »Da gibt es eine Abteilung gegen Wissenschaftsspionage. Unser Institut gehört auf seinem Gebiet zu den Führenden auf der Welt. Man wollte jemanden als verlängerten Arm des BND im Institut haben. Warum Charlotte sich darauf einließ, weiß ich nicht. Besonders viel Geld gab es nicht dafür und sie musste einige Einschränkungen im Privatleben hinnehmen. Vielleicht dachte sie, dass diese Tätigkeit ganz gut zu einer alleinerziehenden Mutter passte. Vielleicht war es Abenteuerlust, vielleicht auch die willkommene Möglichkeit, über die Forschung hinaus etwas Sinnvolles für die Gesellschaft zu tun. Auf jeden Fall traf sie sich ab und zu im Rahmen von Kongressen oder an Wochenenden mit Kontaktpersonen, berichtete aus dem Institut, bekam Informationen von außen. So kam sie mit der Zeit dahinter, dass es Dr. Langlotz war, die Geheimnisse weitergab. Nicht ganz klar ist, ob sie auch wusste, dass bereits einer der Doktoranden von Dr. Langlotz angeworben worden war.«

»Sie hat nicht zum Nachteil des Instituts gehandelt, Herr Professor«, meinte Alois Huber. »Schließlich hat sie die Spionage aufgedeckt – auch wenn sie das das Leben gekostet hat.«

»Nein, Dr. Kurasek hat sicher nicht zu unserem Nachteil gehandelt, aber ich wäre gerne informiert gewesen«, gab dieser zurück.

»Die vom BND haben es nicht so mit dem Informieren«, sagte ich. »Das haben wir alle in den letzten Wochen gelernt. Wenn es nach denen geht, sollte man seinem besten Freund nicht trauen. Oder der besten Freundin.«

»Wo wir bei dem Thema sind«, sagte Huber. »Was macht ihr über Weihnachten?«

»Übermorgen fahren wir zu meinen Eltern«, erklärte ich. »Die hatten in der letzten Zeit nicht viel von mir. Danach fliegen wir nach Irland zu Saoirses Familie. Sie möchte mich dort vorstellen.« Wir lächelten uns an.

»Okay«, sagte Professor Miller, als er seinen Mann an der Eingangstür entdeckte. »Dann sehen wir uns im nächsten Jahr wieder, hoffentlich erholt.« Er stand auf. »Ich freue mich auf ein Jahr ohne große Überraschungen. Zugelassen sind nur angenehme, wie ein erfolgversprechender Versuchsaufbau zum Beispiel.«

Er drückte uns allen die Hand und ging. Wir standen auch auf und gesellten uns noch für eine Weile zu denen in der Küche. Dort standen die Doktorandinnen und Doktoranden und widmeten sich der ihnen alle Jahre wieder zufallenden ungeliebten Aufgabe, den Abwasch zu erledigen. Zur Harmonisierung der Stimmungslage wurde diese Arbeit damit verbunden, die angebrochenen Flaschen Wein zu leeren. So war es schon manches Jahr zu Ereignissen gekommen, von denen man sich in den folgenden Monaten nur hinter vorgehaltener Hand erzählte. Sie waren von der Art, wie sie eben vorkommen, wenn junge Menschen, die unter hohem Leistungsdruck arbeiten, diesen Druck loszuwerden versuchen. Der gemeinsame Striptease eines Doktoranden und einer Doktorandin zu den Klängen von »Last Christmas I gave You my Heart« war dabei noch eines der geschmackvolleren Vorkommnisse.

In diesem Jahr war es anders. Zwar wurden auch die in den Flaschen verbliebenen Reste einer körperlichen Verstoffwechslung zugeführt. Der Redebedarf war jedoch so groß, dass es zu keinen Ereignissen kam, über die man nicht hätte offen reden können.

Die Doktorandin mit den kurzen blonden Haaren trauerte noch ein bisschen dem gutaussehenden Kommissar nach, die Fragen nach dem Warum und Wieso beschäftigten sie jedoch viel mehr.

»Ich verstehe nicht, warum sie das getan hat«, sagte sie. »Sie hat eine solche Reputation, gilt als eine der besten Experimentalphysikerinnen der Welt, hatte gute Aussichten hier bei uns oder anderswo eine gut dotierte, ehrenvolle Leitungsfunktion zu übernehmen – und dann das. Was treibt einen Menschen dazu?«

»Das Geld, nehme ich an«, meinte ein Doktorand. »Sie liebt teure Autos. Erst diesen Jaguar in der Luxusversion, dann den Gelben aus Modena. Der kostet locker zehn von meinen Jahresgehältern. An das Geld musst du erst einmal kommen.«

»Aber dafür so viel zu riskieren? In ein paar Jahren hätte sie das Geld sowieso verdienen können. Ganz abgesehen von der Schlechtigkeit.« Ein andere Doktorand schüttelte den Kopf.

»Schlechtigkeit – was ist denn das?«

»Du kannst es nennen, wie du willst: Habgier, Rücksichtslosigkeit, Brutalität, Illoyalität. Das hatte weder etwas mit menschlichem Anstand noch mit wissenschaftlichem Ethos zu tun.«

»Das egoistische Gen eben«, meinte eine der Frauen.

»Von dem sie etwas mehr hat als wir anderen? Das kann nicht sein.«

»Hast du eine andere Erklärung?«

»Dr. Li würde sicher von Sünde sprechen«, lachte einer der Männer.

»Das ist keine physikalische Kategorie«, kam es aus einer anderen Ecke der Küche.

Der Arbeitsprozess war unterbrochen. Alle saßen oder standen mit halbleeren Gläsern und Flaschen herum und redeten durcheinander.

»Gut, dann eben eine ganz spezifische Konstellation der Atome ihres Gehirns, die sie dies alles hat tun lassen.«

»Die arme Frau!«

»Was soll denn das?«

»Ja, was kann sie schon für die Konstellation der Atome in ihrem Gehirn?«

»Wie meinte Professor Julian White noch mal? Alles ist eine Frage der zufälligen Anordnung der Atome und damit der Elementarteilchen. Sie sind unser Schicksal.«

»Schicksal ist auch keine physikalische Kategorie.«

»Was willst du sonst sagen?«

»Ich kann nur von Ereignissen und Kausalitäten sprechen. Das Verhalten von Dr. Langlotz sind die Ereignisse, die ihre letzte Kausalität in den Elementarteilchen ihres Gehirns haben.«

»Dieses Modell hilft uns aber nicht wirklich weiter«, meinte die Doktorandin mit den kurzen blonden Haaren, deren Namen ich mir immer noch nicht merken konnte. »Es hilft uns nicht verstehen, warum sie es gemacht hat und warum es nicht alle tun. Es hilft uns nicht weiter, wenn wir uns einigen wollen auf das, was wir richtig oder falsch finden – und wie wir mit denen umgehen, die das Falsche tun. Die Aussage ‚Es ist alles eine Frage der Konstellationen von Atomen‘ hilft uns im Alltag gar nichts.«

»Vieles von dem, was wir hier machen, hilft im Alltag gar nichts. Es ist völlig unwichtig zu wissen, wie sich das Universum entwickelt hat und woraus die Materie besteht, wenn ich meinen Alltag als Mutter, Vater und Arbeitnehmer zu arrangieren habe.«

»Grundlagenforschung ist nicht alltagsrelevant. Etwas anderes wurde auch nie behauptet. Aber sie ist Ausdruck des Menschseins genauso wie Musik, Technik und Kunst und hat von daher ihre Berechtigung.«

»Die ihr niemand absprechen will. Aber so weit zu gehen, wie Professor White, und zu sagen, dass sich mit Physik alles verstehen lässt, finde ich eben auch sehr gewagt. Meine geliebte Physik hilft mir leider nicht, Dr. Langlotz zu verstehen.«

Saoirse und ich riefen allen ein »Frohe Weihnachten« zu und machten uns auf den Heimweg.

Die Doktorandinnen und Doktoranden diskutierten noch lange, gingen zwischendurch immer wieder zur praktischen Anwendung von Spülmittelchemie und mechanischer Schmutzentfernung über und schlossen weit nach Mitternacht die Türen der Cafeteria. Die belebte Natur begab sich zur Ruhe und schlief in die Weihnachtstage hinein.

Epilog

So endete jener Tag in meinem Leben, den ich wie eine Neugeburt erlebte – zurück in meinem Institut, befreit vom täglichen Blick auf den Watzmann, Saoirse an meiner Seite und ohne Angst, was demnächst noch alles passieren könnte. Ich hatte gelernt, dass Betrachten und Verstehen im Leben alleine nicht genügten, wenn aus ihnen kein Handeln folgte. Charlotte würde mir mit ihrem Mut zeit meines Lebens ein Beispiel sein. Mir war klar geworden, dass Vertrauen wichtiger ist als Verstehen und dass es ein Geschenk ist, wenn andere Menschen mir mit Vertrauen begegnen. Ich werde der Physik treu bleiben, denn nichts scheine ich so gut zu beherrschen. Ich befürchte, dass auch am Ende meines Lebens einige wichtige Fragen keine überprüfbaren Antworten gefunden haben werden. Aber auch damit werde ich leben und sterben können, vertrauensvoll.

Personen

Dr. Sebastian Rasch,	ein junger Physiker
Alois Huber,	der alte Pförtner
Dr. Charlotte Kurasek,	die erschlagene Physikerin
Professor Brian Miller,	Physiker, Institutsleiter
Henry Schmid,	sein Ehemann, Lektor
Dr. Sandy Langlotz,	die Kollegin
Dr. Albert Weinstein,	der junge Kollege
Pia Sorglos,	Chefsekretärin
Dr. Jessica Kim,	geniale junge Physikerin
Saoirse McBrian,	irische Studentin

der Doktorand mit den langen Haaren
die Doktorandin mit den kurzen blonden Haaren
weitere Doktoranden

Beate Wendel,	Polizeihauptkommissarin
Martin Schuff,	Polizeikommissar
Mia,	Charlottes Tochter
Ehepaar Kurasek,	Charlottes Eltern
Josef Brettschneider,	ehemaliger Bauer
Magda Schubert,	Technikerin
Dr. Josef Li,	Physiker
Herr Griese,	Sebastians Nachbar

und andere

Danksagung

Sehr herzlich danke ich Andrea und Knut Brasche, Dr. Nicole Schatull sowie der ganzen Familie Gärtner-Vakalaki für die Durchsicht eines ersten Entwurfs dieser Erzählung und die hilfreichen Korrekturen und Anregungen. Ein solches Buch bedarf zahlreicher Überarbeitungen, Ergänzungen, Streichungen und Neuformulierungen. Von Anfang bis Ende hat es meine Frau Ute das Projekt unermüdlich und geduldig begleitet und unterstützt. Dafür ganz herzlichen Dank!

Wenn Sie, verehrte Leserin oder verehrter Leser, sich für meine anderen Bücher interessieren, können Sie sie auf meiner Homepage www.michaelgaertner.info kennenlernen. Ich freue mich auf Ihren Besuch.

Waldkraiburg und Ludwigshafen, im Frühjahr 2023